孔明康的 老宅

KONGMINGKANGDELAOZHAI

旷野 著

山西出版集团
山西人民出版社

图书在版编目 （CIP） 数据

孔明康的老宅 / 旷野著.—太原:山西人民出版社，2011.9
ISBN　978-7-203-07435-9

I. ①孔… II. ①旷… III. ①长篇小说—中国—当代
IV. ①I247.5

中国版本图书馆 CIP 数据核字(2011)第 189538 号

孔明康的老宅

著　　者：旷　野
责任编辑：聂正平
装帧设计：星河星
出 版 者：山西出版集团·山西人民出版社
地　　址：太原市建设南路 21 号
邮　　编：030012
发行营销：0351-4922220　4955996　4956039
　　　　　0351-4922127(传真)　4956038(邮购)
E-mail　：sxskcb@163.com　发行部
　　　　　sxskcb@126.com　总编室
网　　址：www.sxskcb.com
经 销 者：山西出版集团·山西人民出版社
承 印 者：山西嘉祥印刷包装有限公司
开　　本：890mm×1240mm　1/32
印　　张：7.5
字　　数：170 千字
印　　数：1-1000 册
版　　次：2011 年 9 月　第 1 版
印　　次：2011 年 9 月　第 1 次印刷
书　　号：ISBN 978-7-203-07435-9
定　　价：28.50 元
如有印装质量问题请与本社联系调换

孔明康的老宅

一

　　老山煤矿背面两公里的西南处,有个叫川石沟的破落村。之所以说破落,是因为远远地看上去没有一座像样的建筑。所有的房屋都十分低矮、老旧和凌乱。尽管如此这里仍然生活居住着上百户人家。

　　按说川石沟村,距离繁华的古兰镇和经济腾达的老山煤矿如此之近,应该像其他一些周边村庄一样房屋整洁,村民富裕,一片欣欣向荣的景象才是。然而这个村庄却太贫穷了,多数农民仍然还是靠贫瘠的土地生活,一些年轻人只靠在市区、矿区做点小本买卖,艰难地养家糊口。有人说,这是一个被上帝遗忘了的村庄。的确,这个村庄被上帝遗忘了,从未给过一缕幸福的阳光。社会如此发达,国家的五个大型矿井在古兰市相继建成投产已经二十多年了,没在这个村庄中招收过一个工人,没给过一分的青苗、教育补贴、污染费、征地费等等。原因很简单,因它是煤矿的边沿地带。边沿地带就意味着沾不上煤矿的边,沾不上公家的光,更享受不上国家煤炭企业给予别的征地村庄而不能给予川石沟村的村民们渴望和望眼欲穿的实惠

1

和合理待遇。二十年来,美好而幸福的阳光总是不紧不慢地从这个破落而凄凉的村庄中偏移而过。什么也没有带来,而唯一给予和带来的是村庄中沿河岸铺设的那条运往外界煤炭的必经之路。公路宽阔而笔直,外运的汽车日夜不停地呼啸、嘲笑着驶过这个村庄。什么也洒不下,洒下的却是一片无尽的烦嚣和灰蒙蒙令人发指的黑埃。

沿着公路再往村外一公里之处东西方向望去,同样有一处宽阔而破败的院落。不过却跟村庄中的院落有所不同,这里是市农机公司的仓库,现在已经不常使用了。仍还存放着一些化肥、草绳、麻袋之类的未经废弃的物资。这所院落,标准的门字形平顶结构,一人多高的围墙早已七倒八塌,四周长满了茂密的艾蒿、杂草。歪斜的铁栅栏大门上挂着一把锈迹斑斑的大铁锁,旁边开着一扇摇摇欲坠的小铁门。如果不是有什么车辆进出的话,那么看守在这里的人,便是通过这扇破门出入的。

川石沟村的孔明康老汉跟老伴远离村庄,就居住在这里,看守着这座宽敞而荒凉的仓库。孔明康老汉携带老伴居住在这里,已有多年。缘由有三:一者是图个省心自在;二者相比之下,居住在这里比居住在自己废弃多年的老宅又安全可靠得多;三者是贪图那三五十元的看门费。村中的人都明白,但无人来跟他相争,尽管都很贫困,但想想看,吃水都不方便,谁会为那三五十元的看门费而长年累月孤苦地静守在这里? 然而,这一切对于孔明康老汉来讲是多么难得的好事。清静安宁,简直就是个世外桃源。几十间仓库几乎都闲着,自己想住哪间就倒腾倒腾住哪间,没有人管。为此,孔明康老汉自鸣得意了多年。凡是来过这个院落的人都会发现,靠西两间不算太阴暗、潮湿的仓库到歪七八扭的铁栅栏小破门之间,硬让孔明康老汉的两只脚踏出一条像蛇一样白生生的小道来。

　　出得那扇铁栅栏的小破门，跨过一条小水渠就是那条柏油公路，沿着公路向东目光躲过风驰电掣般的运煤车辆，就可以看见整个村庄。村庄的每一棵杂乱无章的树木，破烂的屋顶，靠山畔人家的袅袅炊烟，这是孔明康老汉每天都必须而且长久观看的一道风景。每一天在内心都要猜测、判断，分析和牵念村中的三个儿子及三个儿子们的生活状况及和谐程度。是否还在无止息地吵嘴打架？想到这些，孔明康老汉的脑袋总会像拨浪鼓一样不由自主地摇晃许久，然后，才佝偻着背绕过围墙向后山走去。

　　孔明康老汉，七十挂零，按说是大福大贵之人，三男二女儿孙满堂。早应该是尽享清福的时候，可儿女不孝，老伴又有病，常年大把大把地吃药，哼哼唧唧的。他不得不一大早起来，到一个很远的地方去挑水。然后，帮老伴生火做饭。饭罢，提个箩筐沿公路捡拾运煤车偶尔甩下的一两块炭块。这需要走好长的路，也可说是孔明康老汉唯一的便利。日积月累，孔明康老汉会把捡拾下的自己用不完的炭块卖掉，除了给老伴买药，便是贴补家用，从早到晚都忙个不停。

　　在这里，我们得有个简单的概论：当今现实社会中，科学如此发达，各城市、各行各业（包括一些农村）经济都在迅速发展、壮大。普遍人们的物质生活水平都有大幅度的提高，衣、食、住、行不仅得到了解决，而且都在讲求个高质量、高素质的生活水准，不再有过去那种吃不饱、穿不暖的恐慌与困惑。尤其是古兰市这个国家级的重点煤焦基地，更是发展建设得繁荣昌盛，美妙绝伦。宽而直的街道，水流般光滑锃亮的各种超豪华轿车，娱乐场所，高层建筑，五光十色的迷人夜景，都充分展示出了一种极为美丽、充实、强壮的景象。一派欣欣向荣，蒸蒸日上的好势头。尽管如此，但这一切都不能不表明，靠近古兰市的川石沟是古兰市发展、建设中灰暗的一角。这个灰暗

的一角，我们将它定为落后。落后，就是贫穷；贫穷就会愚昧；愚昧就会产生不孝；不孝的根源就在于贫穷后产生的极端的自私自利。这样人们就不难发现和想象出孔明康老汉一把年岁的人了，仍然过着这样艰苦、凄凉的生活。

孔明康老汉，在艰苦的岁月中，好不容易将一堆儿女一个个养大成人。三个儿子也相继成家，两个女儿先后出嫁。然而，按老伴常说的一句话来讲："儿跟婆姨，女跟汉，留下老婆老汉没人看。"看来，一点也不虚说。对于两个女儿，孔明康老两口仍是农村古老传统的思想理念，根深蒂固。嫁出去的女儿如同泼出去的水，只要她们过好自己的日子，别让父母跟着操心，逢年过节能都相跟着来看看，就算心满意足了。压根也没指望过什么，养儿防老才是天经地义的事。孔明康老两口曾经就是这样将晚年幸福、死心塌地的寄托在三个儿子中的一个身上的，用他们的话说：没这个有那个。不曾想到三个中没有一个。说起来，真让人心寒。

大儿子大牛虽说人老实，可媳妇蛮横、霸道、刁泼，刚刚搬进新房时，就闹着分家另产，搞得全家鸡犬不宁。这里需要说明的是：孔明康老汉原来除了村中废弃的一座祖上留下来的四合院老宅之外，还在一个当官的好内弟的鼎力资助下，在靠村边一个显眼的山凹处，搭盖了五间新房，当时也是迫在眉睫，老宅早已"老态龙钟"，摇摇欲坠。可儿媳妇却一个个相继走近门前，老汉不得不使尽老力，搭盖了这五间新房。大牛的媳妇率先抢占了两间，三儿媳妇也以迅雷不及掩耳的速度抢占了两间（之所以迅雷不及掩耳，是因还未经登记结婚，也没举行婚庆仪式，便将孩子生在了家中）。剩下一间，老两口还没住上几日，二牛也领回来了媳妇。二牛说是：老子养儿个个有份，唯独他分一间房，还得跟大人们挤在一块，这分明是父母"偏心眼"，他太好说话。于是，他跟爹娘吵，跟两个兄弟吵，最后，一怒之下，卷起被褥连夜带着媳妇离家去了。

孔明康老两口无奈，满脸愁苦。自古以来，好家业不够三份子分。这五间房子怎么个分法？怎么分也不公道，怎么分也没有老两口的一席栖身之地啊！

就是在这种情景下，孔明康老汉一气之下，卷了铺盖携着老伴选择了村外那座荒僻的仓库。

孔明康纯属一个典型、标准、辛劳、节俭、古板的北方老头。尽管儿子们对他那样，但他的心，没有一天不在他们身上系着。每时每刻都在为他们的生活而着想、操劳着。为此不到一年的功夫，便在这所荒僻的仓库周围，拨开杂草，费力地开辟出不少小块地，用以种植各种瓜果、蔬菜等贴补他的所有儿女们。瓜菜成熟后，他就会摘下来，令体弱多病的老伴，提上篮子，送到村中的儿子们家。而每一次所得到的回报，只不过是孙孙儿们脆声声地喊一声奶奶。这就是做父母的心。可怜天下父母心啊！只要儿女们能给个笑脸，给个问候，他们就会满意得跳跃，行动就会加快。就会创造一切可能创造的人生价值。遗憾的是这样的情景并不多见。

这是一个夏末初秋的日子，路边草密浪热。孔明康老伴提着篮子进村，一路上摸出口袋中的去痛片像吃炒豆子般嘣嘣地干咬着、干咽着，哼哧哼哧地进村走了一圈。不仅没有吃上儿媳们的一口饭，水都没让打了打牙，连口袋中的几元钱都被孙子们尽数掏去。回到仓库后，坐在她的破木板床上，伤心的一个劲儿地落泪，边落泪边数落老伴："说不让你种那些地吧，你偏要种。既然种了，他们想吃，那就等他们自己来拿，不来拿就让它放着烂着，你还非让我去给他们送去，连个好脸色都没看到。这都是你惯的……跟着你一辈子受穷、

受累不说,还得受他们的气。"

可以看出来,只要父母有一口气,他们的心多会儿也是向着儿女的。而儿女们却不能回过头来,好好看看父母。看看父母为他们熬白的头,看看他们骨瘦如柴、力不从心的样子,抚慰抚慰他们那颗早已操碎的心。看来"养儿防老哩,嘿,这防个屁!"孔明康老汉常常在心里这样哀叹道。看来国家提倡"少生孩子、多栽树"那才是真正的硬道理呢。有时候就这么想。

自打那次分家另产之后,孔明康老汉边拾掇他仓库院周围的小块地边思量,自己是不顶用了,一辈子都没弄下个啥,现在弄点小瓜小菜的,他们也并不领情,他也早有所悟,就是亲了由不得。

孔明康老汉蹲在仍然散发着尿素气味的烂木板门旁,一根接一根地吸着他的劣质纸烟,沉静地听着老伴的数落。国字脸上的皱纹黑黝黝的,间隔有序,凹凸均匀,活像老枣树的树皮一样僵硬,仿佛用手指就能够从上面拨落下一块来似的。没谁发现他眉开眼笑时会是个什么样子。此时,他不是一声不吭地在静听老伴的数落,而是在心里盘算着一桩大事。这件大事是:将十几亩土地趁着自己活着,做个清利拉倒。省得在一起耕种,让那几个不孝之子扯皮、吵闹。

多少年来,都是自己跟老伴一起在那十几亩地里滚打,所得的收成,尽数瓜分。可关键时刻叫他们帮帮忙,这个说那个不出工,那个说这个没出力。摔摔打打,骂骂咧咧,简直不知好歹。我也老了,挑不动水,担不动炭了,谁想种谁种去,不想种就等着饿肚子。"老子是不中用了,别再指望。"他嘴里是这么说,可内心却并不是这样。三牛都快三十岁的人了,到现在仰赖的一天地里都没去过,还不知道是如何犁地、下种、锄草、收割,打场的。分开的好,分开后,我到时倒要看看这帮龟孙子怎样侍弄那些土地。想着想着就猛地站起身来,掘灭烟头,跺了跺两只早已露出脚趾的破鞋,步伐坚定地将双手背后,气冲冲地佝偻着向铁栅栏小破门走去。刚出得铁栅栏小破门,就迎头碰上大女儿大秀。大秀是从十里之外的她家回来的,刚刚下车,手中提着些塑料袋之类的东西。怏怏不悦的样子,孔明康都没顾得上理会。大秀问:"爹,你出去呀?我娘在吗?"孔明康嗯了一声,便照直向村中走去。

他是去召集他的三个儿子,一起来商讨分地的事的。这件事虽然起不到给受屈的老伴消气的程度,但能解除他老两口多年来的一块心病。自然房产弄下个一塌糊涂,哥们儿弟兄不欢而散,媳妇们不依不饶。那么土地就得趁自己活着做个了断,省得到时候三弟兄打什么麻烦。三个中没有一个是贤达让长的,他是打心眼里看透了。于是,赶紧召集他们来分产分地,是迫在眉睫的事了。眼看秋收在望,不能像往年那样,尽由着他们了。大牛跟他媳妇好,道是勤快,每到秋收时两人都是拣好的自顾自没命地往自家捞摸。二牛、三牛家的连地头都懒得去,剩下些歪瓜裂枣,秕谷烂豆,老汉还得一袋袋帮着扛着给他们送去,送去还嫌好道赖。这下倒好,从今往后没那好事了。恰好村委会早已下发通知让各家各户去领取《土地归属使用证》。他之所以迟迟没去领取,就是有些顾虑,下不了那狠心。顾虑所在是三块土地大小、肥沃、远近不等。咋个分法他犯难了,愁苦了许久。今日这个决心,是由老伴的泣诉所激发的。他无论如何都要尽快解决这个问题。决心下定奔向村中的脚步不知不觉地加快了。

二

"娘!"大秀进门时,她娘仍躺在破床铺上歪着头泣哭,听到大秀的叫声,抹了一把泪水一骨碌从床上爬起来,奇异地打量着大秀:"咋,这不是礼拜天?咋就你一个人跑回来了呢?孩儿们呢?"大秀没有回答娘的问话,转身问道:"娘,有没有吃的东西,我还没有吃饭呢"。"有,锅里还有剩下的煮玉米、豆角、山药蛋。"大秀掀起锅盖,拿起一棒玉米啃起来。背对着她娘,啃着玉米,泪水却吧嗒吧嗒地直流。她不想让娘看到她这幅模样,可细心的她娘还是看出了破绽。

"你说话呀!独自跑回来哭什么?"大秀她娘不说还好,这么一说,大秀便放声号啕起来。

"我不活了,我不过了,我要离婚!"

"你有话慢慢跟娘讲,不要动不动就死呀活呀的。你见你娘活得省心自在哩?"大秀听了娘的话,才停止号啕。"娘,我真的不过了。他不是人,我要跟他离婚。"孔明康老伴听了女儿这番话,心更加抽搐成一团。究竟是怎么回事,她还得等女儿给她一一道来,再作定夺。大秀在娘的一再追问和鼓动下,仍旧默不作声,急得她娘直拍铺板,最后才蹦出一句话:"他在外面偷养了女人。"

事情原来是这样的。李和顺是老山矿的一名正式职工,最初从事井下生产第一线,由于本人能说会道,善于交际,几年功夫,便将自己从井下采掘第一线,直接抽调到地面供应科当了一名库房保管员。这使得他更加兴致勃勃、春风得意。跟他一起下井的同伴们,仍然还在漆黑的地层深处,从事那骡马一般最辛苦的劳动。而他却不然,不仅有间放桌椅的办公室,一年四季还能自如地喝上滚烫的超纯水,不再发愁那身潮湿、笨重的黑皮,多么轻松自在,一副洋洋自得的样子。平时常玩弄着一支只在票据上打"√"的圆珠笔。凡是来领材料的人,见到他首先都得说上半天的好话,递上香烟,才能七折八扣将材料领走。比如说:票据上写着:二十个灯泡,三十把墩布,他只发给十八个灯泡,二十八把墩布(尽管上面有各科室领导的亲笔签字)。按照他的说法和理由,物品的保管难免造成损耗和亏空,一旦账目不平,他没法向主管领导交代。有板有眼的,谁也不好跟他计较,反正是公家的东西领多少算多少。这样的话,他就有了做人情的许多便利条件。如此,经常受到些小恩小惠。今天这个请他吃顿饭,明天那个请他洗个澡、理个发,似乎繁忙荣耀得跟个当官的似的,家也不常回了。他变了,聪明的大秀,很快就发现了这一点,但苦于找不到证据。事实上,这是新时期社会经济物质状态发展到一定程度上而文化底蕴仍非常匮乏的产物——李和顺便是个例子。

大秀嫁过去没几年,就跟着李和顺住在了邻矿向阳坡上自己搭盖起的小平房里。只因大秀跟孩子是农户,才没分上家属楼。但李和顺是有能耐的,没花多少钱,将山坡上的小院盖得结结实实、牢牢靠靠。虽说房子是低矮了一些,但串串套套,跟火车皮一般一节一节的好几间,不仅能居住开来还很宽敞。唯一不美气的是爬着一道弯弯曲曲的斜坡以及屋外一年四季空气中飘浮着的黑煤面,给人一种肮脏窒息的感觉。衣服一天一换洗都难以洁净。除此之外,什么都好。水、电、暖三通。大秀很满足。一双儿女都渐渐地长大,一个上初一,一个上小学五年级。她所有精力和心事都放在这个家。李和顺也还说得过去,每月的工资如数上交。因此,大秀就死心塌地的守着、护着、顾着这个家,很少回娘家一趟。回娘家一趟她总是怕和顺跟孩子们吃不上、喝不上。在大秀的感觉中这日子是一天天见好,如果不

是和顺一扑两坎非要上到地面,那家属楼早住上了。可这节骨眼,谁想到会出李和顺变心这档事。

大秀仿佛天要塌了一般,只感到内心一片漆黑,像是跌进了万丈深渊。她简直不知自己是如何在古兰镇的街头整整疯逛了一夜的,孩儿们是否在到处寻她。但有一点她是非常清醒的,李和顺不再爱她了。她说得一点也不假,句句是实话。只是由于她在母亲的面前,过于激怒、迟钝。最后糊涂得连事情的原因、经过都诉说不清了。他们夫妻的感情确实出现了问题。

李和顺本就是那种滑头滑脑的花花人,当初娶大秀时,就是看上了大秀如若天仙的美貌。二十三岁的大秀简直就是一朵绽开的牡丹,在村中的姐妹中,楚楚动人,出落得格外引人注目。那年她跟村中的姐妹们一起到镇上赶集,就是被当上窑黑子煤矿工的李和顺一眼看上的。至此一直追寻到川石沟村的村口。随后,便托媒人登门提亲,自己也亲自上门求爱,就这样一阵死气白赖、死缠活倒地将大秀弄到手。那时大秀并不满意他的长相,满脸的红枣疙瘩,个头不高还黑瘦黑瘦的,至于要找个什么样的对象,那时大秀心里还真没有准头。孔明康见此情景发话了:"你要找个啥样的,难得他有这片诚意,时下还有一份正式工作,将来好活难活都在自己把握哩。年龄也都不小了,我能养你一辈子? 只要你们能合得来,大人们没啥说的。"

就这样大秀在父母的催逼下闪电般地跟李和顺结婚了。

婚后的几年,也就是说李和顺还是一名井下采掘工时,大秀的确受到了极大的宠爱。那时尽管李和顺下上一天的坑,回到家里,连一双臭袜子都不舍得让大秀给他洗。情感急骤转变就是从李和顺当了库房保管之后发生的。

真可谓:马行无力皆因瘦,人不风流只为贫。李和顺虽然也是贫民出生,但随着社会的发展,随着他工作性质的改变、经济的变化,显然他的内心世界也就发生了本质的变化。可大秀不然,她不能与时俱进。她啥都舍不得,出门时连件像样的衣服都没有,脸上抹的都是些集市上购得的减价劣质润肤膏。而现在的女人们,都在千方百计地美化、包装自己。今日美容、明日护肤,保养得细皮白嫩、光彩照人。而她却容颜尽失,跟同龄人相比足足面老十多岁。她一心想着给上学的孩子攒足够的钱,一心想着攒足够的钱买集资楼房,就连父母都不曾舍得给一分。对李和顺大手脚、摆阔气常常发出无尽的不满和抗议,争吵不断。李和顺厌倦了她的守旧,厌倦了她的唠叨,厌倦了她的不适时宜。这一切变化,她都无知无觉。尽管她是个聪明的人,会过日子,但是无论如何她都搞不明白,这是为什么?一肚子的委屈。

有一件极其危险、滑稽、迷乱、可怕的事发生大概有一年的时间了吧。大秀深藏在心,秘不告人。这使得她受尽了人世间最大的痛苦和折磨。直到今日她仍然不能够觉醒。

那事是发生在去年夏日的一个闷热闷热的星期天下午,五点来钟,由于没有太阳的光芒,显得黄昏及至。几天几夜没有着家的李和顺回家了,但一脸的疲惫。大秀见他总算回来了,不免心中欢喜,就给他递了一杯热茶,一边责问他的行踪,一边数落着他的不是。

李和顺接过茶杯喝了一口茶,就死皮赖脸的逗大秀:"你想我哩?"大秀:"没正经。"板着面孔狠狠地剜了他一眼,拿抹布收捡茶几上的杂乱东西。李和顺还想对大秀说些什么,只听得手机在响,掏出来一看,神色诡秘地离开屋子,到了门外。然后,进了院中的露天茅厕,好大一会才回了家。一进家就急不可耐地对大秀讲:"大秀,我还得出去一下,二采区要领材料等着急用,这是工作,不得马虎。我之所以混到今天这个地步不容易啊！这你是知道的,对不起啊！多担待。我尽量早点回来。"不管大秀反应如何,屁股还没坐稳的他便溜烟似的窜出家门。对他的神色,大秀总觉不对劲,他头脚走,二脚就赶紧扒到院墙上,猫着腰偷偷地盯着他,是否从家中这条小道上真的奔向了矿上。不看不打紧,这一看大秀的大脑一下就炸开了。自己的感觉和判断完全正确。这狗东西,不是去矿上,而是鬼头鬼脑地绕过院墙,朝屋后的那条老羊沟小道直奔而去。这绝对不是干好事。这是大秀的结论。大秀顾不得锁上家门,只是把院门上了搭扣,一路小跑着尾随在他的身后。

无疑,电话是那个开所谓"独岛美容美发屋"的女子打来的。说得难听点也就是开了个"剃头铺"的那个黄头发、蓝眼圈、细柳腰的外地女子在勾引他。这几天,李和顺没去找那女子,而是被几个弟兄缠住,在一起打了几宿的小麻将。那女人电话里高一声、低一声地用半生不熟的普通话诉说了她对他急不可耐的相思之情之后,还说了一些杂乱的事:灯管坏了,下水不通了……然后,又嗲声嗲气地说:"我好想你哎!我已经在老地方等你好久好久了,你快一点来嘛。"接到这个电话的李和顺就急不可待脚底生风,甩下大秀直奔老羊沟的深处。

最初,他们的活动都是在那女人夜晚停业之后的理发店内进行的。后来鬼精的李和顺发现,这不安全,离矿太近。无论何时从这里出来,都会不可避免地遇到一两个熟面孔的人,而且都是矿上人,甚至非常惯熟。他怕暴露太多,这毕竟不是件光彩的事,也还怕将此事传到大秀的耳中。于是就与那女人商量好了这个既不用花钱,而又绝对隐秘的自然风景带。

他们之所以选择在这个人迹稀少的鬼地方,尽情野合交欢的原因，除了两人都感到安全、可靠、放心，还有一个最最重要的因素是他们在当今现实社会中，经济地位仍属那种低下、卑怯的一类。当然住不起宾馆，开不起那豪华包间。而对于李和顺来讲，所能付出的代价，无非就是自己掌管的库房的那些灯管、电线、手钳、扫帚、墩布之类的破玩意儿，以及自己那口若悬河、高谈阔论、讨人欢喜的三寸不烂之舌。他完全可以不用花一分钱，就能在一处角落，或者一条污水横流的小巷中，寻找到适合自己的那些猎物。

站在沟深处的这个黄发女子，当初就是被李和顺的两根灯管作代价掠色到的。据说，这个女子原来是一位歌手，期间被一名大款包养了两年之后，又将她踢开。再后来，她就靠老山矿的一角开了这个"独岛"理发店，主要还是靠出卖姿色和肉体来惨淡经营她的人生。

李和顺飞快地下到了沟中那条透迤的小道。

老羊沟曾经是一座早已废弃的老矿，现在还能依稀地看到依附在沟内的那条通向矿井的轨道线，除此之外，四周都长满了杂草。灌木丛生、人迹稀少。有一处斜坡，堆满了坟墓。掩埋着曾经在井下作业而罹难的尸骨，阴森恐怖。李和顺边疾走如飞，边想着这个柔情似水的女子，想到她能为自己独自在这幽暗的山谷中苦苦地等待，不由得脚步又加快了三分。

大秀跟踪至那块坟堆旁，由于紧跟过度，自己吓得两腿发软，毛发直竖了。可稍一停动，目标就会丢失。于是她咬咬牙、狠狠心，自己给自己拽拽耳朵，壮壮胆，猫着腰，时紧时慢地躲着灌木跟在李和顺的身后。沟还老深，深不见底。跟到了一丛灌木前她停了下来，用手使劲揉了揉双眼。眼前的情景让她不由得发起呆来。

前面，也就是说离她不远的地方，一片发白的轨道线上，站着一位玉立亭亭的黄发女子。那女子看到李和顺大步流星地向她奔去，

便一阵欢呼雀跃,张开双臂,叉开两腿一下子就挂在了矮小、肥胖的李和顺身上,俩人头碰头地相互啃咬起来。热烈的程度终于导致他们双双滚倒在那片发白的轨道线上。滚来滚去,滚来滚去……

幽谷中传来一股股的寒风,吹动着沟内的杂草和灌木。

这时大秀神不知、鬼不觉地走近他们,蹲下身用手拍了拍李和顺的后背。李和顺一个激灵猛地翻起身来,惊魂未定地盯着大秀。大秀说:"你们这是干什么?"这句话平淡得似乎没有半点恶意。李和顺:"没,没,没什么。她,她是来找我商量拉砖的事的,真的。"那女子也慢慢地从地上爬起来,低头抖落着身上的灰土。李和顺语无伦次地又说了一遍:"她是找我商量拉砖的事的。真的,不骗你,你问她。""是的"。那女子也哆嗦着,颤巍巍地回了一句。大秀当然不相信他们的鬼话,也不跟他们争辩,只是从沟中捡了一根木棒,像是赶鸭子似的对他们说:"回家吧!这里阴森森的。回家后再商量拉砖的事。"人说捉奸捉双,这对男盗女娼的东西,自知理亏,倒也听话,一前一后相跟着走在大秀前面。

出得那个阴森恐怖的老羊沟,大秀的胆子一下子就壮大起来,"回家,快回家吧,有啥事不能回家说。"她一个劲地吆喝着他们回家。

那女子出得沟胆子也大了起来。心想:有李和顺护着,你能把我怎样?回就回。李和顺却在想家丑不可外扬,回家哪怕给她跪下磕头也算,兴许拉砖的谎话能真的把她给糊弄过去。

进了院门,大秀把院门轻轻地闭上。

进了家门,大秀迅速拿出把铁锁把家门锁死。然后,从厨房中拿起一把菜刀,一把斧头,对着那俩狗男女高高地举起:"你俩今天给我说清楚了,要不然我就剁了你这两个狗杂种。"这是李和顺万万没想到的事。如果想到会这样，他肯定在回来的路上，早跑得无影无踪了。可眼下这个一下子疯狂了的女人，可千万不敢动真的哟。那是会出人命的。他在心里祈祷着：我的天！都怪我。是我惹的祸，我再也不敢了。老天爷！李和顺惨白的脸上，那老死了的红枣疙瘩被惊吓得一搐一搐的。那女人一进门，见大秀这般阵势，早已吓得魂飞魄散了，面色苍白地躲在李和顺身后的一处角落里，吓得瑟瑟发抖。"大秀，大秀，你这是干啥嘛？有话慢慢说，你听我给你说。把手中的刀放下啊！你不要这样，孩子们马上就要回来了，你你你……快放下。"大秀怒目圆睁，视死如归的样子。对着那对狗男女始终保持着这样一种姿势———一手拿斧子，一手高高举着菜刀，再也没有一句多余的话。就这样僵持着，足足有半个钟头。仍是李和顺再说："大秀，大秀你不要这样。放下刀，给我开门，我要往裤子里拉屎、撒尿了。快开门！不然真得就拉到裤子里了。你把门开开我又不跑，你看她也在，你还怕她跑了？"李和顺就是李和顺。大秀仍保持着那种姿势，呆呆地望着他们，脑中一片混乱。李和顺，弯着腰，捂着肚，慢慢靠近大秀，用另一只手将大秀高高举起的菜刀小心翼翼地搌了下来。此时，真还弄不明白大秀的大脑是否正常清醒。只见李和顺搌下她手中的菜刀，又将她手中的武器缴械，收藏一处。然后，开始在大秀的身上摸索。他终于摸索到了那把开门的钥匙。他急急忙忙地样子，回头还对那女人说："你别走！看你给我家惹的这祸。"那女人眼睛望着李和顺，不得其解，更加紧张起来。

李和顺跑到茅厕，慌乱地掏出手机反复拨打了六七次才总算拨通："牛德老兄，你快来我家，救救我！……不是着火，是被老婆堵住了。你快别跟我开玩笑了，真的。不是开玩笑。这比着火严重得多得多，老婆都动刀了。你快来！那女人就说是你老婆。对！找我拉砖的。

是你让找。对！一口咬定啊！啊呀……你赶快来吧！我我我求求
你……"

李和顺从茅厕中回到屋子里，仿佛"屎尿"卸却使他轻松、自如、
舒坦了许多，面色也很快恢复了正常。

面对两个女人，还显现出了一种无所事事的样子。看看这个，瞧
瞧那个。然后，亲昵地靠近大秀，张开双臂，将大秀拥抱着摁在床边
上，"大秀啊大秀，你说你……"正说着安抚大秀的话，这时就听得
院中有人在喊："李和顺，我老婆是不是在你家？嗯!？"人高马大的马
牛德瓮声瓮气地边喊边走进屋来。瞧了瞧屋里的人道："在啊，我说
呢，让你跟和顺说声就行了，你怎么这么磨蹭。还不赶快回家去做
饭！"那女人听了马牛德的话，像是一只找到了出口的老鼠，噌的绕
过马牛德的背，猫着腰蹿出了大秀的家门。大秀大睁着眼盯着马牛
德。马牛德，大秀是认识的，也曾经来过，可这个外地女人咋是马牛
德的老婆呢？大秀自然不能相信。

此时，完全可以断定大秀的大脑以致整个神经系统紊乱了。尽
管她一百个不相信，这个偷她男人跟她男人滚打在一起的女人是马
牛德的老婆，但她还是对着马牛德歇斯底里地嚎吼道："你老婆偷我
男人，我要杀了她！"忽地从床上站了起来。马牛德转过身对着面色
苍白激愤的大秀，似乎平静而不知就里地："哎哎哎，你在胡说什么
呀。李和顺，你老婆在胡说些什么？告诉你们啊，我老婆不是那种人。
可别坏了她的名声，也别坏了你们自己的名声。"马牛德瓮声瓮气地
说完，扭头匆匆而去了。

李和顺陷在自己的劣质沙发里，好像什么也没发生过一样，自
如地一根接一根地吸起烟来。而大秀却进入了她那混沌、杂乱、可怕
的飘飘悠悠、迷离恍惚的状态之中。大秀受了极大的刺激，所以致使

她呆若木鸡。

这种状态一直持续了大半年,大秀的神智才渐渐地好转过来。

当然,李和顺也基本上老实了大半年。只是前天晚上大秀仍不见李和顺回家,就跑到跟李和顺在一起上班的赵儒进家,问赵儒进见没见李和顺。赵儒进本就跟李和顺工作上有点小过节,便将李和顺在"独岛"的事一五一十地抖搂给了大秀。大秀果真在那"独岛美容美发屋"找到了自己的男人。这一次大秀果敢利落得很,在那女人脸上清脆而响亮地给了两个耳光,然后,咬紧牙关,吸起一口唾沫,狠狠地唾在正舒坦地躺在躺椅上享受快乐的李和顺的脸上。还没等他们反应过来,孔大秀早已消失在了夜的黑色之中。

总之,大秀的婚姻走到悬崖边上了,这是她娘清清楚楚深深切切——痛的感觉,而不是一般意义上的察觉。

"娘还没死,你就不能死。多会等娘死了,你想死再死不迟。只要老娘还有一口气,娘就得去找李和顺这个龟孙子算账!能过就过不能过就算了,你等着。"孔明康老伴噌地跳下木板床从门后抽了根顶门板的木棒,气冲冲地离开了仓库——那座破败的院落。"咣当",只听得那扇铁栅栏的小破门发出令人刺耳的撞击声。这种尖锐的声响一直回荡在山后。这个身躯枯瘦、弱不禁风的老太婆,居然扛着一根木棒,脚步灵活,快捷而有力地跨过那条深水渠,向老山矿直奔而去。根本不理会那个没有半点出息的女儿的阻拦和大呼小叫。

三

孔明康老汉刚走近村口,就目不转睛地瞅着街口一堆新砖石,不由得忧伤地感叹道:这不知是哪家有钱的准备盖新房哩。自己的三个儿子多会儿也能像人家一样,展阔阔的盖上它几间,即使我住不上,你们住上,我老汉心里也感到光彩。正想着,就听到有人在喊他,回头一看是路旁开小卖部的保生媳妇。保生媳妇头伸出递货窗口,正冲着自己喊哩:"大爷,大爷您刚回来? 是去你三牛家的吧?"

"嗯"孔明康嗯了一声,正准备离去。又听得保生媳妇对他讲:"大爷,不好意思,有个事我得跟您说说,你别急着走! 来,进来抽支烟,正好你家三牛媳妇兰花也在这里呢。"孔明康老汉不得已,就撩起竹帘进了保生家的小卖部。果然,三媳妇兰花也在。他板着面孔没正眼看她,只是接过保生媳妇给的一支烟,别在耳上。问保生媳妇有什么要跟他讲。可他万万没有想到是让他还三牛媳妇兰花在这里的几百元钱的欠款。孔明康老汉的火气一下子就窜到了屋顶。只见他干瘪的下巴上,几根稀疏的胡须像被刺入人体穴位上的电银针一般强烈地抖动着。又见兰花腰间挟着几包方便面,手中还拿着几根火腿肠,嘴里不停地吐着瓜子皮,就没好气地大声吼道:"你没钱,就跑这里来赊吃赊喝哩?! 哪有你这样过日子的! 嗯!?"

"你喊什么? 叫什么? 谁让你儿没本事来着。如果你儿有本事,能挣回来钱,还用得着我这样? 说得到好。我不赊吃赊喝,难道让我跟孩子们饿死不成?那你为什么养儿?养儿养儿不就得你养着,你不养着让谁养? 真是的。"兰花这顿无理抢白,把孔明康老汉气得几乎背过气去。他不仅仅是银须在抖动,而且全身都在筛糠般地抖动。如果她不是自己的儿媳妇,而是自己的儿子的话,他的巴掌早就上去了。见此情景,保生家的媳妇不好意思起来。边撩起竹帘往外让孔明康老汉,边说:"大爷,如果没有就再过两天,这…这事弄得。我也是没办法,您也能理解,我家这小摊小位小本买卖。是经压不起呀,不然的话我不会开口。"

"多少?!"孔明康老汉问。

"385.5元"保生媳妇回答。

孔明康从上衣口袋中摸出零零散散的一沓钱数了数,撩起竹帘甩了进去,转身向大牛家去了。

兰花撂下手中的东西,赶紧从地上往起捡。她希望能够捡起多余的钱来,还生怕保生媳妇插手。结果一分不多一分不少。

"正好好。"兰花失望地说着。将老公公甩在小卖部地上的钱一张张地捡起,递给了货主。这样的事情孔明康老汉还是第一次,而他的老伴却并不是第一次而是无数次。

孔老汉他本人没钱,除了农机公司有时给有时不给的那三五十元的看门费外,便是他卖破烂、卖煤块所得的钱,再没有任何经济来源。而老伴不同,虽说家中没个箱底,但身上总揣有三五百元。除了他卖破烂如数上交的之外,最主要来源是老伴那个当大官的亲弟弟,隔三差五给予他们的贴补和接济。如果不是这帮儿孙的拖累,只靠这个好内弟的不断接济和贴补,他们老两口的生活水平完全称得上上等。可是,窟窿太大即使汽车拉上都填不满这无底的洞。老汉心里非常清楚这一点。不然多少年来,他对自己那个体质不好,脾气还挺赖的老伴,总是敬着三分、让着三分。

一辈子都没掌管过经济的他遭此一劫,是万万想不到的。他认为是他自己极大的过错而不是任何疏忽。本应上交老伴的而他却鬼使神差地没上交。原因有二:一是自己想揣在身上享受享受几天富有的感觉;二是自己听郝老汉说,龙口有卖棺材板的地方,一心想着,抽空亲自去看看。如果要去看的话,那么你身上不揣点钱去,看那又有什么意思呢。所以就没有像以往一样积极主动地上交给老伴。而老伴也因这几日在闹情绪忽略了这一点。没想到被老三媳妇一下子就给挥霍掉了。这真是讨吃鬼，命穷啊，这两钱来之不易。卖破烂、卖铁、卖煤炭大半年才积攒下的一笔巨款，就这样被人整去了。儿媳就咋了，儿媳是儿子的老婆，凭什么花我老汉的钱？孔明康老汉一路走一路想，内心悲伤得都快哭出来了。

村庄汽油库旁边有几间零散的预制板小门面房。有的专营汽车配件、有的专营小商品，有的搞汽车、摩托车修理，还有饭店。这都是村里有远见卓识的人所干的，率先在这里占领个有利位置，做个小本买卖，还是可以赚到些钱的。

大牛也是其中的一个，他也靠路边盖了两间小门面房，里外都用涂料涂了涂，专营小商品。一家都吃住在这里。门顶上还挂了个显眼的招牌"万民商店"，出出进进的人也还不少，很像那么回事。孔明康老汉此时却失去了以往的那种兴趣和热心。脚步也相当的缓慢。

孔老汉还没走到这里，老远地大牛媳妇改香就早早从玻璃窗上瞄见了他。正好店中有几人在买东西，改香就佯装没有看见，赶忙将几箱水果用床单布蒙上。大牛常不在店里，主要靠媳妇改香经营。大牛整日在外跑办准备盖房的地皮手续。这两口子早筹谋策划着，就靠小卖部旁的空地上盖新房。不但想盖一层还准备将来有朝一日盖二层、三层。因此夫妻两人非常看重金钱。尤其是这个媳妇改香更是唯利是图、见钱眼开，人称"一毛不拔的'铁公鸡'"女人。

她见老公公一身灰土，向店里走来。就立刻显出很忙乱的样子，一一打点着顾客。孔明康老汉进得店里一个劲地东瞅西看。以前来过一回，但见没有像现在这样齐全拥挤。货架上的货物五花八门、满满当当，柜台里外都堆着货物箱、尼龙袋等等。货架后面除了放着一只大床铺，还杂七杂八堆满了东西。吃的喝的用的琳琅满目应有尽有,简直就是个小百货。要不咋起个"万民商店"呢,谁进来都可以买到适合自己的东西。孔明康老汉在想:改香这个狗日的媳妇就是不一般,鬼精得很。虽然看不见果箱,但那香蕉、橘子、梨、桃子、苹果香喷喷的味道,通过那台摇头风扇一股股地扑鼻而来,直使得老汉口中的含水(口水)直打转转。虽说牙齿不好,但仍有几颗站岗的门牙。老汉心里直泛酸楚,由此上东瞅瞅西看看。见买东西的人总算陆续离去才问媳妇:"大牛呢?"

"噢,嗯,是他爷。你找大牛有啥事哩?大牛不在,出去还不知多会才能回来。"见老公公一脸灰土悲苦的穷酸相,心里就很不舒服。又见他东瞅西看就从柜台里挤了出来,装着十分关切的样子,走到门口踮起脚尖张望大牛是否正走在路上。她非常希望大牛这个时候能够回来。不希望老公公在这里碍手碍脚,呆的时间长了不仅影响她的生意,而且呆久了,大热的天你不论什么东西都得拿出来给他吃一些。可这些都是她极不情愿的事情啊。于是当老公公再次问起,大牛干什么去了,会不会快回来时,她干脆利落地:"他爷,你找你儿,好像你儿就什么事情都能办得了。有什么事?你还不如先跟我说说。兴许我能帮你出出主意想想办法。"

"哎……"老汉听了大儿媳的话,想了想。长长地出了一口气。

"是分地的事。"孔明康老汉就地蹲在店门口开门见山地说。然后上下左右地摸索口袋,他想抽烟。可摸索了好半天什么也没摸索到。突然想起村口小卖部保生媳妇给他的那支别在耳根的烟,早不知去向了。

"来,给我拿盒蝴蝶泉。"边对儿媳说,边从口袋掏出两元钱,甩在柜台上。

改香见此撇了撇嘴道:"看他爷,自家的东西还掏钱哩。"说着转

身从柜台一角取出大牛抽剩的几支"美登"烟扔给老汉。柜台上的两元钱也未给老汉往口袋里塞，就那么一直放着。

"分地？分地是好事呀，早该分了。只是你二老不吭气，我们谁也不好开口。这有啥难的，要分就分呗。这不是秃子头上的毛明摆着的事。你呢，眼看一年比一年老，远处的地，你也种不动了。可谁还不知道你老俩，三牛的地还得你们帮着他种？对不对？那就将靠村口最近的那块留给你跟三牛。望儿峁的那块地我跟大牛种，反正我俩这几年在那块地里滚打惯了，也知道它的土性。收成好坏种好种赖也用不着你再操心。南山背的那一块就给二牛。虽然远了点，但亩数也不小，二牛要种也不算吃亏。只要下上功夫，也会有好收成的。你说是不是？再说二牛人家两口就一个儿子负担不重，还在外卖菜挣钱，种不种地还两说哩。这事你老心中比我更有数，还用得着你那样愁眉苦脸的。要我说就这么定了，根本用不着跟这个商量那个商量的。你老仔细想一想。"

孔明康老汉听了儿媳这番合情合理的话，似乎得了启发。只见他狠狠捏灭烟头，忽地从地上站起，深凹的眼睛透出了少有的光泽，看来他成竹在胸了。改香也在心里暗自高兴。

孔明康老汉准备回去了。恰在这时最小的孙孙贝贝一蹦一跳地背着书包回来了。一进店门就大呼小叫地喊着："妈妈，妈妈我要吃葡萄，渴死我了。"书包还没来得及放下，就用肮兮兮的两只胖手撩起盖在果箱上的布单，抓了一大串葡萄。回头才看到立在门旁的爷爷，贝贝又伸手从苹果箱内拿了两个苹果给爷爷："爷爷，爷爷您吃。"

"爷爷，咬不动。"孔明康瞧着未涉谙世不知道就里的小孙子道。

贝贝又将他手中的一大串葡萄塞在爷爷手中："爷爷您吃葡萄，

葡萄能咬得动。您吃呀?!"

孔明康老汉瞧着小孙孙,又瞧着正给小孙孙卸书包的儿媳改香。刚才那番令老汉心悦诚服的感激一下子在心里荡然无存了。他看到改香在给贝贝卸书包的同时,一个劲地捏、拉、扯、拽、推又是递眼色又是责骂孩子不听话不洗手。这一切分明是在暗示、提醒、制止孩子,不让他给爷爷吃东西。

孔明康老汉无言地跨出店门,将那串梅愣愣的葡萄放在店外的窗台上走了。一股混浊的老泪溢出,模糊了他深邃的双眼。

无论是谁,人得时常清洗自己生命中的灵魂。清洗干净了灵魂才能洁净明亮,才能处处发出暖人的光芒。如果一个人从来不清洗灵魂,那么他的灵魂,乃至道德良心将渐渐地变得肮脏、丑陋、坚硬起来,变成一个地地道道铁石心肠的黑心鬼。

如果说大牛的媳妇改香就是这样一个黑心鬼的话,通过她这样一些举止言行,可真的不算过分。虽然长得身宽体胖轮廓分明,白白净净衣冠楚楚像模像样的,但是目光短浅,貌似情非。很少有人见过她阳光般的笑脸。她的脸色什么时候都是阴沉沉黑板板僵巴巴的。仿佛世界上的人都欠着她多少似的,因而引发起她无尽的不满幽怨和仇恨。所以她从来不笑,也不懂得笑。那么她如果懂得笑的话,哪怕是一点点的微笑,可说是一个非常丰盈异彩、风姿绰约的美女子。可惜她完全抛弃了这一点,因而也就失去了她应有的可爱和与人为善所应得到的尊重和信赖。尤其是对孔明康老汉一家上上下下里里外外老老小小(包括她自己的丈夫在内)都很难得到她的一个好脸色,按说她的出生也并不高贵,是一位屠夫的女儿。

一句话,物质和金钱的强大欲望,使她变成了这个样子。眉高眼低目无余子。这也许是格外渴望富贵的人,都必须围绕着目前的利

益所钻营的缘故吧。所以她憎恨富人,鄙视穷人。对所有走到她面前的人,除了她自己的一对儿女之外,她都会在心里诅咒无数遍。从不关心别人,只关心自己的利益。凡是进她店来的人,她最多使用的一句话便是:"没钱?!你就别买。"这句话经常出现两种情况:一种是有的顾客扭头就走,另一种情况是:"你怎么知道老子没钱?拿!"然后甩下足够——多余的钱骂骂咧咧而去,零都不用找。这时她总会在心里发出一阵冷笑。用孔明康老汉的那句话说:只认钱,不认爹的"黑心鬼"女人。

孔老汉的这一生,就跟这苦和累分不开。过去不是没吃就是没穿,现在儿女都长大成人了,虽说温饱不是问题,可不是受这个的气就是受那个的气。老伴一辈子跟着他也同样。尽管如此,他还是一如既往地关心着爱护着接济着他们。即使路边一堆狗屎,他也会想方设法把它扒拉到儿子们的地里去。

"媳妇不孝是儿子过"、"女婿不敬是女儿过"、"养儿不教父之过"上行下孝这些古训至理名言,作为一个地地道道的老实人讲,他一字不识咋能懂得这样的道理,把这些做人处世的原则用精辟的语言来坦诚直率地灌输给他们?他只知道受苦,也只能受苦,再没别的招数了。

现实生活里,确实存在着一些人的道德、良心完全被物化的现象。如果你有权有势有钱的话,别说是自己的亲生儿女,即使是外人都会将你捧为上帝,跪倒在你的面前,一声声地喊你"爷"而不是"爹"了。之所以说,这是一个可怜的老头。如果晚年没有什么意外境遇的话,他的一生也只能这样别无选择了。

孔明康老汉走在回家的路上,太阳当头。午饭的时间已过,但他仍没有饥饿的感觉。刚才小孙孙贝贝那颗纯洁的小心灵所感动得他溢出的那两股浑浊的老泪,早被灼热的太阳在那张枯瘪黝黑的老脸上晒出两条白生生的"盐道"。

他什么也不想,只想着这三块地。至于那块最肥沃的地被大儿媳妇改香就这样抢占去了,这是他预料中的事。其他两块也就只有这样定了。

既然是这样他就在心里想着尽快去村委会,填表登记将那三块《土地归属使用证》帮他们一起领取回来,领取回来之后,他再分别逐一交代。不管三七二十一,这桩心事对于他而言,就算了结了。

可他万万没有想到后来,正是这三块土地的分派以及地理位置的不同,意料不到的所带来的经济利益,将孔明康老两口的晚年生活推向了更加凄惨和悲苦的境地。父子之间、兄弟姐妹之间、妯娌之间、夫妻之间的关系一塌糊涂。子不认父、弟不认兄、兄不认妹。就在村外那座荒僻、苍凉、破败的仓库院落里,上演了一场孔家史上,史无前例的大搏斗。丑中见丑、恶中见恶、肉中见肉、血中见血的可怕场面。恐怕世界上没有比这更令人痛心、令人发指的事了。

四

这是傍晚时分,晚霞拖着艳丽的尾巴躲藏到了老山矿西边的垴后,星星般璀璨的灯光渐渐地包围了这座沸腾而喧嚣的矿山。山坡上,向阳坡大秀的家中,院落也早已亮起了灯光,暖暖地融入这五光十色的夜晚之中。

李和顺正跟孩子们吃着晚饭,也正给一双儿女编着他们的妈妈是因为什么而突然离开家的深切谎言。他说:"你外婆病了,你妈是

被你们的舅舅突然叫去的,也许过两天就回来了。"还一遍又一遍地
叮嘱他的孩子们:刚刚开学不久,不要给新老师留下坏印象。只管学
习,争取好的成绩,不要操大人们的心,云云。正当他装着一幅好父
亲的面孔给孩子们讲这些道理时,直听得院门轰山般地雷响。他急
忙放下手中的筷子去开门。他以为是仍在生气的大秀终于回来了,
没想到是手持杠棒,怒气冲冲的老丈母。老丈母看都没看他一眼,照
直走进家门。"娘、娘、娘"李和顺紧跟其后,连续喊了三声"娘",这是
他万万没有想到的。近二十年的老女婿了,他从没见过这个一直骨
瘦如柴,病病歪歪的老丈母,如此这般凶神恶煞,简直就是一个天降
的魔鬼,骷髅一般,披头散发。两个孩子看到外婆这般模样,撂下碗
筷,立在地上,惊愕地发起愣来。瞧瞧这个,再瞧瞧那个,当然李和顺
心中发虚,头上直冒冷汗。他一个劲地"娘、娘、娘"想让老丈母坐下
来,听他慢慢给她讲。然后,再慢慢地给她编他最最擅长的那些谎
言。可惜他的美好愿望失败了。老太太威武挺直,目光犀利,手中的
棍棒发狠地杵在地上,直震动得屋顶尘土哗哗直落。身不抖,气不喘
大声喝问道:"李和顺你知道我闺女现在活着呢? 还是死了呢?!"不
说李和顺听了这话被吓得如何发颤, 只见两个孩子听到外婆的话:
"哇"的一声,都扑在外婆身上:"我妈,她到底怎么啦? 她现在在哪
里? 我要见我妈妈、妈妈……"两个孩子哭成一团,小外孙女哭的更
加厉害了。她放开外婆扑到爸爸跟前撕扯他:"你不是说,我外婆病
了吗? 你骗我! 我要我妈妈……"

孔明康老伴听到外孙儿们的话,更加气愤,将手中的棍棒举起
将茶几中的所有盘碗哗啦一声扒拉在地。噼里啪啦的破碎声把李和
顺吓得面色苍白手足无措。此时他真不知大秀怎样? 如何是好? 他
真后悔自己没有去找大秀,他把大秀看轻了不以为然。还以为她会

像以前一样,无非生一段时间的闷气也就没事了。因为大秀是那么的疼爱孩子们,那么的顾家。大秀真的有个三长两短,真的永远不再回来的话,别说对不起面前的这个近乎疯狂的老太婆,就是自己的这双儿女都无法交代。他越想越心急意乱。对大秀的生死存亡撕心裂肺地关心起来。他腾地跪倒在老太太的面前央恳起来:"娘、娘、娘,大秀没事吧?她是回家了?我马上去接她。您老告诉我,嗯,你老说呀!是我对不起她。我要亲自给她道歉,绝对不再惹她生气。娘……"此时李和顺那幅狼狈相,真的很可笑。女儿的小手将他的脖颈抓出血,他都浑然不知。大秀的娘见此情景,好像气平了许多。但仍然厉声责问道:"李和顺,按说你在孔家外姓人里(包括三个儿媳,另外一个女婿),你是唯一一个喊'爹'叫'娘'的人,正因为如此我老俩没有慢怠过你吧?"

"没有。"李和顺回答的实实在在,但有气无力。

"那我问你,大秀嫁给你她好活难活全不说。我问你:她做下什么对不起你的事了?你如此欺辱她?是她给你抛米洒面不会过日子哩?还是给你戴上绿帽子了?是她打公骂婆不孝敬你父母呢?还是别的什么?你给我说!说下个长长短短明明白白。如果是她的不对,我回去将她活埋了。因为她不仅是给你丢了人败了兴,最主要的是她给孔家丢了人败了兴。如果是这样的话老娘我,不会轻饶了她。如果她没有不是,而是你逼得她死去活来,那么我今日就不能饶你。"大秀娘手中的棍棒又在地上狠狠地蹾了几蹾。

"没有,没有,全是我不好。是我对不起大秀,也对不起你老人家。"如此聪明的李和顺听完老丈母的话,心里早就踏实了许多。见老丈母地动山摇之时,打了个趔趄,险些跌倒在门床间的垃圾桶上。他趁机赶忙从地上爬起,将老丈母手中的那根沉重的棍棒夺下,又

将她老人家摁倒在他刚才坐过的劣质沙发里。忙不迭地吩咐孩子们给老丈母点烟倒茶,老丈母摆了摆手。尽管老丈母仍一脸的怒气,但李和顺已经如释重负,完全恢复了他平日里的洒脱和自信。他一口一个"娘"地叫着,叫得比亲娘还亲着哩。每遇什么事情,都能很快化险为夷,化干戈为玉帛。这就是李和顺的聪明才智。关键时刻,他绝对不会把势态扩大和恶化,绝对能做到大事化小,小事化了。

大秀娘看着这个家,看着这两个可爱又可怜的外孙,再想想可怜无能的大秀,也由原来的愤慨、激怒,气冲冲而渐渐变得沮丧、茫然和无奈起来。哎!能咋地?

本来还有一肚子的道理对这"畜生"讲,可她现在已经既没了力气也没了底气。想想女儿的日子总得过下去——为儿为女伤了自身。她坐在那凄凄切切地呜咽起来。

我们只好长叹:吾计穷矣!一对农村老人的生活状态,命运招致。等她哭够了哭累了,她还得对这个叫"娘"的畜生女婿说好话:"就算是我这个不死的老太婆求你了,把大秀接回来好好过日子。即使是有什么过错,为了儿女们你们也得互相宽容一些忍让一些。不要让我看到你们这样——心难过呀!"

"嗯"李和顺总算温良地答应了一声。

在这里我们顺便谈一谈大秀,在大秀的问题上,大秀自身也有许多不足,即使是大秀她娘也未必知晓。因为那毕竟是夫妻之间生活上的一些小细节,就连李和顺都难以表达。只是意会凭感觉罢了。夫妻之间的生活,不仅仅是有儿有女,吃、喝、拉、撒、睡;油、盐、酱、醋、茶的问题,而且更重要的是一门学无止境的艺术。大秀她根本不懂。

她只知道把孩子们打扮得漂漂亮亮干干净净,吃饱喝足去上学;把屋子打扫的一尘不染;每一样家具都擦洗得明光闪亮——这就是日子。她注重的是自己那种对待生活认认真真的态度。所以一贯省吃俭用素面朝天,就意味着自己是个好妻子,丈夫就能永远像初婚时那样爱着她。她脑海中的爱情婚姻是永恒牢固完美的。按她常说得:我就像个保姆。整天忙个不停,伺候着你们老小。就这些牢骚话来讲,事实上她早已经把自己忽略了遗忘了。遗忘和忽略了自己在自己男人心目中真正的身份和地位。同时她也忽略和遗忘了自己的男人。忽略和遗忘了自己的男人在这个家庭中的地位和现实社会里人们眼目中的形象。换句话说:她这种对待爱情、婚姻和家庭的陈腐观念放在当今,那是劳务市场、家政公司任何一个雇工都能干了、干好的事情。对于比较新潮的李和顺来讲,只能说明她太抠门,太守旧,太俗不可耐了。在外人看来,她这种对男人盲目的奉献决然不是自我完善的道路,可她始终不明白这点。

曾有这么一件事,就让爱面子的李和顺在男人堆里,不仅丧尽了自尊丢尽了面子,同时也受尽了同伴们的嘲弄与耻笑。

升坑洗澡后的男人们,往往都要在澡堂呆上好长时间,才精神抖擞地回家吃饭。一者是为恢复基本耗尽的体力;二者是为自己这一天中又要从黑暗的地层深处,升至人间“天堂”的美好感受,进行一番粗犷的喜庆;三者是为了展示自己洁净而体面的内衣内裤。这不仅仅是女人们才具有的审美现象,男人们同样也存在。出得澡池,他们往往都不等得身上的水全部沥尽,便赤条条地躺在铺了一层白布单,但底下却被人造革包得软绵绵暄腾腾的海绵床上。开始享受轻松舒坦放纵自由的感觉。然后便喝茶、吸烟、骂娘、调侃、戏弄、喧嚷。把一天中的紧张和劳累都得在这个时候释放出来。这一切都够了,他们才去穿衣服。穿衣服的时候,总会有人发现谁的内衣、内裤

最整洁最体面。因为好些人,总要把老婆为其精心选购的内衣内裤抖搂出来,慢慢腾腾地穿上。然后,刻意停留上几秒钟甚至几分钟。再喝杯水吸支烟,神气十足地走动走动。为的就是让大家伙留意自己,看到自己不仅仅是体格的健壮、肌肉的发达程度,更主要的是让大家看到自己身上的体面和自信。有的裤衩背心不仅整洁、新颖、别致,而且更多一些都是名牌。外衣也同样阔绰,再来上一条花色领带像模像样的,你根本就看不出是个井下工。说实在的,如果同时都穿上那身潮湿、沉重、肮脏、烦人的黑皮,嗨,那还不都是黑狗蛋——一个屌样。

可一出澡堂,人和人那可就大不一样了,请不要忽视了,爱美之心人皆有之哪!

李和顺从来没有那样自信也没有他人那种得意。除了过年时,平素都穿着上了补丁的内衣内裤。这真不愧称为孔大秀的杰作! 他进入澡堂总是匆匆忙忙脱衣,匆匆忙忙穿衣。

尽管他如此遮遮掩掩神神秘秘的,但他内心的这种羞涩感,有一天彻底被人揭穿了。他的黑哥们儿把他那条上了几块补丁的内裤抢过来,用手指挑着,满澡堂示众:快瞧瞧!大家快来瞧!你他妈李和顺是不是杨白劳现世?! 嗯,你老婆他妈也太抠门了吧……其余就不能再往下讲了。打那次之后,李和顺自己给自己一气之下买了四套上好的内衣内裤(包括裤衩、背心)狠狠地摔在床上,摔在大秀面前。就这都震不醒大秀那愚顽的头脑,她不仅仅不假思索,还对遭受羞辱的自己的男人一阵大惊失色的叫嚷:"你疯了? 买这么多? 是钱多烧得你难过?!"但凡是一个像样点的男人,遇上大秀这样的女人,想必都会感到苦恼的。

再看看她,一年四季几乎都穿着那几件不变花色的旧衣,干瘪的前胸从不戴个乳罩,过早地凹进去,河虾一般尽显得异常瘦削。再听听她整天俗不可耐的几句话:"你怎么又要回你家哩?""早点回来,别扑死得没踪影了。""又要跟那些狐朋狗友喝酒了?""这个月怎么少了几十块钱?""孩子们还没睡着哩,少麻烦。""反正我不给我家钱,你也不能给你家一分钱。"

这些话真好比一只只昆虫,一旦进入一个男人的大脑,往往会被撕咬得浑身难受、目光冒火,犹如一头被激怒的犟牛。真正聪明的女人,绝对不会这样对待自己的男人的。别忘了,江山与美色是世界上每一个男人一生都在锲而不舍地追求的东西,即使他一生都得不到江山,美色他总会想方设法得到一些的。这是男性常规。这样看来,如果大秀仍一如既往地不施粉黛素面朝天,不注重自身素质的提高、保养,维护和建设的话,那么她很难将自己从那种孤独、迷惘,空虚和绝望之中解救出来。

总之,她的未来是令人担忧的。

五

孔老汉背着日头,回到村外他的住地,那座冷清而破败的仓库院落时,大秀分明听到看到他把铁栅栏小破门,咯吱一声摔上。小破门还像一个顽皮孩子的脑袋一样,摇晃着小声咯吱了许久。可他并没向他跟老伴常住的那两间房屋走去;他分明也看到了正坐在那两间房屋中间外面的石凳上,神情忧伤的大秀,他还是心神不定的朝后张望了几下。隔着破铁栅栏朝外瞅了几眼。此时他自言自语道:"他娘的,咋死到这里却没人管了呢?"

孔明康的老宅
KONGMINGKANGDELAOZHAI

原来公路上有一辆满载红松木板的大卡车,不偏不倚,恰恰堵在了他刚好能进一辆车的大门口。为此他不得不绕过它,从草丛中跨过那条不浅的水渠,进得小铁栅栏门内。

"爹,你快去吃饭吧!"大秀见他爹怒气冲冲的样子,好像身后追着一条伤人的狗似的不时地回头。她当然不知什么状况。只是心里猛地跳动了一下,总算盼回来一个亲人。于是她赶快站起身来,招呼她爹去吃饭。等着一起跟她爹走进那一间简陋的灶房。所谓"简陋"就是一台火炉一只破木板床以及一些灶具而已。对了,还放有一把极其显贵的黑真皮高靠背转椅——就放在破木板支起的这一张餐桌前,同时也是做饭使用的厨台旁。除此之外什么都没有。

饭当然是大秀做的,黑瓷盆里放着早已和好的一团面,一钢锅沸水就在炉旁的这只破"餐桌"上,周边还放着两三样炒菜,两瓶高粱白酒。

一股股变味的肉香扑鼻而来,孔明康老汉感觉自己确实饿了。尤其是看到那两瓶酒,就更感饥渴交迫。心里想:还是女儿好! 知道她爹一辈子就好这一口。其他都顾不得了。依旧固步自封地坐在那只破木板支起的"餐桌"旁——那把象征着他身份地位的黑真皮高靠转椅上开始吃饭。所谓"故步自封"是指它已完全不能够再履行它的职责——"转动"。由于倾斜过度。磨盘式的底座下居然还压着一块沉重而光滑的河石。

孔老汉几乎每天都是坐在它上面吃饭的,基本成为他的一种习惯——舒服。这把黑色真皮高靠背转椅,可说是他这一生中享有的最高级的奢侈品了。是他的一位好朋友——那个河南籍老头亲自送给他的。他每当坐上去都会情不自禁地想起这个老头来。对,不能说是老头,是老魏——和自己年岁相当。是一个非常厚道,健谈且幽默风趣的河南人。好像已有一段时间没见到他了。孔明康老汉此时正在心里想着、念着、说着。因为他的一些废铁、烂货已经积攒了不少，需要他赶紧收走。如果这个时候能来的话，那就更好了。既能陪自己喝两杯又能解解闷。老伴也不讨厌，每当赶上饭时，总会千方百计，想方设法地弄三两样菜，让他们喝上两口。边喝酒、边聊天——开心、快乐。不仅能听到他那些多年来奔走江湖的感人经历，还能听到他带给他们的那些闻所未闻的稀奇事情以及社会上各种各样的传闻，劝导他的那些话……

想到此，孔明康老汉才想起了老伴来。于是便问大秀："你娘呢？"

"我娘，她去二秀家了。"大秀正往锅里削面，听到爹的问话，打了个直愣慌乱答道。

"去二秀家干啥？她又不是不知道你回来。"

"可能是病了。"大秀边给自己碗里捞面，边有气无力地回答。

"是她叫你回来告诉的？"

"嗯"大秀顺口胡说道。

大秀的心里乱得一团糟，她不知道也想象不出，她娘拿着一根棍子，是否找到了李和顺？跟李和顺怎样交锋？李和顺现在怎样？孩子们吃上饭了没有？是否按时上学了？她娘是走着去的还是乘车去的？气头上的人会不会磕碰着？毕竟上了岁数，都怪自己给大人添乱。唉！早知这样就不如当初独自找个地方悄悄死了。这何必非得再回来看看父母。

她就这样想着问着自己。只见她端着碗，用筷子在碗里扒拉来扒拉去，却不见她往嘴里吃肚里咽。神情恍惚目光暗淡。她爹背对着她，自然没发现她的神色。当然她也尽量躲避着她爹的目光。对于孔

明康来说,女儿时间长了,回来看看也是自然的事,他没想太多。至于说"二秀病了?"他在心里打了个问号。"那天不是还像鬼影一样晃了一圈就走了嘛,她怎会病了?"二秀是个不省心的东西,他知道。但他不愿去多想,想多了心烦,反正有她娘哩。女儿们的事,他管不了,知道管不了也就索性不去管了,爱她们怎过过去。

他边抿着酒,边想着他的心事。于是他的大脑转来转去又转回到他那即将分割给三个儿子们的那三块土地上去了。其后又转到了这天中他所经历的那些伤心事上。

"唉"酒劲上了他的头,使他情不自禁的哀声长叹了一声。

大秀听到爹这更加令她伤感的哀叹声,放下没吃完的饭碗,跑到围墙一角的简易茅厕去哭泣了。在她哭泣的过程中,突然想起一件事来。那就是她疯逛荡了一夜之后,早早在市场上狠狠地为爹娘所割得那一刀上等的好肉。足足有七八斤,一下子就花去了她六七十元钱。究竟是多少斤,她压根也没问,总之,提在手中感到沉甸甸的。这是她出嫁以来,唯一对自己的爹娘如此大气的一次。她根本没想,天仍然还很炎热,父母家又没冰箱,吃不完会坏掉的,也没想一直被捂在塑料袋中不及时处理会变味。只想着应该让爹娘好好吃几顿。结果等她想起这刀肉时,果然已经被捂得发白变味水不叽叽的。她娘走后,几个钟头她才去处理,清洗了几遍仍有异味。尽管如此,她还是没舍得扔掉。一刀一刀地都切成片,然后从没倒塌的围墙一角处拔了几棵爹种的大葱,一起将肉片全部爆炒下。除了炒菜用的,还特意给爹留了一碗,其余都放在了蒸锅里并上了盖。不盖不行,苍蝇轰轰的。她想到别再捂上盖子了,不然的话还没等娘回来吃上一口便得全部倒掉。

现在爹正津津有味地吃着,得问问他,异味大不大。如果不能吃的话，就不能让爹再吃了，别吃坏了肚子。这是她刚刚在哭泣的过程中突然想到的。

正当她擦干眼泪，快步躲开草丛踏着父母留下的那条蛇一般的小道回厨房时，猛然听得铁栅栏大门哐哐山响，她不禁又打了个激灵，心跳加快。总以为是娘像电视里那个威风的《双枪老太婆》一样，把犯错的丈夫李和顺像坏人一般押到她的面前来，并当着爹娘的面，千遍万遍地给她赔情道歉。给她发誓：从今往后，绝对不再跟那个"黄毛鬼"——外地来的野女人鬼混。然后跪下央求她跟他回去。再然后她在爹娘的一再督促和打劝下，显出极不情愿的样子，让他拉着拽着自己体面地离开爹娘。

可当她慢慢回过头来的时候，看到的却不是她期盼的那种情景，而是一个不认识的邋遢老头。

他正扒在铁栅栏大门上，边摇晃边叫喊道："喂，有没有货？"

大秀终于明白了：他是个收烂货的。

只见她爹放下碗筷急匆匆地往外跑，边跑边大声应道："有有有，老魏！好久不见你了。我还正想着你，他娘的……"

大秀她爹将这个收烂货的邋遢老头迎进屋，并且吩咐再弄些肉菜。他要跟这个姓魏的收烂货老头喝两杯。还没等大秀问肉味的事了，她爹就已经将今日的好饭菜以及大女儿大秀介绍给了这个老头。老头回头瞄了大秀一眼，执意不肯喝酒，要喝改日。并再三表示，他早吃过午饭了，并且也是酒足饭饱。他今日来，就是准备将孔老汉的烂货拉走。可是不巧，外面大门被堵死了。老魏所说的，也就是孔明康老汉非常恼火的那辆满载红松木材的大卡车。它使得魏老朋友的那辆小平车进不了院中。魏老头到孔老汉存放烂货的那间库房里，转悠了转悠说：看来今日是拉不成了，得改日。

　　然后,两个老头便不约而同地坐到院中的石凳上,高谈阔谈开了。

　　这个邋邋精瘦的老头,说话的嗓音胜似洪钟,使得这个寂静荒僻的院落一下子喧嚣起来,仿佛院内乃至周围的荒草也开始摇动起来一般,直搅扰的大秀非常的心烦。可是孔明康老汉不同,他见到这个收烂货的老头异常的开心。这还是大秀从没看到过的。大秀不可思议,并且十分反感。她爹还又让她给他们沏茶倒水。大秀面无表情地倒了两杯水,送到他们跟前。便懒懒地回到她爹娘睡的那间屋里,款款地躺在爹娘用破木板支起的那张床铺上,拽了块比较干净的枕巾蒙住了头。

　　此后,太阳落山,夕阳的余晖被黑夜渐渐地收去了它金黄艳丽的尾巴,留下了一片令人窒息的沉寂。

　　不知睡了多久,大秀迷迷瞪瞪的,突然被她爹喊醒。她竭力调节着自己的视觉感官,静听屋外却什么动静都没有。她娘仍没有回来。憔忧、不安和痛苦的心情交织在一起。仿佛一股巨浪把她推倒在河床上,而不是床铺上。她甚至感到死亡的可怕。像一只断腿的羊羔,迷失在了荒野之中,既找不到又回不到了家的恐惧和绝望淹没着她的心。

　　"爹!娘!"她撕心裂肺般的失声号叫着,让人听了心痛。孔明康老汉还以为是女儿大秀在发癔症,便咬紧牙关吃力地趴到女儿跟前,用手使劲拽了拽女儿。

　　"大秀,大秀,你醒一醒,爹爹肚子疼得厉害。"大秀一下被猛然惊醒了。

　　她立刻爬起来,一看爹的面色紫黑,大汗淋淋。她爹告诉她:他又拉又吐,已经承受不住了。让她赶紧进村,到马旺才伯伯家的门诊买点药回来。大秀一听惊得直打冷颤。哆哆嗦嗦地找了她娘的一件外衣穿上，拉开屋门冲向铁栅栏小破门，躲开堵在大门口的那辆坏车，跳过水渠，直奔村中。

夜深人静，路上没有一个行人，连车都很少。大秀深知这都是自己买的烂肉害得爹。现在她顾不上后悔，也顾不上害怕。一心想着能把药买上，让爹的病赶快立刻停止下来。她恨不得自己能够飞起来。

村中一片漆黑，几乎没有一盏亮着的灯。只有远处公路上，时不时一闪而过的车。她不知道自己是如何爬上那道斜坡，过了那条狭窄的悬崖小道，怎样跌脚马趴磕磕绊绊地摸索到马旺才伯伯家的门诊窗口的。

她把马旺才家的门诊窗口，像收烂货的老头一样擂得山响："大伯，大伯！我是大秀。"

马旺才仍住在村中的老房中，只是临街搭盖了一间简易的小房作门诊给村人看病。

马旺才听到大秀的喊叫声，睡迷打眼地打开窗口，问清大秀病情——原委，便递出几样药来。并叮嘱大秀：如果半小时一小时之后还不见效，就立即送医院。千万不敢耽搁。大秀听了马旺才伯伯的话，便开始慌乱地摸索口袋。她已经记不起自己把钱装进哪个口袋还是丢失了。她一直在摸搲翻来覆去。那是好几百块钱呢！越着急，越慌乱；越慌乱，越糟糕。始终也没掏出一分钱来。她从来没有揣过这么多的钱。这次就是因跟李和顺闹腾才使她下决心，把家中的钱揣了一些。这下虽说惹下了祸，可也派上了用场。但此时又不翼而飞。大秀简直沮丧得要死。

马旺才见大秀慌乱不堪的样子，甚怕耽搁太久延误了治疗时机，便让她赶紧回去给她爹先服药。钱的事以后再说，不当紧。

其实,大秀揣着的钱,仍然在她的上衣口袋里,只是她早昏头奄脑了。一直摸揣的是套在自己身上她娘的那件上衣口袋,却始终浑然不知。不过她听了马旺才大伯的话,不再胡乱摸索了,扭头就走,救参要紧。

马旺才大伯跟他参岁数差不多,是看着她长大的街邻。

离开马旺才家的门诊窗口,隔墙便是自己跟参娘兄妹五人从小到大生活,居住过二十多年的她家——老宅。

虽然,现在黑黝黝什么也看不清楚,可当她走过老宅的时候许多的感受一下子像闪电一样掠过她的脑际,一股不可名状的感觉涌上她的心田,漫过她的喉头,她克制不住地在这寂夜中放声号啕起来。

她的号啕声划破了夜的沉寂,也划破村庄中人们的心。尤其是马旺才老汉,听到大秀的号啕声,一直没有睡意,接连不断地吸了好几支劣质纸烟。

穷啊!城乡差别,贫富不均是当今现实社会中,仍然存在着的一个极为严重的现象。

马旺才独自感叹道:他在村中行了快一辈子的医了,还不是刚刚安了部电话?何况村外的孔明康。如果孔老汉也能安部电话的话,那还用得着大秀深更半夜大跑小奔、跌脚马趴地往外跑。打个电话不就完了?

除了这个破川石沟,看看人家邻村,人人扬眉吐气,个个精神抖擞。有的村庄几乎看不到过去的破房烂顶;有的村庄整体搬迁到新村庄。同样居离矿区两三公里,也就跟这破川石沟仅隔着一道墚的会马村,人家家家户户都盖了新房,甚至还有盖二层、三层楼房的。还按人头都分了好几万元的钱(马旺才的妹妹就嫁在这个村中),人家沾尽了国家煤炭企业的光,能不富吗?常言说得好:马不吃夜草不肥,人不发外财不富,就是这个道理。人家的村干部也就日能——有本事。能把上面的干部弄住闹腾回钱来,给村民办企业办好事。想想:大家伙儿都富裕起来了,即便你贪污上点,又算得上个啥?!哼!唉,看这村里的干部,整日就知道窝在一起赌博,越赌越穷。村长、书记一个样儿。

马旺才老汉独自一人在心里谩骂着,发着牢骚。如果不是自己老了不中用了的话,就凭他跟孔明康想当年在村中的威望和精明能干劲,绝对不会是现在这个样子。他狠狠地捏灭了烟头,仿佛也将要把这个蒙羞的村庄也一同捏灭。随后也关闭了屋顶那盏一直看着他心酸泛楚的大灯泡。

大秀把药给他爹服上,心急如焚地煎熬了大半夜,天已大亮爹才渐渐好转。谢天谢地!她在心里渴求祈祷了无数遍。

她非常感谢马旺才大伯,如果不是他的药管用的话,她简直不知如何是好。在这个荒野村外,她孤独无助地经历了最令她刻骨铭心的焦躁不安和痛苦。

现在看来,一切症状都消失了。爹不再像刚才那样难过。她的心也随之慢慢地平缓了一些。不然的话,她将无法交代她的娘,无法交代她的那几个兄妹。

她现在只顾着眼前的爹,其他一切都被抛到了脑后。一刻也不停的瞧着爹,给爹不停的喂水,直到他慢慢地缓扬起来。

不过,经过这一夜的折腾,很明显孔明康老汉虚脱了不少,两眼更加深邃,面色黝黑,比起以往精神颓败多了。

想要跟那个收烂货的老头像昨天一样,谈古论今谈笑风生,恐怕还得几日。这是大秀的基本判断。因为她太了解她的爹了。一辈

子都没仰赖过一天,只要有点精神,他绝对坐不住。地里锄草,路上拾煤;远处挑水,村中捡烂;院中种菜,炉中添炭,去干他永远干不完的活儿。

这个打击和教训太深刻了,以后绝对再不会干这样的蠢事。这是大秀发自内心深处的感悟。

六

孔大秀的娘,找上女婿李和顺的家门时,矿山已灯火通明了。李和顺正手忙脚乱地给孩子们煮方便面,外加火腿肠、荷包鸡蛋吃,家里搞得一片狼藉。还正给孩子们散布他那信口而来的廉价谎言。不料老丈母竟怒气冲天地寻上门来。他之所以没料到,是因为大秀天天价嘟囔着二秀,嘟囔二秀不争气,常给父母添堵。大秀大凡受点委屈,她也忍着,一般不往娘家跑。没想到她……

李和顺真的颇感意外,看到这个体弱多病、骨瘦如柴却又惊天动地的老丈母娘,他打心眼里有点怕。在心里直骂自己并责怪大秀:猪脑袋!干吗非得去找你娘?哪怕多扇我几个耳光也罢,解解气不就完了。何必搞得鸡犬不宁,狼嚎鬼哭的?万一被别人听到多不好,这毕竟是丢人败兴的事呀。

眼下突然像燃起一团灾火,渐渐逼近了他。两个孩子也不依不饶地推、拉、扯、拽地撕扒着他,不停地哭喊着叫嚷着:"你不是个好爸爸。你竟撒谎!你把我妈找回来,找不回来,没完……"李和顺真的感到头痛,不知如何是好。恨不得能用一盆水,将自己点燃的这场灾火,立即泼灭。

因此上他给老丈母娘下跪了。但见老丈母娘，一阵电闪雷鸣之后，猛地打了个趔趄，险些跌倒在门床旁的垃圾桶里。他才趁机慌忙将老丈母娘按捺到他坐来的劣质沙发上。随后老丈母的凄凄切切，哽哽咽咽，使得他从惊恐、烦躁和不安中渐渐地转变成一种复杂的发自内心深处的酸楚和悲伤，不知不觉中也流下了两行不竟相同的泪水来。

他哭了。用手捂着脸，蹲在沙发对面的电视机旁。但这一切并不能够完全表明，是他真正的善心和良心在提醒他，告诫他，不该伤害这位老人，而只是站在这位老人的角度上，略为感受了一下而已。他深知面前这位老人——并与其有了十大几年情感的母性，还有着比这更让她揪心难过的事情在等着打击她呢！但对自己的丑劣行为仍旧没有太大的改观。他认为自己拈花惹草的事，在当今的确算不了什么，比起她亲生女儿二秀的恶劣行为，所带给她的打击简直就是一件不值一提的小事，只是觉得有点对不住连襟——尚可。

世上任何一切事物都是相互关联的。这里需要说明的是，小姨子二秀的婚姻，就是他李和顺一手撮合的结果。原本对孔家来说，这是一件大好事，再美满不过的婚姻了。可谁能料到，出生孔家的二女儿孔二秀，婚后几年，便变得令人痛惜，令人发指，简直不可救药。她摊上了赌，并渐赌渐大。赌得昏天黑地，赌得头不顾尾不顾；家不顾子不顾。越赌越惨，越惨越赌。乃至外债累累，债台高筑。

尚可曾多少次在他面前，就是这样捂着脸痛哭流涕的。

尚可，虽然来自陕北农村，却是一个非常优秀的名牌大学生，有才气、有素养，无论谁都不想让他受到无辜的伤害和连累。因而，不管受多大的打击、伤痛都在说：看在两老的份儿上，有一百个不忍心都得忍。尤其是被称为老丈人、老丈母的大秀二秀的父母——一对

朴实、厚道、善良的老人。虽说是他们的老丈母、老丈人，但多少年来在对待他们的情感上，都跟亲生儿子没有两样。不论大人小孩，一旦听说他们谁家只要有个头痛脑热，风吹草动都会大老远地跑来——拔火罐、放血、劝导、指教、关照他们，直到他们安然无事为止。特别是眼前这位老人——大秀二秀的娘，一位值得尊重的老人，不仅关照他们的家庭，还关照着他们的生活。经常不辞劳苦地送来他们一年四季都不可缺少的绿色蔬菜；送来苦口婆心的声声叮咛；送来对他们无尽的牵挂。可眼下，他却让她老人家如此的伤心难过。在这一点上，李和顺深感自己不如尚可。如果再让她知道看到二秀与尚可，现在非常糟糕的经济状况和十分恶劣的感情走向，这个一生都在疼儿爱女的老人，会不会被彻底击垮？不过他转念一想，二秀是她自己不争气，自作自受，活该！那还是她遇上了尚可，如果是遇上别的男人或者是我李和顺，我也会打断她的两条腿，剁掉她的一只胳膊，让她永世不得再赌。庆幸自己娶得是本分的孔大秀，而不是孔二秀。如果自己娶了孔二秀，那可真叫倒霉，或许早让她带着她那些永远偿还不起的外债一起滚蛋了。

李和顺想到小姨子时，他的思绪便很快转移到了连襟尚可的身上，情不自禁地融入了他们的家庭状况之中，身临其境般地感受着尚可的痛苦和无奈。眼前也一幕一幕地出现了那个家一塌糊涂的情景；被摔碎的锅、碗、瓢盆的碎片；朝天躺在地上屏幕裂开冰花的电视机，洗衣机，电风扇；滚打着流尽了最后一滴泪的超纯水罐……出现了酩酊大醉烂泥一般的尚可；出现了揉着胳膊脚儿厚颜无耻地翻着白眼的孔二秀……

矿山的夜完全沉寂下来了。只有煤库繁忙外运的煤车，时不时地鸣叫着拖着尖锐而悠长的汽笛声，时远时近地搅乱着矿山的宁静之外,一切都处在了夜的清静之中。不过汽笛的搅乱声,对于久居矿山的人而言并不敏感,有时是一种极好的催眠曲,甚至有些人,一旦听不到这种笛鸣声,心里就会发虚、发慌。像李和顺这样的人,压根就感觉不到它的存在。而对于大秀娘来讲,极其挠心。每当那种刺耳的声响掠过她的耳畔时,她的心都会剧烈地颤动许久,仿佛被锥子剜戳一般的疼痛,身子自然而然地哆嗦了一下,将所有的疼痛都堆在脸上。

李和顺想起二秀跟尚可的家事,心里就一个劲地为尚可着急难过起来,而却把自己家眼下发生的一切置之度外了。他完全忘却了丈母娘的存在;忘却了跟大秀以及黄毛女子之间所发生的一系列矛盾冲突;忘却了一直默不作声地趴在写字桌上做作业的儿子,甚至不知什么时候,小女儿便和衣睡在了床上。直到儿子小伟用手指捅他并告诉他,外婆是不是睡着了,他才惊醒过来。他赶忙走近丈母娘,用手背碰了碰老丈母娘的胳膊肘道:"娘!娘!您要不上床去睡吧,在沙发上睡会不舒服的。"只见老丈母娘连鞋带脚地扭斜着倒在沙发上,听到他的叫声,才慢慢地立起身来,吃力地抬起两只倦怠的眼皮,打量了打量他和整个屋子。然后伸手从身上的衣袋里摸出两片去痛片含在嘴里,才有气无力地对他道:"把我送二秀家吧?"说着就往起里站。这一站不打紧,险些又跌倒在身前的茶几上。李和顺跟儿子小伟赶紧搀扶住,重新摁回到沙发里。

"娘,你咋啦?"李和顺问。

"外婆,您是不是感到头昏?"懂事的外孙子小伟在问。

大秀娘无言地摆了摆手。见她将身子转动了九十度避开女婿的目光,把一只脚搬到怀里,脱去半节袜筒,仔细地端详捏摸起来。这是一只左脚,很显然已经肿得像蒸馍一般浮出了鞋面,脚腕子靠里

还挂着拳头大小的一个囊肿，明晃晃的并乱云般地浮出无数青丝。

"娘，你把脚扭了？赶紧去医院吧！"李和顺见状着急起来，边说边伸手拽老人的胳膊要背她去医院

"不去，不去！"大秀娘的口气异常坚定，一个劲地捏摸她的伤脚。

"万一骨折了，那不更麻烦。"李和顺见拗不过她，声音低低地嘟囔了一句，无奈地点了一支烟就地蹲下。当他碰到地上的儿子小伟时，才发现儿子小伟就一直站在他的身旁发愣，这时他才想到夜已经很深了。于是对儿子小伟道："你去睡吧，这里有爸爸呢。别误了上学啊！"小伟听了他的话，又瞧了瞧仍在搓捏脚的外婆，回头狠狠地瞪了爸爸一眼，甩开两臂大步向里间去了。

随之发出一阵很响的踢腾声。

李和顺似乎感到，所有的人都在跟他过不去，可他此时又无可奈何。去接大秀吧，夜已经很深了；去医院吧，同样夜已经很深了，老太太也不配合他；去找尚可吧，自己又觉得无颜……他怅然若失，一脸愁苦地在吸闷烟。唯一的办法也只有陪着丈母娘熬到天亮了。

不出所料，大秀娘正如大秀所担忧的那样，她根本就没乘车，而是深一脚浅一脚地步行而去的。一路上曾有好几辆中巴，嘟嘟着尾随在她的身后，售票员跟司机都将头探出车窗，几次三番地吆喝她上车，都被她像撵狗一样撵走了。她不愿坐车也不想坐车，就这样手拄棍棒，怒气冲冲地一路走去。拐过几道弯，绕过市区，跨过一座大桥，进入矿区。十大几里地的路程，不足两个钟头。对于一个体格健壮的青年人来讲，已经不算慢了，而对于孔大秀娘来讲，居然疾走如飞，简直有点太快了。

太阳还没有完全落尽，她就已经在姑娘女婿家门的山坡下了。

只是她老人家早已昏头昏脑,好歹寻找不到那条爬上斜坡进入女婿家门的小道。她也不打探一下,而是独自个反反复复、上上下下、穿穿套套、沟沟岔岔地折腾。从天大亮一直折腾到灯大亮,也未能寻到。

最后还是在一位中年男子的引领下,才进入女婿李和顺的家门的。

事实上大秀娘不完全是因为年老——记性不好的缘故,而是另有一些原因。一者是她真的迷路了,二者是她跟她自己一直在较劲儿。

显然,但凡居住在矿区或者常来矿区的人,都会发现矿区的变化是最多、最快,最大的。一些临时的、不规则的建筑物是三年两头盖了拆拆了盖。也许前些时的那些熟悉的建筑物还仍旧存在,而过几日便变得无影无踪了,被另一种建筑物替代;也许今天走的还是这条道,而明天就改走那条道;也许这座建筑前些天还是灰头黑脸的,突然发现变得色彩鲜艳崭新如初了。总之,这种变化常常发生。大秀娘就是受了这种变化的迷惑。当然,她也不像前些年那样跑女儿家跑得多了。在她的记忆里印象中,通向女儿家的山坡小道是在一座锅炉后头,那个宽大的堆积如山的木料厂。厂门是用钢筋焊接成的拱形门楼。门楼上面的铁板上写着"老山矿木材厂"六个醒目的大字,虽然她不认识上面的字,但拱形门楼上时常插着的那面小红旗,一直成为她通向女儿家山坡小道的特殊标志,可眼下,却什么也没有了。取而代之的是一片林立的高楼。高楼后面围了围墙。大秀娘折了几折,穿出楼群向洗煤厂的山脚下走了老远,回头望记忆中的方向,就更加迷惑了。山坡山谷间隐现出无数类似大秀家的房屋院落,像燕子窝一样,也像长出的黑顶蘑菇一般爬满了山坡,使得她

越发迷乱。她越迷乱越叫劲,这儿钻出来,再折向那儿,沟沟岔岔川川套套曲曲折折的,折腾来折腾去。反正她也不想活了。活多会儿是个够呢,没有一个让她省心的。

她这样想着,就这样发狠地折腾自己。基于这种极其可怜而又非常糟糕的心理状态,谁能保证不出意外?果不然在一处沟坡拐弯处,她被一块坚硬光滑的煤矸石扭了脚,一下子就把她滚跌在坡上,手中的棍棒甩了老远。"咋咋咋,跌死吧!"就这样了,她还在心里幸灾乐祸般地诅咒着自己。诚然以此将所有儿女们的罪过都统统折射添加到她身上,让她死去她都不会含糊。就是说只要能拯救儿女们的灵魂,从此使他们不再感到受苦受难的话,即便让她立刻上刀山下火海,她也在所不辞。

大秀娘把脚扭了,看上去很重。因为她一直也没有站起来,跌跌马趴地试了几试,仍然坐在那条沟坡上的煤黑小道上,旁边有几颗细小的杂草也被她连根拔起,手中的那根棍棒离她老远,几乎被掷落到沟底,幸好被一块黑石拌着。她要想拿到棍棒还需离开小道,将身子全部挪到坡面上的乱石中才可。她开始挪动身子了,几乎像个标准的排雷手一样匍匐着,一点点地向前爬。慢一点,再慢一点,再不小心便会滚到坡下。

真的,老天爷也为她捏着一把汗。

这里几乎没有什么行人,除了这条明显的沟壑,到处都是黑乎乎的煤面,看不到任何其他色彩的东西。看来大秀娘在确定自己仍还死不了的情况下,决心拿到手中的棍棒的毅力还是相当惊人的。

还好,她终于拿到手了。

只要有这条腿,就能站起来,就能走,就能寻到女婿李和顺的家门,她在心里这么想。等她拿到棍棒,继而又像刚才一样匍匐着爬回那条弯曲而陡峭的小道时，身边走来一人。这人小心谨慎地弯下腰，声音低低地问道："你是不是大秀娘?怎会在这儿?"边问她边从地上往起拖她。她没有承认也没有否认，只是一个劲儿紧抓着那人的胳膊抖动脚腕子，尝试着走路，身子颠了两颠居然走开了。

一身灰黑。

此人是谁她不关心，只关心她能走路。当然那根棍棒也起了一定的作用。大秀娘不知道，顺着这条沟一直往里钻，就是大秀跟踪丈夫李和顺与那黄毛女子幽会的场所——沟深草密灌木丛生的老羊沟。

按说搀扶她的人也不是生人，是李和顺十几年来上下坡的近邻——耿栓。耿栓，大秀娘也应该认识，前些年还跟她在女儿家的院落里唠过几次，只是几年没见，又在这种地方相遇，彼此都有几分陌生几分意外。

耿栓是个性情之人，平素爱跟人谈笑，不论男女老幼他都能跟人套上话。只是近年来变化太大，他的媳妇由于心脏病突发而死，撇下他跟两个上小学的孩子，使他的日子备受煎熬。他还没有李和顺的年龄大哩，但看上去比李和顺还苍老的多。

他这日从老羊沟出来是为死去两周年的妻子上坟的。他是外来人，妻子就埋在老羊沟，为的就是上坟方便。没想到在这个地方碰到李和顺的老丈母娘，纯属偶然。

大秀娘在耿栓的引领搀扶下，一道向李和顺的家门走去。

七

天蒙蒙亮,古兰市的尘埃经过一夜的沉淀,似乎使得空气清新了许多,所有的商店还没有开门,街道上除了个别卧车轻轻驶过,还不见什么人走动。拥挤喧闹的古兰市商业大街真正热闹起来的时候还得一两个时辰,一切都还处在静谧之中。

市中心商业区后的那条宽街两旁,路灯仍然眨着疲倦的目光,再往里,靠山坳的地方就没有路灯了,那里黑漆漆的,但有一片错落有致的民用建筑,是古兰镇老居民户拆迁移居新楼后,又根据地势得天独厚地在此加盖的一些民用小房专供租赁。其中,街的尽头有一处院落,早早亮起了灯光。虽然房屋低矮且面积不大,只有一间半,但却有一个完整结实的砖墙门楼,相当严实显贵。此时不到四点钟,不知谁家的狗吠了一声,随后便听得这院中有人说话。

"玲玲,把大门开一下!"这是一个中年男子的嗓音。

"自己开!"屋里抛出这句话的是一个甜脆而好听的女人声音。

"那你帮我关一下大门。"紧接着又是那个男子的声音,再没听到那女人第二声。又是两声狗吠声后,只听得那座花色瓷砖砌成的大门楼中间的那两扇沉重的铁皮门咯吱吱地打开了,门里突突地开出一辆三轮摩托来。

三轮摩托向着有路灯的大街飞驰而去。开三轮摩托的男子不是别人,正是孔明康老汉的二儿子——刚才在小院内对媳妇说话来的孔二牛。

孔二牛每天都是这个时候动身去接菜,去晚了接不上好菜,接

48

上一些扭瓜裂枣破皮烂叶的回来不好出售。孔二牛心里最顾忌这一点，所以总是起得很早。

从孔二牛租住的这座平房院落到古兰市唯一的，也是最大的蔬菜果品批发市场，距离不算太远，仅需二十分钟的时间即可到达。但孔二牛得花费半个多钟头的时间，原因很简单，他从来不抄近道。近道既狭窄又曲折，有些地方还起伏不平十分阴暗，到处都可碰到一些破车、烂货、烤炉、铁架之类的一些东西，阻碍他并破坏他一早的好心情。绕大街的感觉尤其好，这个时候的路灯，虽然眨着疲倦的目光，但见了他总会像一个个恪尽职守的军人一样，间隔有序地立在路的两旁，向他行礼致敬，然后目送着他沿街而过。因此上他有一种像首长一样被军人尊敬的自豪感觉。除此之外，街道宽敞，没有人跟他抢道，一切都处在清爽、静谧之中。没有白天那种白眼、谩骂、拥挤；没有摩肩接踵嘈杂的喧嚣。尽由着他的好心情环绕古兰市的大街，让他饱览古兰市的风貌。往往这个时候，他最得意最美好的感受是：一切都是属于我的。天空是我的，包括空气也是我孔二牛的。想象也像长上腾飞的翅膀，让他的身心得到短暂的放松。

其次，老祖宗——他的奶奶曾颤巍巍地握着烟袋锅子，声音低低地咬着他小小的耳根对他说："咱的老宅子有财宝呢！"这句话又要在他的耳畔萦绕开了。他打小乖巧、听话，他的奶奶才神秘地对他一个说了这样一句非常重要的话。他深信，除了父母，其他兄弟姐妹都不曾听到过这些。因此他极其深沉而自信。脑子又开始一遍遍地在老宅中搜索起来……

他很少回川石沟，也很少提起父母。结婚十多年了，他几乎没跟爹娘住过夜。他常跟村里的人说他回去没有房子住。每年回去几次都是由于爹娘春耕秋忙季节，三番五次地传话给他，要他得空回去

 孔明康的老宅

KONGMINGKANGDELAOZHAI

帮帮忙,不然的话,他说他一辈子都不想回去。所以被大家公认为一个冷漠之子。

其实孔二牛的心思谁都捉摸不透。

虽然孔二牛少言寡语,但特别有心计。别看他不常回川石沟,可川石沟村的一举一动,一草一木他都格外留意,尤其是他家废弃多年的老宅,没有一天不在他的心头萦绕着。老宅大门口那两只早年就被敲掉门牙脱落掉两耳的——他孩童时,总是骑在身上爬上爬下地玩耍的浑身明光滑亮的石狮子,以及狮子大门内,打小就深深地印刻在他脑海中的,那些亦真亦幻的神奇故事——从上辈老人们那里偷偷听来的那些有关老宅的秘密。因是秘密,所以即便跟他生活了多年的媳妇玲玲他也未曾提起过半句。多少年来光怪陆离摇摇欲坠的老宅,使他的内心充满了无尽的遐想,这种遐想就像太阳的光芒一样,照耀着他的心,促使他关注着老宅的动态。每逢刮风下雨之后,他都会趁天黑悄悄地潜回村中偷偷地观察一番。

一切都是不露声色的。

因此,他在外拼命地挣钱,对川石沟对父母对兄弟姐妹们都表现得相当憨实,但实质上除了关心玲玲——关心老宅胜过关心一切。

他有着极大的野心和充足的理由。既然没有得到一间半间新房,那么老宅理所当然就是我孔二牛的。将来他会在村中的老宅上挖掘、翻新和重建。别人没有权利再跟他相争。那么有朝一日,他孔二牛将成为古兰市屈指可数的大富豪,胜过古兰市煤老板们的——大富豪。

到那时,他再也用不着像现在,起早贪黑地骑着这样一辆从别人手中倒腾到手的二手、三手破三轮摩托去贩菜;再也用不着,在这闹市之中受苦、受累,受白眼、受挤压;再也用不着为孩子的入托费跟月月紧逼的房租费犯愁;用不着心爱的女人跟着自己整天价吃苦受累。

二牛特别心疼他的媳妇,半点委屈都不想让玲玲受。只是眼下的生活逼迫无奈,不然的话,他绝对不会让玲玲跟他一起上街去卖菜,将两只本来非常柔软白嫩的小手弄得泥土巴巴,整天跟鸡爪子似的让人见了心酸。

在孔二牛的眼里,玲玲跟别的女人不一样,不一样就是不一样。这是孔二牛多少年来经过无数次的体验观察所得出的结论。

玲玲整整比他小了 10 岁,是他在一家砖窑上背砖时认识的。玲玲是窑主的女儿,那时玲玲还是个背着书包上学的小女孩,刚刚 16 岁。头上扎着一个马尾巴,走起路来一翘一翘的,一脸的稚气,说话清脆而甜润。

一天他为工钱的事,正跟窑主在大声理论,见窑主的女儿走进来,他便气愤地将窑主用白花铁皮包得严严实实的工作间的独扇门狠狠地摔上,独自躲在窑后吸烟。

二牛清晰地记得,那是一个黄昏即至的傍晚,太阳的余晖还没有完全落尽。他蹲在像围城一样的窑根下,一支一支地吸着闷烟,心里的怒火跟烟雾一样,一股股地燃烧着升腾着。

正当此时,他的胳膊突然被人拽住,并且死死不放。他惊愕地抬头一看是窑主的女儿——玲玲。孔二牛大喊:你干什么?你干什么?两眼瞪得像铜铃一般。可是窑主的女儿玲玲却不容分说,一个劲儿地用力将他拽到窑后的一片玉米地里。

玲玲说:你别干了,干了也白干。孔二牛瞪着眼睛:你什么意思?你爹还欠着我三个月的工钱呢,你知道不知道?

玲玲低着头,两手拽着衣襟平静地摇晃着身子说:三年也白搭。

我爹他不是人。

当时孔二牛整个人都愣了,两眼发直地望着玲玲——窑主的这个宝贝女儿,仿佛望着一个可怕的深不见底的黑洞,两腿稀软的都站不住了。一心渴望拿到工钱的孔二牛被这沉重的打击打击得跌坐在玉米地里,爬都爬不起来。

玲玲蹲下身伸出两只纤柔的小手,将抱着头的孔二牛的两只大粗手攥在怀中说:我爹他不给你工钱,我把我给了你好不好?

孔二牛好久才缓过劲儿来,他对玲玲说:你胡说什么?你还是个孩子呢。

我已经长大了,我不是孩子。玲玲似乎为了证实她已经不是个孩子,便大胆地坐在孔二牛的腿上拥进他的怀里。

孔二牛不知不觉地将挂着泪水、长满胡须的脸深深地贴在玲玲那张含苞待放的嫩脸上自言自语地:这该咋办呢?玲玲说:只要你肯要我,你走哪我就跟你到哪。

这突如其来的变故,使血气方刚的孔二牛一下子有了精神,有了主见。他从地上猛地站起,紧紧地握着玲玲的小手,郑重其事地端详着玲玲:你真的不后悔?不后悔,最好带我走得越远越好。这是玲玲的话。

从此,砖窑窑主张大庆唯一的宝贝女儿张玲玲与窑工孔二牛双双失踪了。

多少年来,让孔二牛百思不得其解的事是,从他们双双失踪后的三四年中,他只知道他孔家上下老小,为他的失踪曾经四处寻找过打探过,还报了案,他的娘几乎为他哭瞎了眼。而始终不知道作为砖窑窑主后又转身变成煤窑窑主的张大庆在他唯一的女儿玲玲失踪之后,他究竟做了些什么?只知道张大庆现在是古兰市赫赫有名的煤老板,四个儿子都在古兰市买了宽敞明亮的楼房,其中一个儿子还在省城不仅买了房子车子,还开了一家不小的酒店。这一切,玲玲始终不愿意提及半句,也从没发现有过想回娘家或想念某个亲人的意思。每当偶尔提起当年亡命天涯的情景,玲玲总是淡淡地一笑,说那都是命。有时还对他挤眉弄眼,什么事都不往心上放,而是撒欢的跟个永远长不大的小姑娘一样天真烂漫。从来不多管事,不愿理财,也不善理财。你说干啥就干啥,你说上街卖烤红薯就卖烤红薯,卖烤羊肉串就卖烤羊肉串;你说贩菜就贩菜,总之,你是男人你说了算。

说起玲玲来,凡是见过玲玲的人,都不同程度地有一种说不出的惆怅和沁人心脾的感觉。玲玲不仅有沉鱼落雁之貌,而且有闭月羞花之容。孔二牛决然不懂怎么形容自己的女人如何美丽动人,却在心里天天喊着:"仙女。"对于这个天生丽质的小女人,时常表现出的单纯幼稚,不,还有一股神秘莫测的感觉,简直使孔二牛无比困惑,而又无比烦恼。孔二牛为争地盘,为被罚款,为被挤压,经常跟人打架,常被人打得鼻青脸肿。不过无论什么情况之下,只要玲玲在场,只要玲玲一出现,事情总会大事化小,小事化了。从这简单中,孔二牛总感觉到一种极其可怕而复杂的深刻所带给他的苦恼,可是他说不明也道不清。最后只能总结出这样一句话,那就是玲玲跟别的女人不一样。

事实上玲玲的生活习性,基本上是在特定的环境下由他孔二牛一手养成的。穿什么衣服,脸上擦的什么油,还有卫生纸、卫生巾之类的女人用品和小孩衣服,都得孔二牛亲自去购买。玲玲很少进商店,从来不乱花一分钱。缺什么需要什么时,玲玲总是亮起尖脆的嗓

子喊:二牛给我泡泡脚。二牛我想喝拌汤。二牛你把火看看。二牛你把孩子的衣服洗了,还有我的一双袜子……

总之,孔二牛家里家外一天到晚都忙个不停。

不过让孔二牛最感快乐和欣慰的还是夜晚,这个娇娇嫩嫩软缎一般的小女人,一丝不挂地像水蛇一样缠绕在他的身上,让他有着永远使不完的力气。也正是这种情景之下,孔二牛的大脑思维空前地繁杂、迷乱,惊骇、狂暴。

人的大脑有时真是一个奇异的怪物,变数的程度简直无法用几何来计算。孔二牛的大脑多少年来就一直处于这样一种状态之中。那就是说,别人不想的,他在想;别人不干的,他在干。

尤其他太珍视、疼爱玲玲了。顶在头上怕飞了,含在嘴里怕化了,攥在手里怕死了。他认为那是上帝赐给他的,他怕上帝有一天突然反悔,趁他睡着时或稍不留神,把他心爱的女人撸走。又唯恐这条柔软的美人蛇,有一天厌倦了跟他过这种清贫、凄苦、低下的生活乘他熟睡之时,从他的脖子间悄悄窜出窗外,消失在茫茫人海——灌木丛中,让他永远看不到摸不着。因此上,他对玲玲万般呵护百般顺从。有时,玲玲轻轻的一声叹息或微皱眉头的神态,对于孔二牛来讲,简直不亚于炸在心头的一声闷雷,让他感到痛苦不堪,惊恐万分。

可怜的孔二牛,内向的孔二牛,他这颇具传奇色彩的生活经历爱情故事,他从来没有对任何人提起过,讲述过。包括他的父母兄弟姐妹。

老实憨厚的爹娘,只是见几年杳无踪迹的儿子,突然给他们领回来个花朵朵般好看的儿媳妇,也不说什么,匆匆为他们举行了婚礼,算是了结了一桩心事。心里喜得直夸二牛有本事,其他还有什么可计较的？

前面讲述过，由于房子的问题，孔二牛从家里搬出一床被褥，就带着玲玲租住在古兰镇。倒腾十几处，最后才落脚在这座小院里。

自玲玲16岁时跟了他，就一直习惯性地流产直到第11个年头上，才怀上了儿子豆豆。因此，豆豆还没有三牛的第三个孩子的年龄大呢，刚上幼儿园的中班。为了这孩子，为了做生意，也为了玲玲更轻松一些，孔二牛不惜重金将豆豆托人送进了古兰镇最好的幼儿园——全托。一个星期只接送一次。也就是为了孩子的事，他才回"破"川石沟开了张证明，领取了结婚证。之所以说川石沟"破"，"破"就有漏洞。孔二牛没有费什么事，就给玲玲在川石沟报了户口。玲玲就拥有了地产、粮钱的权利。

尽管这一切都具有法律的效力，但仍然不能够完全消除孔二牛心中积聚的恐惧和不安。

本来岁月的风霜雪雨，把孔二牛早已打磨成了一条冷冰冰硬邦邦的汉子，在他的大脑里，除了心爱的女人和孩子，就是川石沟那座老宅，令他神往，倾心，着迷之外，对世上任何人，任何事情都可说漠不关心。

然而，他与日俱增的恐惧和不安，不仅仅来自他的生存环境，而且最主要的还是来自他视为天仙一般的女人玲玲身上。

当孔二牛接的第一车菜驶入市场时，街道上的各色车辆、人群也渐渐的熙熙攘攘起来。孔二牛的好心情也就基本结束了，取而代之的还是他一如既往的紧张，烦躁和忙乱。

他比谁都活得累。

每天的这个时候玲铃早在此等候了，可这一早玲玲还没有到。孔二牛只好将菜卸下耐着性子等候玲玲。等玲玲一旦来到菜场，他

还得赶紧去接第二车,第三车菜。

他坐在葱堆上剥切摔打另一堆葱上的泥土。一边剥切,一边摔打,一边思量。自己昨夜不该折腾玲玲。因为玲玲又要怀孕了,大半年来他对这个心爱的女人,像一个老道的古玩家一样,只是观赏,亲吻,摸捅,从不敢轻举妄动。可昨天他却耐不住了,也不顾玲玲的再三提醒和推脱,将玲玲放在床上,而他却像一个久违了深海的潜水员,一头扎进了这个女人的深海处奋力拼击,一次一次地探出水面喘息换气,大汗淋淋,而玲玲却一次一次地大喊大叫:你不要我的命了!

尽管玲玲在大喊大叫,但体格健壮气壮如牛的孔二牛大脑深处的那些怪异的念头更加泛滥开来,越发刺激的他像一头猛兽,不顾一切地征服着这个女人,也征服着他繁杂奇异的内心世界,直到瘫软地倒在一边。

他边摆弄倒腾各种蔬菜,边胡思乱想。

孔二牛很后悔昨夜的鲁莽行为,真不该那样。他低着头摔打着大葱上的泥土,像摔打自己的脸一样发狠,竟然将几把大葱摔折了。心里着急地思忖着忏悔着等待着。

正在这时,有一双精致的红色高跟皮鞋就当当正正地立在他跟大葱的中间。孔二牛顺着红色高跟皮鞋、裙摆,抬起头来一看,是二秀。孔二牛立刻板起脸,狠狠地瞪了二秀一眼。

"你一大早来干什么?"

"二哥你怎能这样?我就不能来看看你?"二秀右手摆弄着左手腕上的假玉镯,一副不以为然的样子。

"你看我?哼,鬼才相信你呢。说,你又来干什么?"

"二哥,尚海涛要我给他买个复读机,他中午坐火车回来取。我一着急就把放在桌上的钱忘了带。这不，上了街才想起来。给我拿五百块钱，让我先给他买了，好让他赶下午的火车带走。我明早就给你送过来，好不好？"二秀的目光里充满了无限的希望。

"我刚进回菜来，哪里还有钱？"

"二哥，你不是这样吧，你是我的亲二哥，他可是你的亲外甥啊。我说过，明天就会还你的。"

二牛黑着脸瞪着二秀："你上一次借我三千块钱还没还呢，你又要来借，你有没有完？"

"二哥，我保证还你，怎能不还你呢。再说我们是双职工，哪有不还你的道理，这不是特殊情况吗？向你借钱总比向别人借钱方便吧，你让我向别人去借，那多丢人。"二秀似乎说的有情有理。二牛很不耐烦，于是站起来身，上下摸口袋。先摸出来的是一沓找零的破钱，随后又从裤兜里掏出三百块钱来。二牛说："五百是不够，就这三百块，给你。"

二秀接过钱，翻起白眼："这还差不多，是我二哥。我走了，不够我再找人借点。"说完甩着手中的小皮包，头也不回咯哒咯哒地向菜场的大门走去。

孔二牛身材高大，一身灰黑色的衣服皱皱巴巴，两腿微曲，头发蓬乱，脸庞红黑，眉宇间结着个死结。死结下面紧圪绷绷地两颗眼珠，发直地望着二秀离去的背影，却没发现略显笨重的玲玲何时手中提着一把伞姗姗来到他身边。也没发现天什么时候沉下了脸，沥沥啦啦地下起雨来。

八

雨，越下越大。

二秀从古兰市的菜市场的东大门走出不远，雨便盆瓢泼一般倾倒下来。闷热了多日的天际，好像是积聚了力气的水袋，雨水的暴涨，一旦超过了它的承载极限，它就要不管三七二十一地下了。

一瞬间，古兰市便笼罩在天际没眉没面的清洗、冲刷之中。

没有雷声，没有闪电，天地一片灰蒙蒙。地上的雨水漫过街道，满街，满巷，迅速地卷起浮物，冒着黑糊糊的气泡，夺命般地向可能去的凹地汹涌奔逃。

北方的秋天，往往是农家青枣泛白泛红的季节，总会有这样一两场大雨来，撩拨一下农民的心，让他们一会喜，一会忧，喜忧参半地煎熬几日。

然而，居住在城市，尤其是有一份固定工作的普通公民，大凡没有这种忧患意识。他们甚至会为不能按时赶到工作岗位，或为客观自然现象所带给他们暂时放弃和暂时缓解的一些烦恼——所能找到的充足理由，而长长地叹息一声：天助我也！当然这样的人，往往都是些不思进取，不务正业，吊儿郎当的人。这样的人，在现实社会里，可说占有绝大一部分。他们没有理想，没有情操，没有家庭和社会责任感，一味地追寻浮华的享受和玩命般的刺激。

孔二秀就属于这样的人。

她在心里就这样轻轻地叹息了一声，一头钻进雨幕中的。她喜欢这样的雨天，也喜欢黑夜。这样的情景，可以避免她不想碰到的一些令她讨厌、烦恼的人。比如：债主们，丈夫尚可，李和顺姐夫，还有自己的父母，单位领导同事……

自从那次尚可动手打了她之后，大概有两个月了，她都没有回过家，期间进省城看望过一次上学的儿子，回过一次川石沟晃了一晃，就一直在古兰市一个比较偏僻的洗浴中心小憩。通常都昏天黑地在麻将场上鏖战，直到身无分文，借贷无果，才肯离去。离去时，她都会悻悻地向赢家讨要几百元钱零花。真正的赢家是不在乎几百块钱的。那，给你，下次可别忘了多带点钱来，带少了还是输。人有多大胆，地有多大产。过日子要仔细，赌博要虎气。哪里跌倒哪里爬。这些都是赌徒们的行话鬼话。不过这些鬼话不外乎给本来就胆子不小的孔二秀，起到了扩大、膨胀、引诱、鼓励和推波助澜的作用，使得孔二秀胆子渐长渐大。大得可怕，大得惊人。由原来的邻里邻居单位同事们最初的五毛、一块，渐渐地要到社会上五十、一百——二百跑三百的势头。

孔二秀无疑属消费群体中普通的工薪阶层，没有混入上流社会，如果混入上流社会，假使让她拥有一个企业，她会挥霍掉这个企业；如果让她拥有一个省市，她会挥霍掉一个省市；如果让她拥有一个国家的话，那么，她同样也会将大半个国家挥霍掉。社会的一些丑恶现象，制造了她的灵魂，而她的丑恶灵魂也在撞击着社会，危害着他人。

她是不可救药了。

早在前几年，尚可就已经努力帮她偿还了十几万元的赌债，尚可骂她，打她，苦口婆心地说服她，劝告她，她有所收敛。就那次她说她很后悔，不该受别人的引诱去打那么大的麻将。从此她不再去赌了，无论是谁勾引她，她也不会去了。除了上班安分守己，在家照料

孩子,给尚可跟孩子做饭。唉,那么多的钱,白白地送给了别人,自己家还落下一片饥荒。她说,我再也不赌了,如果再去赌的话,不用尚可剁她的手腕,她自己就会把自己的手腕剁掉……本来这次嘛,她都准备好了死的药,是尚可的爱挽救了她。为了她,也是为了孩子,为了这个家,她不能不痛改前非,金盆洗手了。常言说得好:瓦罐不离井边破,英雄不离阵上亡,人心不古,世风日下,如果她再去赌,真的对不起尚可,对不起孩子,更对不起生她养她的爹娘,也对不起那些规劝她的亲朋好友……她算是看透了,只当花钱买了个教训——一生一世的教训。不过,尚可打也打了骂也骂了,那么多的债务让他背上,说实在的她是感激的愧疚的,同时也感到轻松了。再也用不着家里家外整日诚惶诚恐的,遮遮掩掩,偷鸡摸狗的度日,这样也好,死心塌地的过日子……

这是前些年孔二秀当着尚可的面,对姐夫李和顺还有几个亲朋好友所表白的一段忏悔录。当时几位亲朋好友包括李和顺在内都为孔二秀的诚恳态度向尚可做了辩解和保证。都说二秀说得也对,人哪有不犯错误的时候,只要认识到自己错了,改了就好。人非圣贤,孰能无过。从今往后,好好过日子就是了。

谁能想到孔二秀后来,居然又欠下近二十万元的赌债。

有那么一天,一位相识告诉李和顺说,他连襟尚可,在一家酒店独自饮酒,已经人事不醒了,让他赶快去看看。李和顺听了这位相识的话,急忙赶到那家酒店,果然看到尚可倒在桌下,手中攥着一把散乱开的,孔二秀给债主们打下的借贷票据的复印条。李和顺驱散了围观的不知所措的酒店服务员,搬开桌椅,捡拾起地上散落的借据,搀扶着尚可出得酒店拦了一辆出租车,将人事不省,烂泥一般的尚可送回家。

当李和顺将尚可背回家时,尚可的家已经一塌糊涂了。二秀正搓着胳膊揉着腿,一直翻着白眼看着他将尚可放在床上。那次李和顺几乎对小姨子二秀动手了。

孔二秀啊孔二秀,你是尚可的老婆,如果是我李和顺的老婆,老子今天就把你剁了。

李和顺抖打着手中的一沓借据,借据的最大数额是五万元,最小的二百元。其中大多数都是尚可身边的亲朋好友,上至领导,下至同仁,其次是左邻右舍,其余部分便是专门从事放贷的带有黑社会性质的借贷手续。

孔二秀啊孔二秀,当时我是怎样昏了心,把你当"宝贝",把你这个丧门星,吊客神介绍给了尚可的? 李和顺难过地看看倒在床上的尚可,目光灼灼地敌视着二秀,简直像一头被激怒了的困兽,满屋子乱撞,两只手在空中猛搐。你不仅毁了你自己,毁了这个家,也毁了尚可。你、你、你,简直坏透了,可惜马王爷给你搭了一张人皮! 尚可有多少应酬都不沾酒,是你把他逼成这样,等着吧! 你会有好果子吃的。

李和顺疲惫悲愤地坐在尚可的身边,双手捂住脸:我真后悔!

"人的价值在于人格和智慧,而不在于躯壳。"孔二秀的人格、价值已经完全被金钱极大的欲望,充塞了她那空洞的头脑和躯壳,恐怕万能的上帝也无法度化她的灵魂了,何况李和顺。

其后,便是孔二秀,对姐夫李和顺不近人情,不堪入耳,寡廉鲜耻的一顿无理抢白。

如果你不是我的亲姐夫,我会让你立刻滚出这个家门! 你说你有什么资格来教训我? 你不也整天价在外养婊子,泡小姐,歌厅出来舞厅进。你以为我不知道? 除了我那傻瓜姐姐,她不知道,世上的人

谁不知道你李和顺是个什么东西？——骚客。是，我是运气不好打麻将欠下了债，可我不往回捞本，谁为我偿还那么多的外债？你为我偿还吗？你说得倒好。我毁了这个家，毁了尚可。那么我是谁毁了的？如果当初不是听上你，什么大学生高才生，嫁给了他，兴许我会嫁给一个大款呢？看他那窝囊样，还什么高才生大学生。整天就知道工作，工作，抱着几本破书，翻来翻去，研究来研究去，研究下个啥？研究出票子来了吗？研究得自己高升了吗？嫁了他时他就是个烂×副科长，直到现在还是个烂×副科长，挣的几个屌钱？比他高的不如他的，人家现在都噌噌爬上去了，可他呢？

你不是也常为他着急，为他出谋划策到处跑官么，跑来了吗？……对门五彪，人家不也是个烂工人来，可现在是正处级。出门坐小车，城里买房子，老婆不也是成天打麻将？谁不打麻将，谁不赌博呢？十亿人民九亿赌，剩下一亿在跳舞……

这年月，哪个是个好东西，你给我说……

李和顺对于二秀后来的抢白，他几乎已经记不大清楚了，但有一点，他非常清楚，他在痛苦。

李和顺一直等到尚可缓过来，像沙滩上的一条挣扎的死鱼一般，猛地打了个滚，半截身子奔拉到床边，呕吐了许久。满屋子散发出浓烈的酒臭，他心里才缓和了一些。李和顺摆了一条湿毛巾，为尚可擦洗了擦洗。然后，自己也不知道是怎样头重脚轻地离开那个家的。

事后，李和顺想了许多帮助尚可的办法，找过尚可的领导，一些亲朋好友，也找过二秀单位的领导，结果都不太理想。他又想到三个大兄哥，实在无奈只有让三个大兄哥来，拿出兄长的威严，气势，狠狠地教训教训这个天底下放不下的祸害，结果更令他失望。

大牛畏惧,二牛冷淡,三牛有那么股牛劲。

可是当三牛听了他的话,立刻就火冒三丈起来,光着膀子暴怒地将一盆花踢落到院中,大骂一顿二秀。但三分火过后,却一反常态了:我为什么要管她呢?她爱死爱活——蹲大牢管我什么事?不要忘了,人家是尚二秀,不是孔二秀了。自从嫁给尚可,人家就有了户口,有了工作,有了楼房,就是因为姓"公"了,不是咱家的孔二秀了,还什么亲妹妹呢……我已经三个月没有挣到工钱了。走了三四个饭店,都干不成,有的老板嫌我炒的菜不好,有的老板嫌我喝酒多。我操他祖宗!……伺候人的买卖是不能再干了!我想开个小饭店自己干,我去找过尚可跟二秀借钱,尚可还知道我困难给了我三百块钱,可咱的二秀却撇着嘴挖苦了我好半天。三哥是什么呢,三哥是"下猪娃子"的专业户,是酒囊饭袋!你说人家没钱?人家为什么能把儿子送到省城上学? 没钱就去赌博哩? 二三十万的输? 活该! 输死她!

她有那么多的钱去输,如果能借我三千五千,让我开个小饭店干干,我也会念她点好处,现在了让我去管她? 哼,我这不是吃饱撑的没事干呢……

李和顺从三牛家出来,去老丈人、老丈母娘的住处逗留了片刻,大秀爹娘见女婿气色不好,关切地问道:跟大秀怄气哩?李和顺轻描淡写地安慰两位老人道:没有。只听说二秀跟尚可两人拌了一次嘴,现在好了。他是回村来找的一个人,这个人向他借了点钱,说好今日来拿的,结果那人不在家,使他有点恼火,仅此而已。巧妙地撒了个谎算过去了。两位老人听了长长地出了一口气,不再焦虑。

从此以后,李和顺由一个普通人的经历,一点一滴汇聚成了与常理相悖的特殊个性? ——温良、狡猾,热情、荒诞。可说个性的异化和绝望跟整个社会的不协调。生活不协调、现实的不协调以及玩

世不恭的复杂心态,促进他对自身命运的可能抗拒。

人与现实的变换规则,往往就是相互改造。不是现实改造了人,就是人改造了现实。在李和顺身上表现得尤其鲜明突出。

他常常出入在不同层次的领导干部的办公室、家中;精心收集、整理,编造和贩卖着有利于自己一切的各种谎言——信息。尽可能地迎合、取乐于不同领导的风格和个性,在这现实中充分扮演起了一个耐人寻味,而又令人发指的特殊角色。这个特殊的角色,在某种程度上,能使一个身居要职的处级领导,一夜之间,让他成为平民;一个小小的区队干部,也能一夜之间提升为令人瞩目的处级干部,总之,他练就了呼风唤雨的本领,也得了一个不雅的绰号——骚客。他根本不为有这个雅称而感到羞辱,而是自鸣得意。得意自己口袋里的钱越来越鼓,得意于自己自如地游弋在上层与下层之间,成为老山煤矿无人不知,无人不晓的特殊人物。

与其说李和顺是孔家的女婿,还不如说是孔家老宅地层深处,被国家采煤采出来的一个灰色精灵。有关李和顺的稀奇怪事暂且不表。

大家姑且再把目光投在雨幕中的孔二秀身上。

雨幕中的孔二秀,脑海里仍旧不断涌现出一沓一沓的人民币,以及触摸到手指间曾令她狂喜万分而后又令她气急败坏的某一张麻将牌。她手指间触摸每一张牌的情景,往往在她的睡梦中也会反反复复出现数次。

她坚信自己不会老是如此败迹,总会有那么一天,她会大获全胜。这是信心、胆量和毅力的高度体现。如果没有了这些,也就彻底玩完了,她不能没有了这些。关键是翻本的赌资。一旦得到翻本的赌资,命运不会老不青睐她的。

她总是这么想。

一心照着鬼灯去赴宴的人，那么她（他）的目的地，便是坟墓。

尽管被大雨浇泼得浑身哆嗦，衣裙、头发被紧紧地贴在身上，落汤鸡一般，但能够轻而易举得到二哥的三百元钱，她心里也非常高兴。总之，没有白跑。

她踮着脚尖，头顶着红皮鞋一般的红色小皮包，一手提着裙摆，像耍杂技走钢丝的杂技演员一般，嘴一张一合地"呀！呀！"着，在雨水中跳跃、奔跑。

穿过一条横街，从人行道上又向另一条宽街奔跑时，只听得她大声地"呀"了一声，这声音立刻就被雨声淹没了，只有她听得到。随之，整个身子伏在了从雨幕中窜出的一辆小卧车上。她两只手托着卧车的车头，红色小皮包重重地甩在车头上，她惊愕地抬起头看了看同样灰蒙蒙的车窗玻璃。车玻璃两条像扇子一样的刮雨棒，一闪一闪的同样没有谁能看清对方。二秀惊慌失措地侧身躲开那辆车，头也不回地迅速向前奔跑。

她淌着雨水——没膝的污水，而不再踮着脚尖跳跃了。直奔邮政大厦对面的一家美容美发店。

这店是她的好朋友马翠叶开的。她本来是不想到这里的，如果不是这场大雨，不是刚发生的那一幕，她绝对不可能再到这儿来。既然已经来了，她立在滂沱的雨柱中，闭上眼睛，用手拍了拍自己狂跳不已的胸膛，理了理纷乱的思绪，才果断地冲进这家店。

不难想象，倒霉的马翠叶又得继续蒙受她的好朋友的欺骗了。

九

"这鬼天气！说下就下起来了，也不分个啥时候。"

熬过了一个极不寻常的夜晚后，李和顺一大早就开始拨打电话。推开屋门朝外瞅了瞅没完没了的雨，气恼地喃喃道："这简直是跟人过不去嘛。他妈的！"这话一出口，他就感到不妥，赶紧回头对老丈母娘道：

"娘，二秀的手机死活打不通，家、单位都不在。我给尚可打电话，如果找到尚可的话，我就背您去医院。"李和顺见老丈母娘直坐在沙发上面无表情，没有反应，更显得神劳形瘁，干瘪了许多。就神飞色动地对老丈母娘说：

"娘，无论如何——就是下刀子，我也得把您弄到医院拍个片子。如果没有什么问题的话，我也就放心了。这不，尚可的电话打通了。"李和顺想，这个时候二秀再不成东西，那也是她娘的女儿，她不能不管。找不到二秀，找到尚可也在情理之中，谁让他也是女婿来着？于是，他打电话给尚可：

"喂，尚可！二秀呢？"李和顺的语气固然急促。

电话中尚可没有回答二秀的去处，只是简短而平静地问："有什么事？"

李和顺便迫不及待结结巴巴地把老丈母娘在他家山坡上扭了脚的事讲了一遍。"看上去很厉害，怕是骨折了"他这样强调了一遍，出于无奈心里烦躁的很，本来他是不想给尚可打电话的。

电话中只听得尚可说，他把科里的事打理一下，随后就往矿医院赶,让他先把老人想办法送过去。

"啊呀!想办法?!"李和顺心想,能有什么办法?唯一的办法,只有背着老人下了山坡走出矿区,到了文化宫那地方,才能打上的去往矿医院。

不过李和顺找到连襟尚可并得到支持,就好像得到了一个非常严肃而重要的命令一般,快速地寻出一件雨衣来,不管三七二十一,连头带脚给老丈母娘蒙上,单手拉起老丈母娘的一只胳膊,将她像一只布口袋一样甩在自己的背上。

大秀的娘咧着嘴,没有吭声,只感觉到老骨头都快要散架了,还能说什么?

李和顺毕竟年轻力壮,背着大秀娘不算费力,况且大秀娘体重满打满算不足40公斤,还没有他小女儿体重重呢。于是他一手托着后背,一手将家门、院门两道门都上了锁。冒着大雨,迈着碎步向坡下走去。

尽管大雨倾盆,但煤矸石小道不滑。不过李和顺下了一节斜坡,心里就开始怨恨起来。原因是在一处拐弯的地方,被一把上坡人的黑色雨伞撞了一下,使他险些失去了重心。他非常恼火地掠回头,看看究竟是谁? 见是耿栓,便狠狠地瞪了他一眼。耿栓显然也看清了他:

"嗨!"惊诧地叫了一声,让开道,举着伞愕然地望着李和顺想,李和顺把昨天才到他家的大秀娘,急匆匆地背上去哪?

在这种情况下,李和顺不想让任何人认出他。然而他的这副狼狈相,不巧被耿栓遇见了,当然心里就恼火的很。

还没有将老丈母娘背出矿区,李和顺在心里就已经叫苦连天了,雨水、汗水模糊了他的视线,双脚被溅起的一窝窝水花湿透了鞋

袜。他弓着腰,喘着气,心里骂道:"我他妈,真叫倒霉!"心里想:我连我亲娘都没背过,真他妈的!如果背上背得是一位青春、倩丽的漂亮女孩或者是一位雍容典雅,风度翩翩的阔太太、贵妇人,那么即使让他背着上刀山下火海他都心甘。可此时背上却是这样一位皮包骨头的"老不死",真让他有着一种无法形容的自卑和屈辱。想到此,他不由得叉开两条腿使劲将背上的老丈母娘往上甩了两甩。用下嘴唇把上嘴唇周围的雨水、汗水噗的老远,做出一种别有用意的丑态,用尽最大的力气,精疲力竭地将老太太塞进文化宫那块场地上唯一停放着的一辆红色小夏利车里。

车到矿医院门口,尚可已经在此等候了许久。李和顺看到门厅里的尚可,心有几分感动,赶忙掏出拾元钱,撂给司机。自己拉开车门,背起老丈母娘向楼里快步跑去。

他已经浑身淋湿了,不想让尚可再沾手。

"去骨科哩?还是去外科呢?"李和顺喘息着问尚可。

"应该去外科吧!"尚可一边追着李和顺,将老丈母娘身上蒙着的雨衣掀去,一边不十分肯定地回答。

上到二楼外科室,将老丈母娘放在一条白色长靠背椅上,李和顺如释重负。他用手将老丈母娘的左脚腕子指给尚可道:"那。"

"看来挺严重",尚可看了看,便转身走到一位穿白大褂,正专心致志地翻看病历夹的老医生桌前:"大夫您看?"尚可谦和地将老太太指给正抬起镜片后的眼珠打量他的老医生。老医生打量了打量尚可,才顺着尚可指的方向,投去目光观察对面那位扭了脚腕子的农村老太太。

此时,老太太也十分配合,自己脱去半节袜子,抬起极其疲惫的两片眼帘,瞧了瞧眼前这俩女婿,便耐心地等待着医生处置。

老医生站起身来,走近老太太,伸出戴了塑料手套的手,低头弓腰捏了捏老太太的伤脚道:"先拍个片子吧!"说完,然后又回到他的座位上,摘去手套,拿起笔来,问了一连串相关的问题,笔在纸上哗哗地写着。

"呀!"正在此时,李和顺突然大叫了一声,像是受了惊吓一样,猛地从老丈母娘身边站起:"我忘了带医疗卡,我得回去取。"说完便一溜烟冲出去了。

李和顺出得医院,没有打的,他舍不得再出那份钱,一路冒雨回家。

他回到家,手忙脚乱、翻箱倒柜找出他的医保卡,揣在身上。等他气喘吁吁,急匆匆地下到门前的弯坡小道时,嗨!恰好又碰上打着黑色拐把骨雨伞上坡回家的耿栓,俩人几乎又撞了个满怀。

耿栓大惊失色:"嗨!李和顺,你老丈母娘咋啦?昨晚不是刚到你家,咋不让跟你多住几天?就见你一大早背上送哪儿了?"耿栓问此话,当然有他的用意。

李和顺早已恼羞成怒,就没好气地道:"老子背上去卖了,你管得着!如果你喜欢,你又要,老子立刻给你背你家去!省得你整天惦记女人。"

"嗨!李和顺,你他妈的放得是什么狗屁?嗯!你还是人吗?"耿栓像是受到侮辱,立在淅淅沥沥的雨声中大骂李和顺。

雨声掩盖了他的叫骂声,谁都听不见,李和顺也早无影无踪了。

李和顺家所发生的一切,事实上都逃不过善于捕捉稀奇事情的耿栓。耿栓的发问除了故意表现出的惊诧和一些不明的疑惑外,大都出于好奇——明知故问。即使挨一顿臭骂也能起到排除心中无聊寂寞的作用。

他在心里窃喜。

当李和顺返回医院时，老丈母娘已经拍过片子，并转入了病房，挂上了液体瓶。

尚可紧锁着眉头，立在床边。只见老太太神情紧张而又难为情的样子，半躺着，直着脚，伸着右胳膊，两眼紧盯着尚可。

李和顺立刻就明白什么意思了。他赶忙上前：

"娘，您有啥就说嘛，别不好意思。是不是想上厕所？"这话可真是问准了，也解了尚可的围。老太太终于点了点头。

尚可最终也用不着再考虑如何回答二秀为什么不来的问题。

老太太刚插上液体瓶，见护士离去，就一个劲儿地盯着尚可追问：

"二秀为什么不来，你来了为什么不告诉她，我扭了脚？"

尚可一直都在搪塞着。

刚插上液体瓶，老太太就立刻感到尿急想上厕所，而对女婿又说不出口，只好直着腰，穷追不舍地追问尚可，让尚可给她找女儿——二秀。

她想如果有一个女儿在身边，她就放心了，用不着如此着急，难受。

当两个女婿同时都明白了老太太的意思时，都一筹莫展了，俩人面面相觑。

整个病房，空荡荡的，没有他人，更没有其他女性。

李和顺挠了挠头皮："我去叫护士来。"

李和顺出去喊来的仍是刚才给老太太扎针的小护士。小护士一进病房就嘟囔着：

"怎么啦？怎么啦？又怎么啦？"照直走到老太太跟前。态度仍是刚才冷冰冰、硬邦邦的样子。

老太太只好实话实说："我想尿尿。"

"那是你们家属的事。"说完,甩开两臂快步出去了。

病房中这不同的三姓人一时都愣了,睃睁地望着离去的小护士,不知所措。眼中许久都是小护士那离去时的背影和头上戴着的一翘一翘的羊角小护士帽以及身上白大褂快速颤动而呼扇起的两片襟摆。

这个小护士态度蛮坏,粗暴的很。

李和顺不知道,在给老太太扎针的时候,尚可已经跟这个小护士发生过不愉快的冲突了。让她来帮这个忙,她自然更不情愿。

原来小护士来扎针时,似乎就带有很大的情绪,又见是个不体面的农村老太太,态度就更加生硬而冷傲。扎针的时候,一连给老太太扎了五六次才扎上。并且一个劲地吓唬老太太:

"把手握紧!握紧手,你不握紧手,我怎么能给你扎上?你没吃饭呀,真是的……"三番五次把老太太整得龇牙咧嘴,使在旁边的尚可非常恼火:

"白衣天使,你能不能态度好一点?我从来没有见过像你这样不讲职业道德的人。"

"我见得多了,"小护士冷冷地道。

"我怎看你也不像是个有文化,有素质的'白衣天使'倒像个魔鬼,"尚可不紧不慢说道,表情严肃得有点吓人。

"你见过的应该都是些痛苦的病人——患者,不应该都是你的仇人吧?你好好看一看,她不是你的母亲,可是我们的母亲,请你放尊重点!"这是尚可的话。

小护士:"哼!大雨天本来不是我的班,我来给你扎针,已经够不

错的了。你还嫌我态度不好,态度不好你找别人去!"

尚可虽是个有修养的人,但此时他的拳头握得紧紧的,脸色气得煞白,如果小护士再这么犟下去,也许尚可的巴掌真的能扇上去。

"罢罢罢,快别吵了,扎上了。"老太太一直忍着。她见尚可跟这个刁蛮的小姑娘一来一去地叫上了劲儿,怕年轻人火气大,真的动了手,她这老不死的可真是——死也死得不安然了。内心痛苦、着急和焦虑得要命,便说了上面谎话,为的是稳定局势、息事宁人,她哪知道怎样叫扎上没有扎上,不过经她老人家这么一说,小护士似乎稳定了情绪,果真给扎上了。

"看好了,别再鼓了!"小护士怒气冲冲地抛下这话,悻悻而去。

为此尚可已经窝了一肚子的火。

此时,见小护士进来又是这个态度,就忍不住:"这女人欠揍!"就要追出门外,被李和顺赶忙拦住了。

李和顺说:"人家说得也对,这是咱家属的事。"

明知道老丈母娘尿急,可不知如何是好。俩女婿,一个老丈母娘,究竟是去男厕,还是女厕? 由谁来给脱裤子?

人们往往意识不到,生活一旦出现一系列恶劣的情景或一塌糊涂的状况时,都是由于自己的坏品德和坏思想所引发而出得。

人常说:事出有因,祸不单行,就是这个道理。

李和顺为给老丈母娘如何把尿,愁苦得要死。他想自己给老丈母娘脱裤子——把尿,不说有多难为情,可就怕在一旁的尚可心里小看他。让尚可做这件事吧,自己又觉得过意不去,老丈母娘也未必肯。

尚可已经够忙了,经济如此困难却让他付了医疗费,现在让他来做这件事,简直对人家尚可是一种极大的侮辱。他不能。

那么,究竟怎么办呢?他像一只热锅上的蚂蚁,被困扰得满地乱窜。

老太太由于尿急的缘故,脑子一片混乱。眼前一会儿出现大秀,一会儿出现二秀,一会出现老伴儿——孔明康。所有儿女们的身影也都相继在她的脑海里迅速闪现。她急切地期盼他(她)们,由远而近地走到她的身边来,只要是她孔家的儿女,不论是谁的到来,她都会感到热切、欣喜。

可是,眼下让两个外姓的女婿来给她把尿,别说谁都感到难为情,即使不感到难为情,传出去让人听了,不臊死个人!她死也不肯。

可此时她急躁得浑身都在颤抖。

由于天冷,衣服单薄,又沾了雨。现在冰凉的液体通过血管,冷森森地直入体内,从身子外表一直寒到深处,直抵她的尿泡。

她感到紧张,憋屈得要死,像被遭到绑架的人一样,被牢牢地困在床上,动弹不得。

她很后悔自己老糊涂,不该让那小护士给她往右手上扎针,更不该由着李和顺把自己摆弄到此遭罪,不由得看着两个急得团团转的女婿;看着堆放在床头柜子的十几瓶液体和一大包药物;再抬头看着悬挂在头顶,一滴一滴地跟一条快死的爬不动的白蛇一样,蠕动地如此之慢的液体。她终于难受得忍禁不住了:

"我不输了,拔掉!"说完,就用左手去拔右手背上的针管。

尚可急忙上前抓住老太太的左手道:"您老人家别任性嘛,好不容易才扎上……您老人家没听大夫说?您已经严重脱水,不输液不成啊!……虽然脚骨不需要打石膏,但血肿也得通过输液来解决,再说,伤筋动骨一百天哩……我这不是在想办法嘛,想医院里有没有认识的人……对,我想起来了,我……"

尚可竟然想起了一个人，这个人是他科里张海的妻子——王兰。王兰是妇产科的助产师，跟他很惯，求她来帮这个忙，绝对不是问题。于是近乎有点激动，迈开两条修长的腿，急速奔出病房。

尚可从楼层病区绕了一大圈，下到一层又上到三层，才了解到，这日王兰休息，没有上班。

当他得到这样一个令他失望的结果时，脚步有点沉重起来。往日的痛苦和烦恼已经够他受的了，这天又遇上这事儿，心里还一直惦念着每两个星期的这天——回家来的儿子，所以内心的烦躁也不言而喻。

他打心眼里瞧不起连襟，鄙弃连襟李和顺平素里那个德行。尤其看到老丈母娘这副样子，他就早已十分肯定地在心里得出这样一个结论：这一切都是李和顺造成的。

因此，他用不着去过问：这个？那个？更没必要问起他们家的任何事情。他只是见老太太可怜，不该遭受这样痛苦的折磨。

老太太极其痛苦的神情，带给他同样压抑而令他难过的感受。

因此上，他不得不站在一个女婿的角度上去做这一切，站在一个人道主义的思想理念上去做这一切。

但有些事情，他确实感到无能为力。比如：现在眼下老太太尿急，这个问题的解决，就让他感到非常的着急和烦恼，却又无计可施，茫然若失。

尚可刚刚离开病房时，李和顺的目光就突然一闪，他发现窗台上放着一个无盖、小口径的空罐头瓶——完全可以用来接尿。

可当他奔向那个小口径、大肚子的空罐头瓶子时，目光中燃起的光亮，宛如没有划着的火柴头一样，忽地闪亮了一下，就立刻熄灭了。

他自己都觉得好笑。因为他完全意识到,这个小口径、大肚子的空罐头瓶子,只适合男人,而不适合女人,更不适合老丈母娘。

他气馁地转身走到老太太跟前。

此刻老太太正悄然落泪。

李和顺凑近老丈母娘,低声道:"娘,您再忍耐一下,尚可不是去找人来帮忙了……再稍等……"他的话音还没有完全落尽,尚可便耷拉着脑袋进来了:

"真不巧,王兰今日休息,没来上班。"

三人谁都无话。

当李和顺不死心地瞪大眼睛掠回头,到尚可的脸上去寻找办法时,他的目光又像先前一样,闪亮了一下,这一下没有立刻熄灭,而是像划着的一根火柴,完全被燃烧起来了。

他惊喜地发现老丈母娘这张床到对面靠里那张床的最底下——最里头地上放着一个灰尘满面的扁平的白色便池盆。

于是,他急忙地奔过去,跪地将头、手、半节身子伸进去,用两根手指将那只便盆捏了出来。

尚可此时也暗叹道:

"怎都这么傻呢?"

李和顺像一个百依百顺的孝子贤孙,虔诚地将便盆伸到老丈母娘的身下,不料老丈母娘却大睁着眼睛瞟了一眼便盆道:

"我已经解决了。"说完,便机械似的耷拉下了"老母鸡"般的眼帘,整个身子重重地朝后倒下。

一时病房里出现了死一般的沉寂。

只有门外走廊里,咯噔咯噔的由远而近,由近而远的脚步声。

唉,两个女婿不约而同地都长叹了一声。

　　李和顺跌坐在身后的另一只空床上,两手捂着脸,将整个头埋在自己的怀里。

　　尚可目光俨然走近李和顺,把一只手有力地搭在他的背上说:

　　"好好看着!别让鼓了。那是三天的药,每天三部液体。"把眼前的事一一指给李和顺:"红花油也得不断涂抹……我得去市场买点菜,做好饭后,我再送过来。"

十

　　尚可出了医院,做了个深呼吸,掏出手机一看,已经十二点多钟了。他抬头望了望阴沉沉,雨蒙蒙的天际,便甩开两条修长的腿向菜市场走去。

　　雨不再倾盆,善意地留给人们一点空档,似乎让人们抓紧时间,该回家回家,该干啥干啥。

　　此时,正值上下班,孩子们放学回家的高峰期,路上行人繁杂,自行车在人流中窜来窜去,汽车的喇叭滴滴嘟嘟声不断,溅起片片污水。横穿马路的人一拨又一拨,迈着不同的步伐急速的赶路。

　　尚可在横穿马路时,手疾眼快地将冲在他前面,背着书包的一个小女孩的胳膊猛地往后拽了一把。不然的话,太危险了,那简直是一刹那的事。因为一辆黑色锃亮的奥迪车,见他们过路,却丝毫没有减速慢行的意思,所以他急中生智地伸手拽了小女孩一把。小女孩惊愕地伸长脖子,回头朝他吐了一下舌头,尔后紧随在他身旁,直到上了人行道,才转身默默地朝着他相反的方向走去。

　　这个时候,也正是在省城读初中的儿子放学,赶火车回家的时间。儿子坐两个小时的火车才能到家,通常是下午两点四十分左右。这期间,儿子是空着肚子的。在儿子到家之前,他必须尽可能地为儿子做好他喜欢吃的各种饭菜。

他不能让儿子委屈,更不能让他有失去家庭温暖的感觉。他一定要儿子幸福、健康、快乐地成长。无论发生什么,他都不能影响到孩子的身心健康和学习成绩。

儿子是可亲可爱的,聪慧好学,善解人意。可以说是他的骄傲,是他一生中极大的精神支柱——全部生命的意义所在。

婚姻、家庭的日俱腐朽、毁灭和倒塌,使他的精神、意志和信心也在不断地腐朽、毁灭和倒塌,唯有儿子却似一颗红彤彤的太阳,光芒四射般地,从他的心底冉冉升起,照亮了他生活的黑暗,给他带来了无限生机和希望,带来了生命的种种冲动。

尚可不可避免地把自己不幸、凄苦的少年时代的种种经历,反馈折射在自己儿子的身上,纵然不想让儿子像自己当年一样,在后母的冷眼下行事,在寒冷的深夜里,听着父亲沉闷的叹息声入睡;为看一眼改嫁他乡的亲生母亲的背影而跋山涉水地站在黄土高坡嚎泣……

为此,他常常联想起自己悲苦、心酸的一连串往事——大学期间经历保尔·柯察金式的浪漫、温馨、快乐而又极其痛苦、忧伤和烦恼的三次恋爱。

他从小就练就了隐忍与吃苦耐劳的本领。因此,不可否认,事实上是他自己一向的贫穷和毁灭性的自卑感,断送了他一生的幸福时光和一次次唾手可得的美好机会。现在他追悔莫及,却又铭心难忘。

一句话,他不能让儿子步他的后尘。他要像当年他亲爱的父亲用手中的羊鞭,坚定地把他赶出黄土高坡,赶向城里,赶进大学一

样,也要把儿子赶出古兰,赶进大学,赶到一个更广阔的天地里去。

他对他敬爱的父亲——一个头上扎着白羊肚毛巾的陕北放羊汉,充满了无尽的感怀、思念和敬重,以至每当听到著名歌唱家腾格尔所唱的《父亲》时,便会情不自禁地泪流满面,泣不成声。在他亲爱的父亲身上,不可否认地传承了那些高贵、善良和纯朴的优良品质。

他懂得文化的重要性,认为一个人没有一定的文化素养,没有道德观念,就相当于一个没有灵魂的行尸走肉,以至于他许许多多的善意、尊重,了解、互助、忍耐和关切都出自他良好的思想品质和良好的道德观念。

所以咬紧牙关没有说出"离婚"二字。

他是一个极富思想感念的男人。

以前,二秀因贪赌常常夜不归宿,他回去也基本是一个人。孩子小的时候,就因二秀的极不负责任,把孩子反锁在家,孩子的手脚被烫伤过。为此,尚可一直忍耐到儿子上初中,便果断地将儿子送了出去,使儿子有一个良好的学习环境。

现在二秀又因债台高筑,常常受到债主们的催逼,她自己也轻易不敢回家,尤其到夜晚,只要打开灯,光亮透出窗外,家里就会招来接踵而至的催债者。除了吵吵闹闹、骂骂咧咧、推推搡搡外,尚可不得不倾其所有,还得忍气吞声地好言相劝。尽管如此,尚可还常常受到债主们的恐吓、纠缠。

尚可受够了这样的生活。

二秀躲藏在外,他也就迫不得已吃住在了办公室。

在办公室里工作、学习、生活,安全和清寂。有保安人员日夜把守着,一般人是不能随便进出的。所以可缓解他所遭受到的胁迫、难堪和窘困的种种局面。

　　曾有许多同事朋友都向他直言不讳地提出过,劝导过:不行就离了吧! 世上好女人多的是! 何苦呢? 二秀有什么好? 除了那张还算说得过去的脸蛋,有什么? 值得你爱不释手。

　　尚可听了这些话,也不是没有彻头彻尾地思考过,但他更多地想到还是自己心爱的儿子,以及双方父母亲的感受。为此,他保持了局外人绝对不可理解的沉默。

　　儿子每两星期回家休假两日,他必须回去陪伴儿子,给儿子做点好吃的饭菜,让他尽可能地感受到家的温暖。

　　他常说的一句话是:我苦不要紧,但不能苦了孩子。

　　想到儿子,尚可去菜场的步伐就更加急促而坚定。

　　进到菜场,他一头扎进一家水产门市部,很快就提拎出几个黑色的塑料袋。

　　显然他已经购买了不少东西,其中一个黑色的塑料袋中装着的东西,似乎活蹦乱跳着,像在拼命挣扎。

　　此时,雨又突然下大了。

　　菜场比起往日不算拥挤,热闹。但大雨来临,偌大的菜场却是一片混乱和尖叫声。

　　人们都各自手足无措地往可能躲避的地方躲避,多数人都心急火燎地停留在了大蓬底下,默默地注视和等待着雨住。但也有许多打着各色花伞的人,提着手袋自信而从容地离开菜场。

　　尚可出得水产门市部,就大步穿过一道通往大棚底下的雨幕,躲闪着形色各异的人群和弯弯曲曲的一排排菜台,照直来到二兄哥的菜台前。他来此不是因大雨的缘故,而是习惯性的,每次他来菜场,都会到此关照一下,打了照面,问个好。

　　等尚可站在二牛和玲玲的跟前时,俩人谁都没有发现。因为,此

时两人不知为什么事情,正激烈地争吵着,玲玲看上去似乎很激动,满脸通红,眼睛里泪光闪闪,强横地逼视着自己的男人。只见二牛摆出一副不予理睬的样子对眼前的妻子道:"嘚嘚嘚……行了!我又不是不知道。你知道个啥?"

一个被利欲彻底控制了的人,他是不会顾及别人的感受的。

"二哥,二嫂,"尚可上前叫道。

玲玲听到尚可的叫声,赶忙抹了把泪水道:

"呀!是尚可啊,你来了?今天是不是孩子回来?"尚可点了头道:"嗯,"将手中的一个黑袋拎起来给玲玲。

"二嫂,这是条活鱼,我没有让杀死,等你收摊后,回家自己炖汤喝吧。"说完便放在了菜台上。

二牛见此有所动容,也赶忙道:"我们整天都在菜场呆着,想吃啥喝啥,都很方便,以后不要再接济了……"

二牛虽是这么说,但在他看来,尚可的举动是别有用心。他在想自己的兄弟姐妹都没有谁来,真诚地关心、关照过他的生活。而尚可一个妹夫怎就这么热心?每次过来都会或多或少地带给他们一些东西。如果不是为玲玲,为窥视玲玲的美貌,他怎会如此大气呢?

狭隘变异的心态,时常使他的内心滋生出许许多多的无聊至极的忧愁和烦恼来。贪婪、自私、多疑,这也正是玲玲越来越鄙夷他的缘故。

玲玲不满地白了孔二牛一眼,对尚可说道:

"尚可,孩子回来了,你就拎回去给孩子吃吧,我这……回去也就不早了,再说我也不会弄它。"

尚可说:"那有什么,很简单……炖了鱼汤喝,可以滋补营养,生下的孩子会更聪明。"玲玲听了尚可的话,不好意思地笑了笑。

"那我谢谢你了。不过孩子回来了，你看需要什么菜就尽管拿，反正是自家的，回去后好给孩子做着吃。"玲玲说完就动手给尚可装各种蔬菜。

"不用！不用！二嫂,"尚可赶忙阻拦。

"我已经全部买好了，这不?多了吃不完，会坏掉的。"尚可说完，突然想起一件重要的事情来，便转身对跟前的二牛道：

"对了，二哥，老人她把脚扭伤了。在我们矿医院住着，正输液呢。作罢饭我还得给他们送过去。我得赶快回去了。"说罢扭头就走。

玲玲喊道："尚可，你什么菜也不拿，做鱼是需要香菜的……。"赶忙抓了一把香菜，装进袋中，追赶到雨地里，将香菜塞给尚可。

尚可的到来不仅终止了夫妻二人的争吵，也给孔二牛带来了一个意想不到而又震动心灵的消息。

孔二牛先是一怔，尔后陷入了沉思之中。把刚刚跟玲玲争吵的一件不愉快的事情抛到了脑后。沉思的状态，又要使他眉宇间夹起了一个不可思议的死结，瞪着两只同样不可思议的眼睛，望着雨幕中尚可离去的背影，像同样望着妹妹二秀离去似的背影一样，呆呆地望了许久。

玲玲也暂时把争吵的事搁下了，转身回到菜台上，一边甩着头上的雨水，一边提醒二牛道：

"那你不去看看? 你没有听尚可说，他奶奶的脚扭了……。"

"嗯"孔二牛黑着脸应了一声。脑袋向身后左右掠了两掠，他似乎在寻找什么似的，没再吭声，却骤然跑到大棚一个僻静处，把自己那辆破三轮摩托车骑上，突突突地冒雨驶出了菜场大院。

玲玲在想，他去看他娘了，但忘了叮嘱买点东西去。

孔二牛走后不久，玲玲自然而然地又想起刚刚跟丈夫孔二牛所

争吵的那件事来。

她内心仍无法接受和屈就他的行为。见他离去,自己便有了主意。她必须马上处理这件事。于是把菜摊交给了同行,帮她照看一下,她说她马上就回来。

在尚可未来之前,这两口子争吵的是这样一件事:孔二牛在给客户——一家大酒店送菜后回来,便喜形于色地对玲玲讲:多付了咱们整整一百块钱。并反反复复地计算了几遍,清点了数次。而玲玲,却很不高兴。并且执意让二牛立刻将多得的这一百元钱送还给人家。

孔二牛死活不肯。

一个让送,一个不肯。二人为此争吵。

在玲玲看来,这不是一百块钱的问题,而是一个人守不守信用,讲不讲良心道德的问题。

人家让咱给送菜,已经是对咱极大的照顾了,怎能为贪图这一百元而让人家受损失。这不是自己堵自己的财路,是什么?以后还做不做生意了?

可孔二牛认为,那是他们搞错了,多给了,又不是我孔二牛偷的、抢的、骗的。现在的人,谁傻了!还会把白白到手的钱再送回去?现在没有活雷锋,你少给我嚷嚷。

玲玲当场不敢大声嚷嚷,直急得两眼掉泪。

说实在的,能给这家大主户送菜,这还全都是玲玲的功劳。

她见购菜大户来购菜,都会心急眼快地拿个纸条递上去,并和颜悦色地说:这是我家的手机号,需要什么,打个电话过来,我们就立即给你送过去。如果不满意,你可以不付钱。

玲玲此招,深受好多顾客的青睐,使她的蔬菜比其他同行的销量不知好多少倍。

为此，孔二牛还不止一次地夸奖过媳妇："聪明！你比别的女人聪明一百倍。"

可这日孔二牛却不容珠玉，为贪图这一百块钱而不顾前后地刻意据为己有，使得玲玲非常伤心生气。

在她来说，做人不能这样。应该实实在在、本本分分，心安理得才是。如果拿了人家的这一百块钱，那么以后见了人家的面，自己脸热心跳，怎么再好意思跟人家做买卖？

不行！她得给人家送回去，只有这样，她的心才能够安然。不然的话，她的心永不踏实。

想到这里，心地善良，柔情似水，美丽动人的小媳妇，内心的刚强坚毅又要暴露出来了。

于是打把伞，顶着大雨，挺着微凸显笨的身子，也不顾雨水成河的阻隔向那家酒店去了。

她必须如此。

一旦认准的事，一般不会改变。

正如大文豪维吉尔所说的那样："在一个美丽的躯体上，善举德行会更加可爱。"玲玲就属于这样一个女子。

十一

孔二牛急急忙忙骑上三轮摩托车，冒着倾盆大雨，按理应该是去医院看望他扭了脚腕子的娘去了。但事实上，他没有去。

他骑着破三轮摩托车，驶出菜市场的大院，就照直回到了川石

沟。

一路上，大雨冲刷着他的头脸，灌进他的衣领，湿透了他全身，他感到像是冲刷着，被裸露在地层表面的一块玉石，让他清醒地看到了它的光泽——价值——美丽。非常刺激，精神为此而振奋。与此同时，老宅中被深藏着的金银财宝……一如那一块块美玉一样，从他的心底渐渐地浮现在了他的眼前——金光灿灿堆积如山。这魔鬼般的诱惑和幻觉，使他一次又一次地心神荡漾起来。

不到一刻钟的功夫，他便到了川石沟。

但他没有直接进村，而是绕着大道，从西到东环绕了一大圈。在环绕的过程中，他鄙夷的发出了阵阵冷笑。其后又绕回西头，将三轮摩托隐藏在村外靠山沟的一个僻静之处，徒步沿着山根斜坡，一步一滑地向村中老宅后的一片枣林走去。

枣林是他家祖上留下来的，面积不小，老枣树歪七扭八，杂草丛生。

他穿过枣林，环顾四周，确定身后没人，便十分灵活地爬上了一棵延伸在老宅屋顶上一棵歪脖子枣树上，窜到低矮的墙角处，一下子就稳稳当当地跃进了宅中的隙地上。行踪诡秘，机敏得倒像一个贪婪的盗贼。

他站在雨中的宅院中，像站在一片茂密的森林里一般，四面听到的是阵阵松涛的涮涮声，以及大雨从屋顶瓦片下哗哗倾倒的巨响。

他身子旋转着，环视着整个宅院。目光犀利地仔细搜索着、探察着宅子的一切。墙壁的每一条裂缝，逐年下垂的屋檐，凹陷的屋顶，每一处墙角，墙角处每一块大青砖。

尽管如此，这座老宅，仍像一位扎着裤筒的百岁老人一样——

硬朗的坚挺着，没有半点倒下的意思，他所期望和能够有所发现的事情，仍然没有丝毫的迹象。

事实上就意味着他又要徒劳而返了。

但令他惊讶的是，这座废弃多年的老宅中，居然还住有新的主人在此安居乐业。一只老鼠钻出窗口，召唤出许多小鼠站在窗台上，警惕地瞪着各自的两只大眼睛，惊诧地唧唧喳喳，议论着、打量着、注意着这个闯入宅院中，驻足在雨地上奇怪的陌生人？

二牛发狠地将衣袖上的雨水向它们甩去，它们才惊慌而不满地躲进了各自的屋里。

孔二牛立在雨中的心情，跟每一次复杂的心情几乎相同。

他既希望宅子的彻底倒塌，又不希望宅子的彻底倒塌；既希望奇迹的出现，又不希望秘密的暴露。他想：如果整个宅子倒塌了，怎能不会引起全村人的关注，引起其他两个弟兄——大牛、三牛的关注？

尽管这座破老宅，他那含含糊糊的爹，到现在都没有明确表示过——老宅属于孔二牛所有。那么他擅自在老宅中行动，一旦暴露在别人的眼皮底下，那么就会有可能引发出一连串意想不到的麻烦。他不能忽视。

他很清楚，就他目前的经济状况，远远不能够理直气壮，大张旗鼓，别开生面地宣布：我孔二牛有能力，我要在老宅的废墟上进行彻底的深掘、翻动和新建。

然而这绝对不是一件简单的事。不但要很多很多的钱，而且也不是他目前的主要目的。

"咱的宅子里有财宝呐！"他对他死去的奶奶的这句话，始终深信不疑，老祖宗是不会对他撒谎的，他肯定。那么这财宝究竟深藏在

何处？在哪个角落？哪间屋里的家具腿底下？哪堵墙缝里呢？找到它们又将如何神不知鬼不觉地全部带走？这是他对自己提了上千次的问题。

脑海里便开始萦回起小时候，爹娘常常对他们絮叨过的那些有关老宅，曾有过的辉煌历史来。

但随着年龄的渐大，再没听到过爹娘以此而炫耀了。也许爹娘对老宅曾经有的厚望彻底死心了。但这一切不等于他孔二牛也死了心。

雨中的孔二牛在想：曾有十八头高大的骆驼在暮色苍茫的傍晚，驼着沉重的财宝，晃晃当当地依次迈进这座老宅。老宅里的人，默不出声地整整忙乱了一个通宵。可第二天一大早，这高大的十八头骆驼嘴里倒嚼着未尽的精粮，鼻子噗噗地发出感恩的声响，尔后又抖动着轻松自如的驼峰，依次迈出了这座老宅。这是他孔二牛打小从老祖宗们嘴里聆听了无数遍的新奇故事。正是这新奇的故事，让他痴迷入神、铭心难忘，充满了无尽的遐想。

据传说，孔二牛奶奶的婆母，也就是说，孔明康的祖母———一个刚刚过门三天的新媳妇，透过窗户纸的窟窿眼儿，看到过的情景。可这十八头骆驼的财宝在这座宅子里，一夜之间便消失得无影无踪了。

这位祖奶她一生都未曾见过，以致这个传闻传了一辈又一辈。

难怪孔二牛，对宅子中的神秘财宝充满无尽的热情和信心。

雨中的孔二牛与宅子构成了一幅历史与现实恐怖而朦胧的画面。

那么让我们站在远处，透过雨幕，穿过层层历史，对孔宅这幅画面，作一个尽可能清晰的描述吧。

据考证,孔宅始建于明代崇祯四年(1631年)期间,迄今已有三百多年的历史。占地面积五百多平方米,标准的四合院。正堂屋略显微高,屋顶呈人字形。是当地绝无仅有的琉璃瓦盖顶。墙体清一色大块蓝砖,整个建筑结构合理,布局巧妙,用料考究,做工精细。房屋共四十余间。

孔家兴于孔明康祖父的祖父的父辈之上,衰于孔明康的祖父的父辈。

据孔明康的讲述,他的爷爷因吸食过量大烟,死于饮酒过度,终年48岁。娶妻三房,留有一后。这一后便是孔明康的爹——孔志儒。而那个耳闻目睹十八头骆驼进孔宅的刚刚过门三天的第三房新媳妇,便是他的亲祖母——孔邢氏了。

破"四旧"时,孔家的家谱被焚烧了,但孔明康仍能依稀记得:祖上是靠贩牛、羊、驴、马牲畜为主,南来北往,远近兼营。人丁兴旺之时,家中曾雇有四个帮工,两个厨师。

新中国成立后仍然被划为上中农——破落户。

孔宅曾经受过无数沧桑与坎坷,不过最终还是在孔明康老娘的刚强和机敏下,确保了整个宅子的完整性,实属不易。

虽然现在显得苍老破旧、摇摇欲坠,但以整个宅子的建造以及门庭院落的设施,不能不反映和透出历史的辉煌和显贵来。

因为许多材料都取之于他乡异地,如:门庭下的汉白玉条石,院中铺的雨花石……老祖宗就是富啊! 能盖这么好的房子! 在孔二牛的眼里,这一切都简直不可思议。看院中与门庭相对的那堵雕有祥云花纹的照壁,转来转去,目不转睛,上面还有一些古篆字刻,但早已模糊不清了。但他不是在研究它的历史和文化,而是惦记着财富。这些财富是不是就深藏在这照壁底下?或者是那门庭口——汉白玉

条石下面?

此时孔二牛总是不得所知,抬起脚狠狠地照那堵照壁端上一脚。

雨水淹没了院中铺设的雨花石面,漂起一层黑漆漆的杂物。他十分恼火他爹,因为他爹总是把一些杂七杂八的东西塞堵得处处都是,不仅堵塞了门庭楼下的下水道,致使院内积聚大量的雨水,而且他想进每个屋子看看都不能。他爹的那些杂七杂八的烂草、箩筐、树枝、木头、圪针耧耙到处都是,连门窗上都塞堵着这些东西。

如果一旦倒塌,你塞堵上这些东西,又有什么狗屁用?真是老糊涂!不过终究有那么一天,老宅的庐山真面目,一旦显现出来,他坚信第一个发现和第一个赶到的一定是他孔二牛。与此同时他不禁回想起一件事来:

那还是三十多年前,那时他还小,他家——就现在这座宅子,曾经来过两个收购古董的人。这两人进到宅子,眼睛里透出异样的目光,像贼一样四下里观察打量个不停。然后是进他家的正堂屋,向他娘问:有没有古董要卖?他娘说:没有。收古董的又问,比如铜钱,银元,旧书之类的东西,他娘仍说没有。

那俩人仍然不死心,就站在脚地上满屋圪瞅。最后把目光集中到屋角靠墙处立着的一张赤红色的破立柜上。但这个破立柜四角的金属裹角早已脱落了,两扇柜门四周映出的百子图案黑漆漆的,难以分辨清晰。只有两扇柜门上挂着的一把小铜锁,以及小铜锁两边对称的两片金灿灿的祥云贴边小搭扣发着耀眼的光泽,立柜的四条腿都已不十分牢固,其中一条腿,孔明康用砖头支着。

这俩人就用手指着这个破立柜问他娘:你家的这个柜子卖不卖?他娘放下手中的活仍旧说:不卖。

在他娘看来,这个破柜子能卖几个钱?再说满家除了灶台前的一个破橱柜,正堂的一条供桌,供桌上面同样漆黑的一座佛龛,再没任何摆设。就这个破柜子,一旦卖了,那乱七八糟的东西无处可搁,所以仍旧说不卖。

其中一个年长一点的汉子,伸出八叉手指道:给你八百元卖不卖?

出口就给八百元,这是孔二牛娘万万没有想到的。这个价当时就把他娘给吓了一大跳。八百元是个什么概念?——这个破柜子,能值八百元?在当时来说,这八百元钱,对于非常贫困的家境来讲,可真能起到从贫穷到富裕的作用。

于是,他娘急忙叫他把他在外面忙碌着的爹赶忙喊回来。

他娘向他爹道:"给八百块钱,卖不卖?"孔明康一听也被吓了一跳,但仔细琢磨了琢磨,人家出口就给八百块钱,那么咱这古董,就远远不止八百元的价。思量了许久,这是祖上传下来的东西,最终一口咬定:"不卖。"

谁能料到多年过去了,再没有第二个人来光顾和问津这破柜子——古董。

破柜子至今仍孤苦、灰暗、悲伤的立在墙角的一处。尽由着岁月渐渐地腐蚀着它的生命与价值。为此,孔家老小不知遗憾了多少年。

孔二牛每逢想起这件事,心中就十分恼火。当初那八百元钱,能顶现在的八千元,甚至八万元呢!那时他娘已经动心了,可没想到过于精明的爹,却做出了这样一个过于愚蠢的决定。

他不停地转来转去、寻来寻去、瞅来瞅去,面色铁紫,浑身湿淋淋的,心中有无尽的懊恼。事实上他不得不从原路返回了。

"这鬼天气!"他开始诅咒起来,是这鬼天气一次一次地在捉弄

他。他也诅咒起老祖宗们来，如果不是留下这座老宅，他也不会有太多的想法，会安安心心地过自己的穷日子。可那些扑朔迷离的鬼话，却时常萦绕在他脑海里，赶都赶不跑，连做梦都在老宅的藏宝之处独自狂欢。

因此他相信命运，相信奇迹。

在他的血管里，仿佛生就了那种奇遇、神秘、诡异、激昂般流淌着的血液。

尤其是玲玲跟他的结合，就更加使他深信这一切。

他想这也许是老祖宗们的刻意安排，让他暂时受点磨砺，他的愿望一定会实现的，不过是迟与早的问题。

他是不会死心的，轻易不会扭转他这种固定成型的思维状态。

这时雨越来越大，他需要赶紧离开了，因为他想起了还在菜场的玲玲，也想到了他娘。

他完全可以从茅厕倒塌的那一角出去，虽然他爹仍用一些树枝、木头、柴草、圪针堵塞着那个豁口，但要从此处出去，不是太费力。可他从不走此处，一者怕碰到村人，二者正对着马旺才家的门诊窗口，他还得从原路返回。只见他向西北处的两墙一米见宽的空隙处，叉开两腿，蹬着墙体，目光向上透出一抹深藏在眼中的失望之色，噌地一下攀上屋顶的凹处，顺着那棵歪脖子枣树下到了地上，然后迅速地消失在灰蒙蒙的雨幕中。

其神态活像一个失落的盗墓贼。

当二牛刚刚离开老宅不久，老宅大门楼前的石台上也快速地上来一个人。这人朝老宅那座早已耷拉下的廊檐门楼瞟了一眼，便急速地闪进了马旺才家门诊小屋。

"啊,是大牛呀!"马旺才正站在一把木凳上整理翻腾他药柜里的药物,见是孔大牛便掉头打了个招呼。

"旺才伯,感冒了,给我拿两片感冒通吧。"大牛把嘴巴张得大大的,努力打了一个很响的喷嚏,证明着他感冒的严重性。

其实大牛的到来,也是惦记着老宅中的动态。

马旺才从木凳上跳下,从药柜上拿下一盒感冒通,扔在一张小桌上。

"像你这样,哪有不感冒的。嗯,你说你大雨天,水湿淋淋一直站在老院里干啥哩?"

孔大牛大睁着眼睛道:"没有呀!我是刚从村委会院里看他们一伙打牌来着。着凉了,赶紧跑来买点药。不然的话,我这毛病一旦感冒一个星期也好不了。"

大牛在想:马旺才怕是看见鬼了吧?大雨天,谁会进去呢?况且他爹一直用一把大铁锁锁着大门,就是对面这个豁口也被堵得严严实实,谁能进去呢?

马旺才抬起头,扶起镜框看着大牛道:"那就怪了,我分明看得清清楚楚,就像你一直在宅院中呆了许久,东瞅西看的,我还心想:大牛这是干啥哩?也不怕受寒。"马旺才疑惑得直摇头。

"不是我!不是我!肯定不是我!我进去干啥哩!您是看花眼了吧?"马旺才未再吭声。他相信自己的眼力,如果确实不是大牛的话,那会是谁呢?他在心里想:是二牛?二牛又不在村里。三牛?三牛是个大懒鬼,大雨天他才不会到那呐。那么是孔明康?不会的,绝对不会。

孔明康昨夜拉肚子,大秀半夜来买药,现在他的心里还一直惦念着孔明康老汉的病况,不知现在怎样了?也没了回话。难道还有别

的人惦记着这个"破老宅"？更何况这样的情景他不止发现过一次，这里面一定大有文章。但他没有必要多嘴多舌，以免引起孔家人的猜疑。

不过他对大牛的怀疑仍然没有解除，因为他深知大牛对老宅的热情和关注，每当刮风下雨之时，大牛总会假借买药，到他这里来逗留一阵，买药纯属借口。他那点小九九，根本瞒不过自己的眼睛。不仅知道大牛如饥似渴地热望着老宅的倒塌，将宅子中所有的基石——那些极有用途和价值的汉白玉条石挖走，等盖新房使用，而且还深知孔大牛对老宅所抱有的其他希望。

这一切对于明眼的马旺才来讲，孔宅以及孔家人的秘密根本不是什么秘密，只不过是他不说而已。

当然孔宅的特殊构造，不仅在川石沟，而且在整个古兰市是独一无二的建筑，不能不引起人们的注视，就连他马旺才也曾垂涎过孔家的这座老宅。

毕竟这座老宅在当地曾有过它辉煌灿烂的历史。如果不是处在这个偏僻的小山沟里，也许早被国家视为文物保护起来了，哪能像现在硬等着倒塌为一片废墟？

他曾经婉转而试探性地向孔明康求购过这座废弃的宅基院，无论出什么价，孔明康一口回绝："不卖。"

当然反过来，如果是他马旺才，他也不会卖。

传说中孔宅的财宝，对马旺才确实也是一个不解的谜，耐人寻味。

因为他打小就跟孔明康光屁股蛋一起长大，孔明康以及孔明康的爹娘就一直过着贫病交迫的生活。

他还能依稀地记起，在那兵荒马乱、战火纷飞的年代，他跟孔明康两人结伴乞讨的情景。孔明康的老爹一直患有严重的哮喘,整日靠着太阳昂起头费力地拉气———直到死。

除了这座早年显贵的宅院,却从来未见孔家拿出过什么宝物来,以此来维持窘迫的生活,直到现在。

也许是时代不同,不敢显现、张扬。可现在的社会不同了啊!可孔明康的生活仍旧过得极其艰苦。

马旺才百思不得其解。

马旺才吸着大牛递给他的香烟,想到这一切,又看到大牛搁在小桌上的两元钱,便眯起深邃的老眼,慢腾腾地对大牛道:

"大牛啊,你爹他昨晚病了。拉肚子拉得非常厉害,不知现在怎么样了……"于是,把半夜大秀来拿药的事,向大牛一五一十地叙述了一遍。

"……大秀呀,急得两眼都是泪,……没带钱。我说钱算什么?你爹的病重要……"马旺才对一直透过窗口圪瞅老宅的大牛道,分明示意他将他爹的药钱一块给付了。

但孔大牛似乎没有理会到他的意思,只听见说他爹病了,突然变得着急起来,并不相信似的问道:

"真的?那我得赶紧去看看。……这个大秀,真是的……"嘴里喃喃着赶忙撩起竹帘,头也不回地快步走了。

"哼!嗯。"马旺才望着柜台上的两元钱,无奈地摇了摇头。

十二

孔大牛离开马旺才的诊所,是否真的立刻去村外看他爹,他犹

豫了好一阵。回眸了一眼老宅，抬头凝望着灰蒙蒙仍在下雨的天际，最终还是决定去一趟。

一般情况下他不去，避免让改香生气。一旦让改香看到或知道他去了村外，改香非得跟他闹个人仰马翻不可，他很害怕，也不想为此糟心。

可听说爹病了，不去说不过去，去吧自己身上连三十、五十元钱也掏不出来，心里感到很不自在。刚才马旺才的神情已经让他难堪了，难道他还不明白？

孔大牛的确从来没有揣过超过五十元钱的时候，改香看管的相当严紧，唯恐他周济他的父母。除特殊情况或外出必办之事让他揣钱外，平素里他连跟人打一次"平和"（打麻将）的机会都没有。男人身上就是不能揣钱。男人身上一旦揣上钱就会变坏，不是去嫖就是去赌。改香坚决不允许自己的男人变坏，不使男人变坏的根本办法那就是不能让他身上有钱。这就是孔大牛媳妇改香冠冕堂皇的言词，也是她治理男人的铁腕手段。

有一次，孔大牛在自己的鞋垫下面偷偷藏了五十元钱，被改香发现，改香好一场大闹，甚至拽着他去离婚。一直闹腾到孔明康老俩的眼前，哭诉、责骂丈夫心怀不轨，另有新欢。要不然他怎会欺瞒她，背着她偷偷藏钱？孔明康老俩一脸无奈，孔大牛有口难辩。孔大牛历来惧怕媳妇，已经是出了名的"妻管严"。说实在的，孔大牛有时看到别的男人在一起打麻将，打扑克，常常下饭馆，洒脱自如的很，自己却不能。感到窝囊，没有一点大丈夫的气概，在人面前总是低人一等。每逢想到这些，他恨不得把这个娘们掐死。但往往转念一想，改香有改香的长处，不仅会给他生儿育女，在生活上也有一套。譬如，多少年来，做好饭菜，他到时不回来，改香是绝对不许孩子们先动碗筷的。酒也给他喝最好的,还说男人适当喝点酒养身——促进血液循环。其结果使他更加乖巧。兴奋之余,还含着热泪直喊:"改香你真好! 你是世界上最好的女人,比我娘都亲我。"

孔大牛想起媳妇改香对他的好来,自然想起改香昨夜跟他主动做完床事之后,说起爹要分地的那桩事情来。他有点不大相信,对! 他为什么不亲自证实证实?

至于他爹的病况如何,是否需要真的花钱,他是这样想的:爹的身体硬朗着哩,不会有事。即使有什么那也不是他一个儿子的事。何况听说爹的病是由大秀的烂肉所惹的祸,既然是大秀惹的祸,那么大秀她就应该承担这份责任! 想到这里,孔大牛抹了一把脸上的雨水,抖了抖身,立刻现出十分恼怒而急迫的神情,大步向村外走去。

村外破败的仓库院,那间阴暗潮湿的库房里孔明康老汉两腿交叉着坐在破木板床边,两眼无神地望着门槛外的雨水。门槛是临时堵上去的一块破木板,以及雨水像豆子一般飞溅和流漏进来门槛里渐渐扩大的一片湿地,望久了便将白发蓬乱的头低垂在胸前。

屋里很暗,大秀蜷曲着躺在她爹的身后,上身蒙着一块破被单。

"咋? 听说病了?"大牛进得黑漆漆的屋里,谁都没有发觉,只是听到他的声音,他爹才将挂在胸前的头,无力地抬起,用表情告诉了他这一切。

大秀半睡半醒着听到大哥粗犷的说话声,除了反感,主要感到浑身无力,没有立刻爬起来,想佯装着躺上一会儿,以免被大哥看出她一塌糊涂的心境和跟烂水蜜桃一样红肿的眼睛。

孔大牛酷似孔二牛。但人到中年的孔大牛,似有发福的气势,面色红润,虎背熊腰。他背着一只手,歪着脖子走近爹,仔细观察了观察他爹的面色,然后将目光转到爹身后的妹妹大秀身上。

"哼！我听旺才伯说，你是吃上大秀拿回来的坏肉拉肚子的？"他把话音提到高八度，唯恐大秀听不见，还故意干咳了两声道：

"我说你们这有钱的，做事不是这么个做法吧？嗯！自家不能吃了的东西，就拿回来给爹娘吃？爹娘的命就不是命了……既然想孝敬，那就给吃点好的。哼！真是的。如果把爹娘的命要了，你说这算啥事？不让世人骂死……有啥哭哩，大哥我说错了？冤枉你了？你好好想想，你跟二秀的一些做法，不是我当大哥的说哩，真的太差劲！也别怪人家当嫂嫂的都不满意……好了，好了，别再哭了！好在爹没有什么，我也就放心了。"大牛边说边掏出香烟来给爹递了一支，但孔明康老汉剜了他一眼，将头扭向了一边。破被单子下的孔大秀一抖一抖地抽缩着，像一只受伤的猫哭得一塌糊涂。

孔大牛见此情景，似乎有点不自在了，目光扫了一遍屋子，想找个可以让自己坐下来的地方，但他没有能找到，只好背着一只手将半段身子绕过他爹的身探向泣不成声的大秀：

"甭哭了，啊！有啥哭得。事情过去也就过去了，以后……唉，大哥这不也是着急的。说话可能过头了些，可是你想一想嘛，如果爹娘真的有个三长两短的，你说咱兄妹几个怎交待世人？……是着急的缘故，好了！好了！别再哭了啊！我走了，有啥事……"孔大牛说到这里，将半截话硬生生地咽回肚里，扭头匆匆走了。

他自己说此话，连他自己都感到没底气。是，如果家中爹娘真有点什么事情的话，他孔大牛是做不了主的。

孔大牛走后，孔明康老汉深深地叹了一口气。刚掠回头想要安慰安慰女儿几句，只听得儿子——孔大牛又折身回来。

"爹，听改香说，您要办地证？这事您老就别操心了，我找四狗子办。您就不用村里村外来回跑了，我办事您放心。啊！"说完转身走了。

他认为帮爹办这件事了,对他对爹都是一种极好的安慰,自然对大秀他想不出该说些什么好,又听到大秀越来越高的啜泣声,他想赶快离开是最明智的选择。

孔明康老汉见到儿子始终没有说一句话,只是将原来低垂在胸前白发蓬乱的头抬了起来,脸面显得更加僵硬,深而粗的纹路渐渐透出少有的白光,老眼不在无神,而是变得越发可怕。他什么都没说,用两只出奇的可怕的目光,不停地打量着眼前的儿子,心里狠狠地骂道:"狗日的东西!看你倒像个阔老板,人模人样的却不说一句人话。"可他万万没有想到,这个被他骂作:"狗日的东西"的儿子又很快折身回到这黑洞洞的屋里来。

这次大牛的嗓门极高,目光骤亮,似乎喜形于色而又兴奋不已地喊道:"爹,坏在大门口的一车木板料是谁家的?呀呀呀!那板料可真喜人。偷偷卸下几块,干啥都能用得上。盖房子,做家具都是上等的好材料啊!"他说这话除了惊喜还是惊喜:"你圪瞅着点……我回去叫人。"提醒他爹留意这辆车的动态。看来他已经下决心了,等天黑时就下手。当然一个人是不行的,动作必须麻利,不能被旁人发现。心情之急迫,就怕是还没等到天黑那辆车就被人开走或被人先下了手似的。他想立刻赶回家把这件事告诉改香,让她想办法找人来帮忙。大牛这次风风火火地进来跟出去是同样快的速度。

"如果你能想到给你老爹老娘做口棺材,还算你有点孝心。把你龟孙子的!凡事儿都想着自己。"孔明康老汉见孔大牛匆匆走后,越想越气就伸手将身边的一个水碗高高举起狠狠地摔出了门外。碗被摔得粉碎,碗中的水很快融进了院内的雨里。

天渐渐暗淡下来了,阴雨天气,比往日黑的更早一些。

大秀哭了个够,才头发蓬乱地坐了起来,准备拉灯,却又将伸出的手抽了回来,双手捂着脸干洗了半天:"爹,您饿了吧?我给你去做饭。"

"不饿!早被那龟孙子气饱了。"孔明康老汉仍一脸怒气。他开始想老伴怎还不回来?离开不到两天,到觉得如隔三秋。越想越觉得不自在,心里很烦乱,下地到一个破旧的纸箱跟前,从箱底处摸出一盒上等好烟,打开点了一支。这是他那个体面的小舅子过年时给的,他跟老伴谁都没舍得抽,现在放得都快干巴了,这时才狠下心来将它打开吸上一支。

大秀也开始喃喃自语起来:"我娘她怎还不回来呢?"其实大秀心里一直在难过地想,大哥变得越来越不像大哥,小的时候……正当她喃喃自语时,就听得铁栅栏小破门哐当哐当地响,随之便听到一个男孩的喊叫声:"外爷!外爷!快来开门。"

大秀跟爹都听到叫声了,孔明康老汉只是把耳朵竖起想听得更准确些。大秀以为是她儿子小伟来了,急忙跳下地冲出屋子,等她再次听到喊声时,才听明白不是小伟,而是二秀的儿子尚海涛。

原来是尚海涛柔嫩的身子骨背着外婆,大汗淋淋地被阻挡在小铁门外。千方百计地想挤进来,可要不想碰掉外婆身上的雨衣和手中的一些药品以及外婆的伤脚,只好大呼小叫着。

大秀心突突地猛跳着,手忙脚乱地帮外甥把娘搬弄进小铁门里,边小跑着边急切地问道:

"怎啦?怎啦?娘!"她娘没回应她。

"我外婆扭了脚。"外甥喘着粗气说。

尚海涛把外婆放在床边,气喘吁吁:

"累死我了!累死我了!我还以为外婆您不重呢,没想到还真够我背得。"

孔明康老伴却欢喜地笑着道:"嗨!你小子不是跟我吹牛皮,能背着我跑二十里嘛,这才有几步?"

"关键是我怕碰了您的伤脚,还有您手中的那一堆东西,要不我会跑得很快的。我在我们班里,长跑短跑都是第一,你们不信去问我爸!"尚海涛边说边找水喝。孔明康老汉直勾勾地盯着这个外孙子,大半年没见,竟然窜得跟他爹一样高了。不是那一脸的孩子气,真能把这个外孙子看成女婿尚可呢。

大秀赶忙给涛涛倒了一碗白开水,她习惯这样叫。可这小子却不喝热水。自己去缸中舀了一碗凉水咕嘟咕嘟地灌下,并且还闭上眼睛,张大嘴长长地出了一口气。伸展两条长脚,一下倒在床上,震动得这只破床直抖。

这个孩子的出现,立刻使这个屋子有了生气,灯光似乎比往日明亮了许多。

大秀见到娘似乎什么都忘了,心里踏实安然了许多。她对涛涛说:"大姨给你去做你最爱吃的磨疙瘩,好吗?"大秀知道爹娘也早饿了,自己也感到饥肠辘辘。

"大姨你太好了!我就爱吃你做得磨疙瘩。我妈从来不给我做。别说吃她的磨疙瘩,每次回来连她的面都见不着。"

孔明康插了一句:"那她去哪儿了?"

"我也不知道。我爸说她出差了。她出什么差呢?搞不明白。"这孩子说着脸上现出一种失望而极其忧伤的神情。

孔明康老伴不想让这个话题影响一家人的情绪,瞪了老伴一眼,示意他不要再提这个话题。自己却满怀喜悦,显出得意的微笑。

回到家了,她还一直在开心地想着自己是如何躲过两个女婿的

麻缠,和自己一直预谋逃离那个折磨人的鬼地方。她又如何采用智谋哄骗过这个聪明而可爱的小外甥,利用毕竟是小孩的单纯幼稚就三言两语让小家伙信以为真地将自己偷偷搬运回来的情景。她坐在床上把她的伤脚摆弄合适,上面支了个枕头,无关痛痒地道:

"扭了一下脚嘛,两个女婿非得把我往医院送,我又不是纸糊得……过几天就好!"尽管她装着满不在乎的样子,竭力掩盖和瞒哄着她这两天来所遭受的痛苦,但她的面色神情瞒过别人却瞒不过老伴那两只透视一切的老眼。

孔明康老汉扯过被子给她支在身后,凄然地瞟了她一眼。

大秀做好饭了,尚海涛狼吞虎咽地吃着,一个劲地说:"好吃!好吃!大姨做的就是好吃!……大姨住着不走,我也要跟外爷住一夜,反正我星期六的下午才返校呢。我好久没在外爷外婆家住过了,这种感觉非常好……我没能跟我爸打个招呼。管他呢……不过聪明的我爸绝对不会认为我会失踪。"

他一个人吃着说着,回头还故意问他外爷道:"外爷您说对吧?我已经是大人了,不再是小孩子。连我们老师都是这样夸我的。"说完放下碗筷,撅起屁股放了个响屁,双手举起伸了个懒腰,逗得一家人都笑了起来。

孔明康老伴笑骂道:"把他娘的!怪不得这两天下雨,原来是你小子打雷打得。"哈哈哈……尚海涛笑得非常开心。

"嘘……天机不可泄露!何其怪哉……外面有贼!"他做了个让大家静听的动作。他这样一来,大家不由得竖起耳朵。果真不假,都听到了哄哄嚷嚷的低语声,脚步声向这屋子而来。

大秀娘紧张地问大秀:"小门没锁?"

大秀:"还没来得及锁。"

那会是些什么人呢？只听得嘡嘡踏踏一阵短促的脚步声，由远而近。

孔明康老汉干咳了两声，当然他知道是谁来了。果不出他所料，首先进来的是孔大牛，次后是媳妇改香及改香的五六个兄弟。手中不仅拿着铁棒、手钳，还有照明的长把手电筒。

他娘大瞪着眼睛，瞧了这个又看看那个，满脸疑惑不知就里。大秀终于明白过来了，她反感、憎恨哥嫂没跟他们搭话，身子往里挪了挪，转身去做她应该做的事情去了。到是尚海涛这个小家伙机敏、胆大、嘴多。他冲着这帮人：

"哎哎哎！大舅，您这是干吗？打架？还是抢劫？……可这也走错地方了吧？"他两手一摊，直视着孔大牛这帮人。

孔大牛听到外甥涛涛的话，没有笑意板着脸："你小子别乱胡说！再胡说八道，大舅我打你！"随后问他爹开大铁锁的钥匙在哪儿？

孔明康老汉想起他下午来时的情景和说过的那些不近情理的话，心里还在生气，黑着脸仍旧没有吱声。

尚海涛不失时机地又对他大舅道："大舅啊！您打我我不怕，就怕人家打您！您搞明白点！"一脸严肃而认真的样子，还叉着腰：

"您没听说过这样一句歇后语吗？那叫外甥打舅……不对！不对！是外甥打灯笼……照旧，哈哈哈……"独自笑得前仰后合起来。

说实在的，改香她对这一屋子的人都没有好感，和谁都没话，只是一个劲地到处圪瞅钥匙，很快她就瞅到了靠门墙钉上挂着的那两把带黑布条的钥匙。大钥匙肯定是大铁门上的，小钥匙是小铁门上的，当然这不需要问。上前急快地摘下来，胳膊一扬指挥这帮人出去了。

"大牛要卸那辆车上的木板。"孔明康见老伴一直懵懵懂懂的，

便告诉她。老伴儿听了,不禁叹道:"唉,媳妇当家,坏了人家。你说万一被人家查找出来,丢人败兴是小,一旦告下,这明摆着就是吃官司的事嘛,灰东西!怎能干这事呢?……"经老伴这么一说,孔明康老汉更加忧愁了,但却不知如何是好,他知道阻挡是阻挡不了的,何况媳妇不是什么省油的灯,压根不吃他们那一套,咋会听从他老俩的劝告?

大秀一言不发地在收捡碗筷,看到活泼可爱、聪明的尚海涛自然地想起了她的一双儿女们,心里又要开始难过起来。洗碗洗得不是碰这就是碰那,磕磕碰碰的声音不绝于耳。

尚海涛看到外爷外婆愁苦、忧伤的样子,脑瓜子一转动,想出了一个办法,要她们高兴起来。他神秘地打了个手势道:"外爷外婆,我跟你们商量个事,好不好?如果同意,包括我大姨在内,那你们就举手,不同意可以弃权,我不勉强。"他是一个快乐的小子,容不得沉闷。

大秀开口了:"涛涛什么事,你就说好了,还商量呀,举手的,究竟是什么事?你快说!""大姨,您这就不懂了。"这小子卖着关子,为的是不使他们听到院中的响动。他这样一来,把屋里的人的注意力都集中在了他的身上。

我给大家讲个故事。就这事!同意就举手。噢,外爷举手了,外婆也举手了,大姨也举手了。这说明大家已经通过我的提意,那好,我现在就开始……注意听!我不讲第二次,听好了!"他故意不紧不慢摇头晃脑地开讲了:

"故事说得是兄弟俩,兄弟俩家里非常贫穷,父母亲又有病,一天弟弟对哥哥说:咱俩一起出去打工挣钱吧!挣下钱给父母看病。哥哥赞同。于是哥俩一起外出打工挣钱去了。

一晃两年过去了,弟弟对哥哥讲,总算挣下点钱了,又赶上过年,无论如何得回去看看父母,以便把挣的钱送回去。哥哥非常赞同,于是兄弟俩一人身上揣几万元钱,高高兴兴地准备坐火车回去。可没想到,当兄弟俩正准备买车票时,突然发现各自揣着的血汗钱不翼而飞。弟弟身上只剩下两元钱,血汗钱啊血汗钱!兄弟俩伤心的抱头痛哭……你们说这兄弟俩可怜不?噢,可怜啊!可怜又能怎么样?

后来聪明的弟弟拿出唯一所剩的两元钱,咬着哥哥的耳朵说了几句悄悄话,你们猜怎么着?可哥哥竟然心领神会地笑了。

进出车站的人很多很多,像蚂蚁一样。好多人发现车站的兄弟俩,一人头顶一个盆。哥哥胸前挂着一个'蘸一蘸一元钱'的纸牌,弟弟挂着'涮一涮一元钱'的纸牌。

人们特别好奇,说这是什么呀?蘸一蘸才一元钱,到底是什么?那就花一元钱蘸一蘸看。结果,凡是蘸过的人,都必须马上再花一元钱去弟弟顶着的盆里去涮,哈哈……后来兄弟俩不仅挣够了回家的路费,还有剩余呢。你们猜一猜那是什么?我的故事讲完了,谢谢大家!我困了,我去睡了。"

"那是屎巴巴屎巴巴。"大秀边笑边说,笑得都弯下了腰,眼里溢出了泪。孔明康老俩也被这个小东西逗得哈哈直笑,小东西一如一叶小舟将他们带到了一个快乐的岛上,似乎忘记了一切烦恼,都沉醉在这个小家伙所讲述的这则故事里。

小外孙的这则故事,不禁逗引起孔明康老汉珍藏心底的另一则故事。这则故事可说伴随了他的一生。是孔明康老汉打小就从他爷爷那里听来的。

故事很美,讲叙的就是一个做人的哲理。

在儿女们小的时候，他就无数次地给他们讲述，都还愿意听。不厌其烦地缠着他讲，可长大成人之后，就再也不愿听他讲了。

曾有那么一次，他忍不住又要旧话重提，不料竟然遭到儿女们的一顿抢白。

大牛说：爹，你以后就不要再讲你那些破故事了，好不好？听了让人烦。二牛不语。三牛却瞪着眼睛，挥动着手臂，指着他爹："是不是又要讲什么'王华买老子，顿顿吃好的'故事？来来来，你现在出去给我买回一个老子来，也好让我顿顿吃上好的！什么年代了，你还再卖你那烂货！"二秀说："你真是一个老顽固！"大秀也说："爹，你以后就不要再讲了。"

孔明康老汉想到这里，虽然感到很悲伤，但小外孙涛涛的这个有趣的故事，竟然激发起他渴望再讲一讲这则故事的冲动。

说的是过去一个叫王华的穷秀才，无父无母，虽然一肚子学问，但人不逢时，一直过着贫穷的生活，平素里在县衙门外干为人代写家书、诉状等文字性的营生，养家糊口。

一日，他见街头出现了一个身插甘草，自卖本身的邋遢老头。老头鼻涕寒碜，衣不遮体，口中不住地叫喊到："快来买啊！快来买啊！快来买！一文钱买个老头。"

京城的街头人山人海，围观的人走了一拨又一拨，凡围观过的人，不是摇头叹息，就是嗤之以鼻，都说老头是个疯子。

是啊，谁傻了，会花一文钱买他这样一个棺材瓢子作老子回家养着，为他养老送终？日久了人们也就熟视无睹，见怪不怪了。

可老头就这样在街头一直叫卖下去，风餐露宿的。

王华见此情景，好生同情。一天他代笔恰好挣得一文钱，就将一文钱施舍给了老头，还不禁自言自语地磨叨了半天，哀叹道：唉，说我可怜，您老比我还可怜。好歹我还有家小，您老怎落到这一步……我没爹没娘的，花一文钱买了老子，道是也划算，可要怎能养活您呢？回到家中，早已等米下锅的妻子问他，这日可有收获，他便将所遇之事讲给了妻子。善良的妻子听后也生出怜悯之情，不仅没有责怪夫的行为，还好言相劝。没什么大不了的，日子对付着过。不过是花了一文钱，为何不把他给买回来呢？买回来，你不就有个爹，我有了公公，孩儿也有了祖宗吗？也免得他在外忍饥挨饿，风餐露宿，起码家中有温暖，他老人家也不会受冻。

王华听了妻子的话，大动恻隐之心，心想妻子的话言之有理，我为什么不买个爹回来呢？于是，翌日出得街头，便将老头身上的甘草拔掉，脆生生地喊了一声爹，我已付您一文钱了，从今您就是我亲爹，跟儿回家吧！

老头也毫不客气，跟王华回到家中，便以绝对权威的老子身份居住下来。媳妇也非常孝顺，为这个买来的爹洗洗涮涮，缝缝补补。一口一个爹地叫着，嘘寒问暖，捡家里最好的让老人尽吃尽喝，反倒让自己的儿女受克制。可这老头仍不知觉，还处处爱摆个谱，让孙儿坐他下手，每到饭时，都要叫嚷："儿啊，媳妇呀，咱该用膳了，赶快把咱的龙碗龙筷龙桌摆上，我饿了。"

此种情景，王华总是一脸苦笑："爹啊爹，粗茶淡饭，咱能顿顿吃上，不饿肚子就算不错了，您老还什么龙碗龙筷的，让人听了笑话。好在儿还有几分人缘，能赊欠一些粗糠野菜的回来糊口，不然的话都该吊嘴了，您老还……"

尽管如此，王华一家大小无论什么都紧着老人，孩子们都被饿得哇哇直哭，但有一点吃食都先紧老头。

一天，王华的妻子依著门偷偷地落泪，为断炊之事而焦心难过。

老头发现，便询问儿媳为何落泪，不仿讲给他听听，于是媳妇便把无米断炊的事讲给了他。

谁知老汉听了，却哈哈大笑，不以为然地说，那是什么事，犯不着愁，咱有的是粮仓、米库，用不着哭涕。王华跟妻听了，都认为爹在说疯话。如果有的话，您老怎会流落街头？笑话！天大的笑话！于是王华说："爹啊爹，咱穷是穷，但这节骨眼上，您也不该自个跟自个儿穷开心呀！"

老头却生气了，将身上的破衣撕了一块，令儿子拿着去某街某行某字号去兑换粮米、酒肉。王华拿着这块破布条哭笑不得："爹啊爹，这不是开玩笑嘛？这怎会……"让你去你就去！老头非常固执，容不得儿子违拗他。王华是个孝子，他不愿惹老人生气，只好硬着头皮去了。

嗨，不曾想，王华去竟然换回来了粮米。一家人欢天喜地，对老人更是敬重有加。窘迫的生活开始有了转变。

生活一旦紧缺，老头照例吩咐儿子——王华去兑换。王华不是一个贪图便宜，贪图享受的人，本来就一肚子的疑惑，见老子如此造次，就打劝老人道："爹啊爹，您老把身上的衣服都撕光了，又拿什么去换？这不是长久之计呀，人不能不劳而获，我看还是儿出去做营生挣钱养活您跟孩儿们吧。"王华准备出去重操旧业，可是这个买来的老子不从，他非让儿子在家好生陪他解闷。王华拗不过爹，只好在家耐着性子给爹讲今说古，谈天说地逗老人开心。老头也跟孙儿们缠滚在一起玩耍的很开心。当然，王华的生活状况有了很大的转变，一日三餐不仅顿顿能吃饱，而且能吃好，不再为柴米油盐酱醋茶而发愁。尽管如此，这个买来的"老子"还不满意，整天叫嚷着用膳，上龙碗龙筷……因此儿媳忙里忙外地，唯恐老人受了委屈，尽量满足着老人的要求。毕竟是穷家朴宴，即使端上破锅烂碗也是哄着老人："爹您要的龙碗、龙筷、龙桌摆上了,准备用膳吧。"这样老头才满心欢喜。

王华自从买回老子,就顿顿吃上好的。

一日他应老子的吩咐又上街去兑换食物,途经他摆摊的衙门口,心中不免一番感慨。又见那里聚集了许多人,他不禁围上去观望。原来是墙上贴有一张皇榜,上面有一个头画像,皇榜表明,如若谁见过此人,知道他的下落赏银千两。围观的人个个摇头叹息,千两赏银虽然很诱惑,可到哪里才能找到画上的人呢? 王华看罢摇头走开了。

王华回到家中,把街上所遇新奇之事讲给他爹听,还说,谁会有此福分遇到这个人,得此千两赏银? 老汉却不以为然地说:儿啊,如果没人揭那皇榜你就把他给揭回来吧!

王华却说:"爹啊爹,那可不是闹着玩的。随便揭皇榜是要砍头的。这是京城,岂敢造次!"揭回来吧,好让爹瞧瞧,兴许爹见过,还能领得千两赏银。

王华:"使不得! 使不得!"老头却说:"使得,使得。"王华见拗不过爹,甚怕落个不孝的名声,只好硬着头皮去为爹揭皇榜。

王华揭皇榜时,乘天黑夜色苍茫之际,鬼鬼祟祟像偷人一般的窜到县衙墙角根,将那皇榜一把抓下来,揣在怀中,一溜烟跑回家。

谁知他脚跟还没有站稳,便引来了众多官兵,一窝蜂似的闯进家门定要将他五花大绑带走。王华的妻小被惊吓得哭乱成一团,以为这下闯了大祸。王华妻子哭着问爹:

"爹,这可如何是好? "

谁知老头不慌不忙地从腰间取下令牌,大笑着说:他就是皇榜

上要寻找的人。

令儿媳即刻打点行装,带孙儿们一起进宫。

王华做官了。

不言而喻,王华一文钱所买得的"老子"便是皇上派至民间,为江山社稷物色考察人才的八千岁。

从古到今,行善积德,好人定有好报,这是孔明康老汉一生不变的思想理念,这则故事在他脑子里完整地过了一遍。

于是他伸出了干枯的老手,轻轻地拍打着外孙儿的额头:"涛涛,涛涛你睡着了?你听过"'王华买老子,顿顿吃好的'这个故事吗?外爷给你讲……"

十三

正在这时,门猛地被人推开,进来的是孔大牛。孔大牛手里拿着那两把带黑布条的门钥匙,浑身泥湿,满头大汗,一望便知是刚刚干过强力度重活的人。他一进屋就冲着爹娘道:"如果有人来问,你们就说,什么都不知道!眼花了,耳朵也不灵,所以一切都没听见也没有看见啊!他们可知道是路上哪辆车给弄走了。"当然后句话是刚才在外面的改香对他说的。紧接着道:

"千万不敢露三露四,露出马脚来!这可不是闹着玩的……记住了没有?!"孔明康一脸阴沉,仍旧没吱声。他娘瞪大眼睛,神情紧张地瞧着他。孔大牛对他爹的态度似乎有所不满。把钥匙扔给了他娘,让他娘赶紧藏起来,不能再往墙上挂。末了还又特别交代了几句:"小铁门锁上了,大铁门没锁。"因为大铁门上的锁被用在了对面南屋,平素他爹存放废品的那间仓库里,恰好废品配上了用场。

在没有他的允许之前,这些废品千万不能动,更不能卖。"明白!"

最后的时刻他还加重语气这样强调了一句,才匆匆离开这间屋子。

孔大牛卸了足足有四五立方木板,在偷盗这车木料的过程中,木板有五六米长,加之天又下了一阵紧雨,使本来吸湿的木料变得更加沉重。他与年龄相仿的三连襟在这辆车上往下卸,其他几个小舅子在改香的一手指挥下往里扛。

尽管在山村野外,神不知鬼不觉地,但毕竟做贼心虚,个个龇牙咧嘴,慌里慌张。时不时地躲避着过往车辆的照射,还尽量不弄出响声,生怕车主突然从什么地方一下子给冒出来,将他们逮个正着。于是深深压抑着的焦虑、紧张、沉闷、慌乱,消耗着他们的体力。其中,一个小舅子把手都挤压出了血,另一个滑进了排水沟。改香一边放哨一边指挥,时不时地骂上一声:"都是没用的东西,就知道吃!"一个劲地督促着往下卸,往里扛,直到车上精疲力竭的三妹夫说:"差不多就行了,别贪心不足!万一……"贪心的孔大牛夫妇这才住了手。

经历了这一切,他们紧张、焦躁和不安的心情渐渐的平息下来。孔大牛跟媳妇改香对隐藏处,作了精心的设计和处置,为不留下任何痕迹,费了一番工夫,确信万无一失,才算罢休。满心欢喜地相互抱怨了几句,才蹬上路边来时的那辆面包车飞速地离去。

山村的夜晚很宁静,尤其这座偏僻的破落仓库,更显得凄凉而孤寂。无论任何一种声响都会令这里的人高度警惕,神经过敏。

在孔大牛一帮人离去不久的时候,同样有一辆面包车,也不偏

不倚地停靠在刚才他们那辆车停靠来的地方。车上跳下来一个高个子男子，这人神色匆匆地跳下车，直奔铁栅栏大门，上前就是一阵猛击。使得铁栅栏大门的声音巨响，并且响声越来越大，越来越急。还没得到任何回应，来人欣然发现大门是虚掩着的，便快步向院内有灯光的屋子奔去。

"涛涛！涛涛！"啊！原来是尚可，除了尚海涛小家伙没听到外面的动静，屋里的人几乎都被惊出了一身冷汗。

两个女婿，尚可和李和顺不论是谁，今夜必然到此，是大秀娘早已料想到的。但还是不禁打了一个寒战，惴惴不安的样子。她生怕他的儿子孔大牛这帮人再返回来折腾，做好些令人提心吊胆的蠢事，甚怕他们前脚走，人家后脚来人抓他们……

总之，心慌得不得安然。听到敲门的巨响声，就不由得浑身直打哆嗦，侧耳静听，直到确定是女婿尚可的叫喊声，才闭上眼长长地吁了一口气。包括大秀在内，也万分紧张，脸色都变了，听着那铿锵的撞击声，两眼却呆望着不知所措的父母，身子僵持在床边，半晌才缓过神来："啊呀！是尚可，吓死我了。"赶忙去开门。

孔明康老汉也在思虑着，这极不寻常的夜晚，真让人烦心。简直有着一种说不出的难过。他回头看了看已经趴睡在床上的小外孙涛涛，心说："都像这小家伙一样令人开心就好了。"

原来尚可去医院时，发现老丈母娘跟着儿子一起逃跑了，这是他根本没想到的事。虽然十分着急，但考虑到回了川石沟的可能性比较大，也就放了一半的心，把手头的事情处理完毕，才匆匆赶来。

这天下午情况比较特殊，因为矿上出事了。

本来他将饭菜送到医院时，老丈母娘的液体刚换上了第二瓶，李和顺仍在陪床。见李和顺睡眉打眼东倒西歪的样子，他就督促他吃点饭,赶快回家去休息休息。

李和顺表示他不想吃饭,就是想睡觉。他已经疲惫不堪的在这个老丈母娘的身边苦熬了近一天一夜,这下见坡下驴,便将老丈母娘委托给这个可以信赖的亲戚,自己回家去睡了。

可是,当李和顺刚走不久,尚可接到科里电话,要他立刻赶回科里去,矿上紧急用钱,去银行提款得经他的组织——批示。毫无疑问这是重大事故。人急中生智,他立刻就想到了在家的儿子。对!尚海涛完全可以来帮这个忙。于是他打电话要儿子立刻到矿医院来陪外婆。儿子一听,二话没说,很快就跑到了医院。"老爸,把外婆交给我尽管放心!尽管放心好了,外婆您说是不是!"在儿子的一再表示和承诺下,尚可匆匆赶回科里去了。

尚可实以为李和顺回家去了,其实,他并没离开医院,直到现在都没有。

事情是这样的,当李和顺拖着十分疲惫的身子,走出病房的长廊拐到大厅时,发现那里站着一群医护人员,个个神色紧张地瞭望着厅外的大门,一级战备的状态。

还没等李和顺完全反应过来,一辆救护车便呼啸着驶进来,嘎的一声停在门口,医护人员一拥而上。随之,车上抬得抬,拖得拖,下来黑压压一群穿黑衣的矿工兄弟。

紧随其后,矿领导们各自锃亮的小卧车也一辆接一辆鱼贯而入。领导们个个眉头紧锁,步履匆匆般地径直向急诊室方向而去。

李和顺见此阵势,脑袋嗡的一声。心里直喊:出事了!出事了!我的娘,是哪个区的?哪个队的?弄着几个?是些谁们呢?

每逢一起事故,都会牵动许多人的心,凡是生活在矿区中的人们,最揪心,最敏感的事情,莫过于此。

　　李和顺也不例外，他被这情景惊愕的脸色苍白，毛发直竖。先是呆望着黑白分明且乱哄哄的医护人员，黑哥们儿，然后突然迈开双脚向这群人奔了上去。

　　他一把拽住一个黑哥们的胳膊问："哪个区队的？"两眼煞红。看来这个黑哥们已经被同伴死亡的恐怖吓得说不出话来了，只是悲伤，绝望地摇了摇头，继续往前走。他甩开这个黑哥又追赶着扯住另一个黑哥，反复他的问话。这个黑哥只是简短地告诉他："综二。"随担架急步进入了早已敞开着的急诊室。

　　当他得知这个消息时，几乎与此同时，一个可怕的念头在他脑子中闪现出来："不会是马五圪蛋吧？"。马五圪蛋是他的救命恩人，是他曾所在综二的铁哥们，即使不是马五圪蛋，那么其他哥们也会令他牵念，毕竟在一起待过。李和顺想他起码应该知道是谁。

　　"马五圪蛋，我的爹不会是你吧？！"他边往里挤边自言自语道。

　　一共有三个伤者，其中一个已经血肉模糊，不省人事了。下车时鲜血还从头部汩汩地淌流着，在脸上冲开一道道黑沟。

　　李和顺的心怦怦直跳，耳畔轰轰直响，脸部的红枣疙瘩不断地抽搐着，睁大眼睛极力想分辨出究竟是哪个兄弟来，为此，他紧随其后。

　　"马五圪蛋。"他的臂膀被人轻轻地拍了一下，并对他说出了这个令他担忧的名字。李和顺猛地转身，一下无法认清和记起对他说话的是那位哥们儿，因为他们仍穿着井下潮湿、厚重的黑衣，同样的红唇白齿，同样转动着的眼球，他一时辨别不清。但有一点可以肯定，他惊醒了，现在躺倒的已经无疑是马五圪蛋。

　　李和顺扒拉开人群，扑向马五圪蛋的身体，大喊："马五圪蛋，我的爹，你不能死！你不能死！"不顾任何人的阻拦，猛烈地摇晃着马五圪蛋不断淌血的身子,大放悲声。

李和顺至死难忘多年前,在一次冒顶事故中,他被活活埋在深处,马五圪蛋愣是独自用两只手,将他从两米多深的煤柱下掏出来的情景。

为了报答这份救命之恩,在他调出井下之后,曾多次找马五圪蛋,试图也将他调出井下。马五圪蛋拒绝了他的好意,马五圪蛋表示,他熟悉井下作业,加上他本人拙嘴笨舌,调到地面什么也干不了。井下工资待遇高,再说,都上到地面,谁来出煤……

无论李和顺怎样打劝、煽惑、谩骂:"马五圪蛋,老子是一片苦心,你不听!小心有一天你死在井下,当心老子睡你老婆!"马五圪蛋听了李和顺善意的谩骂,总是嘿嘿一笑,这个老实人对调到地面始终没有动心。

李和顺只好把报恩一事,转移到其他方面。马五圪蛋的家小仍在千里之外的塞北老家,当然这是马五圪蛋的一桩心愿,为了马五圪蛋的家人能够早日团聚,也为了他这桩心愿,李和顺托了不少人,自己也到处打听——户口、就学及住房等一系列事情,已经为他做了不少的工作。前些日还问寻下山坡上一处即将卖掉的两间小矮房,价钱基本敲定,马五圪蛋也能够接受,只是这家人十五年的合同,虽然到期准备返乡,但还没有彻底结算清。为此,李和顺已经背着马五圪蛋,悄悄支付了五百元的定金,为自己的恩人马五圪蛋这个煤哥儿即将结束的单身生活,能够及早画上一个句号而欣慰之际,不曾想……

"马五圪蛋,我操你祖宗!你给我睁开眼……"李和顺过于激动的情绪,不得不使周围的人对他的行为采取措施。

"赶快把他拖开!"这是一位领导的话,医护人员也在嚷嚷着。

　　李和顺近乎失去了理智,当然他不知自己是如何被人拖出了急诊室,他一个劲儿哭喊、叫骂着向急诊室扑腾,三番五次地扑腾着。当他知道自己再也无法进入急诊室的门时,便疯狂地哀求从他身边闪过的一个个医护人员:"你们一定要救活马五圪蛋! 马五圪蛋! 我求求你们了! "

　　一个老医生脖子间挂着听诊器,急匆匆地出来,李和顺挣脱黑哥儿们的手臂,扑向老医生:"我相信您,您一定能救活马五圪蛋,对不对?"老医生一脸紧张而严肃的神情瞟了一眼身边的矿领导们,又用疑惑而深沉的目光打量了一下身前的李和顺:"你是他什么人? "

　　李和顺带着凄然的哭声道:"他是我爹! "老医生听罢用力拨开他的双手,挤进去了。

　　急诊室,长廊过道里都是黑压压一个班的矿工兄弟们和心急如焚,愁容满面,焦头烂额的矿领导。

　　李和顺的神情状态,让所有在场的人感到万分焦虑。黑哥们的脸上个个挂着红眼眶冲刷下的两道泪痕,有的站着,有的蹲着,有的面壁坐着无声地落泪。

　　矿领导们在长廊里踱来踱去,一支接一支地吸闷烟,接手机,大声骂娘……被死亡的气氛笼罩在一片混乱和不安之中。

　　在马五圪蛋生与死的问题,可以完全肯定,不! 完全可以说决定着一些人的仕途命运,比如:矿长,书记,生产矿长,安全矿长乃至采煤总工,区队干部及所有相关人员。一旦责任明确落实,那可就意味着倒霉了,谁会愿意摊上这倒霉的事呢?

　　因此,老山矿自上而下近万人的心情基本一致,都迫切企望马五圪蛋能够活过来,并且在国家规定的二十四小时之内存活过来。活过来就等于救了这个矿所有的人。不然的话,他的死一经上报,百万吨死亡率指标的"超额"完成,将直接导致全矿的重大经济损失及领导地位可以再次被动摇的危险和不可避免的调查、通报、警告、处分等一系列潜在危险所带来的种种麻烦。

这一年中,两起恶性事故的发生,前任领导被一锅端的事,老山煤矿的人们仍然记忆犹新。矿领导们更是神色骤变。

近年来,每当领导频繁的更换和组合,都会使这个国家级大型矿井的生产状况,经历相当长一段时间的大滑坡之后,产量才能够逐渐回升,正常。

现任领导,当然明白这一点,尽管不敢有任何忽略,但是,事故仍然发生了,谁能不紧张、焦虑?一再强调,不论事故大小,在未经内部严格调查研究,决定上报之前,必须严加封锁消息。

其实这是多余的,根本无效。每当救护车鸣儿鸣儿地鸣起来时,消息传递之快,那简直就像一股寒冷刺骨的北风,瞬间就能刮遍整个矿山。在矿区生活的人们立刻就能在那空气中捕捉和猜想到。

紧张,不安,痛苦很快就会笼罩在他们的心上,使他们不禁打战,询问并奔走相告。

这次如果马五圪蛋活不过来,别说李和顺与马五圪蛋有着不同寻常的友情和生死经历,就眼下这帮仍然与马五圪蛋朝夕相处,生死与共的黑哥们,不仅会被扣除当月奖金,年度奖金,全年安全抵押金,而且还得为这个死去的哥们儿,献上一个感伤无奈的花圈。谁的心里会好受!

别提李和顺内心有多悲痛,就黑哥儿们而言,个个内心无限哀伤,眼圈红红的,在心里一遍一遍地祷告着:马五圪蛋,为了咱黑哥儿们,你也一定要咬紧牙关,从阎王爷那里爬回来呀!

当然,这种情景,不完全是为了各自即将受到的那份损失,更主

要的是多年在地层深处,朝夕相处,同心协力所建立的那份感情,咋能说走就走了呢。

李和顺的悲痛欲绝,哭天喊地,更使他们倍感难过,极度悲伤。

跟班队长、书记哆哆嗦嗦地,与板着面孔的矿领导们始终保持着一定的距离,既得要硬着头皮不时地接受领导们的臭骂,又得巧妙而战战兢兢地躲闪着他们一个个狼眼一般冒着火焰的目光。

李和顺的情绪一直很激动,在场的人包括矿领导也在劝说:大家的心情都是一样的,你要冷静冷静。可他的心情就是得不到抑制,当他又一次跪倒在新任大矿长王盛达的身前时,王矿长不耐烦地给了他一句:滚!

早在一旁怒气冲天的生产矿长万千河粗哑着嗓子紧接着道:李和顺,你赶快给老子滚回去!别他妈的再添乱。所有人的心都被你搅得一塌糊涂,你以为你是谁?你能承担了什么?替代了什么?嗯!万矿长是标准的东北腔。

李和顺不感到羞辱,反倒一脸悲伤,他还想对李谦胜矿长说些什么时,他的手机突然清脆地骤响了,李和顺抹了一把泪水、鼻涕甩在地上,掏出手机接听。

这种情况之下,他根本没想到,会是那黄毛女子给他来的。当他听到黄毛女子,仍旧娇滴滴的声音:"是这样子的……"听起来似乎"浆子"的声音,李和顺举起手机照着急诊室对面的长廊尽头,恶狠狠地摔了过去。心里骂道:"浆子你娘的×,臭婊子!"手机掠过黑哥们的头顶,连带那黄毛女子娇滴滴未尽的语音在半空中划了个弧线,被摔到白墙旮旯里砸得粉碎。

李和顺没有被矿长们粗暴的态度和疾言厉色的神情给制止。而是冲着矿领导们涎皮赖脸般地点了点头,尔后又神不由主扣心泣血地扑向一位刚从急诊室匆匆出来的小护士身前。他双手紧紧地抓住小护士的两只端着白色瓷盘的胳膊,两腿下跪,仰起头,目光怕人地哀求道:医生你知道吧,马五圪蛋他就是我爹! 我身上要血有血,要肉有肉,要皮有皮,就是要我的命,我也给……医生……

小护士被李和顺的神情,吓得直哆嗦,白色瓷盘中的器件抖动得哗啦啦直响,险些都被抖落在地。

平素里李和顺的多面性表现颇为厌恶、滑稽可笑,可这天完全是他自然本质的真实流露。却被有些人视为添乱。

有一个事实,可能由于气氛过于紧张,在场的一些领导都忽略了,那就是对待李和顺这个人的态度问题上。

尤其是新任矿长王盛达,包括生产矿长万千河,安监处长魏小年,办公室主任张坤,对这个人的蔑视,以及他们各自内心复杂的思想情绪所引起的愤恨、恼怒、焦躁都一股恼儿地转嫁在他的身上。对他不停歇的呼天喊地,甚为反感。有的横眉怒目;有的大声呵斥;有的甚至想动手。

总之,十多个矿领导来自不同地方,不同而浓重的乡音,像一场激战的交响曲,在李和顺的周身巨响着,但李和顺本人浑然不知。

"他妈的搅屎棍! 纯粹一个搅屎棍! "

"添他妈的什么子乱嘛? 滚! "

"真是你爹,那倒好了。"

"把他拖出去! "

"他简直疯了。"

……

这不好! 这时年轻的党委书记高峰,虽然新上任不久,但是他毕竟头脑清醒,意识到了这一点。

他甚至很快想起了,在局党委书记邢世茂老头的家中,曾多次碰见过这个人。这个人在局党委书记家进出自如的跟家人一般。最初他还真以为是书记大人的什么亲戚,后来才知是邢老书记在此就任时,比较赏识信赖的一位嫡系兄弟,那关系看上去绝对非同一般。后来他还发现不仅跟邢书记关系非同一般,跟其他一些局领导干部也有一定的往来。这个惊人的发现使他冒出了一身冷汗。又不禁回想到刚来此矿时,有人就讨好般地给他提过醒,说李和顺这个人绝对惹不得,前任领导被一锅端,这个人起了绝对不可低估的作用。甚至还清晰地记起,他刚来时,李和顺就十分热情地跑到他的办公室嘘寒问暖,跟他套近乎,帮他端茶倒水,喊大哥。把他视为自己人,恭恭敬敬热情诚恳的样子,简直让人颇为感动。当时,他还存了个心眼,对他讲了一些客套话,顺手扔了两包烟给他,他那副感恩戴德的样子,使他感到很好笑,待李和顺走后,他还不由自主地摇了摇头。

当然见到李和顺不能不使他想到,关键时刻提携他来的邢老书记来。

可此时,他才突然想起了这些。于是,皱起眉头放下了类似其他领导的架子,对自己也是对其他一些领导,低声呵斥道:

"作为一个领导干部,最主要的应该是遇事不惊,举止沉稳,审时度势才是。你们这是干什么?谁能说我们的矿工兄弟,在井下一起摸爬滚打,出生入死不产生一定的真情实感?这都是完全可以理解的,正常的嘛。怎好把怨气发在一个痛不欲生的工人兄弟身上。谁能说我们大家所从事的这个行业就没有这种经历?有点过分,简直太不像话了!"

高书记掷下这番话,便快步走到李和顺的眼前,伸出手去拉李和顺,和颜悦色道:我的好兄弟,你不要这样。起来!起来!你看大家也都非常着急,咱矿医院上下——领导们都在不惜一切代价,全力以赴,你应该相信这一点。边说边掏出烟来给李和顺。

李和顺在高书记的搀扶下,僵硬地立起身来,接过书记递得香烟,手却颤抖得对不上火。高书记只好抽过来,对着火递给他。

李和顺目光呆滞地望着高峰书记,只说了一句话:你是好人!

其实,李和顺满脑子都是马五圪蛋跟他在一起工作时的点点滴滴。马五圪蛋憨厚老实,不懂投机取巧,跟他在一起干活,他总是捡最苦最累的活儿干,从不与人计较。李和顺甚至清楚地回想起,他对他曾有过的一些恶作剧,愧疚的要死。高书记的这句话,其实是对急诊室里人世不省的马五圪蛋所说的。随之便托着高书记的胳膊肘,泣不成声了。

高书记与另外两个矿工将他扶到一旁靠墙处,但李和顺还是努力将自己疲惫不堪的身子挪到距离急诊室不远的门口来,瘫坐在地上,双手将蓬乱如草的头抱住埋在怀中,似乎平静了许多。

这情景,这过程,被赶往矿医院看望老丈母娘,接替儿子来的尚可看在眼里。

时间,像快死的一条蟒蛇一样,慢慢的一分一秒地爬行着。其他的人却像热锅上的蚂蚁,满长廊乱窜。

那时矿医院院长、书记亲自上阵,已经对守候在门外的领导作了多次汇报,大致是:脉搏微弱,心脏仍没恢复自然跳动,出血过多,伤势过重。主要在头部,左下肢……

矿长王盛达的死命令是:必须让他活过来!

所有医护人员不敢有丝毫的松懈,只是继续着努力。

见高峰书记对李和顺持有的特别态度,其他领导也似乎意识到自己的失态,随之也对他亲切温和了一些。

有的劝他回去休息,有的递上了矿泉水,有的上前拍拍他的臂膀,表示安慰。但无论如何,李和顺不肯离去。

四五个钟点过去了,谁都不知马五圪蛋能不能活过来。

尚可去了川石沟的老丈人家,脑子仍是矿上慌慌乱乱的事。他当财务科副科长已经多年,却代理着正科的职务,因为这个位置一直空缺着,个中的原因鬼才知道呢?但任他怎样努力,他也无法使自己从副的角色,摆在正的位置上。为此他也颇为苦恼。

因而全科的业务,都得他来处理,逢遇像这样重大的事情,他也会被弄得焦头烂额,得听从各级领导不同的批示,配合劳资、工会、调度等部门迅速组织,办理各项借款……安排接待伤亡家属等等,后勤辅助工作也尤为繁杂。不过他业务过硬,逢事都会做得游刃有余,只是难以排泄心中的隐痛。

尤其是看到连襟李和顺在医院那副悲伤的情景,他的心也实属无法轻松起来。他是一个一向有头有尾、善始善终的人,凡事都讲个轻重缓急,职责分明。应该做的事,他可以做的圆圆满满,仁至义尽。当然,老丈母娘、儿子都被他牵念着。

看他风风火火地进到老丈人的屋里,却又缓缓地极为平静地对大秀说:

"你应该回家去了,矿上出了事,是李和顺以前的一个工友。"

他又转向老丈母娘道:

"您不该离开医院,应该把三天的液体输完才是。涛涛睡了,那就让他睡吧。跟你们住一宿,明天我来接他。"

大秀瞪大着眼睛瞧着尚可,心怦怦直跳,手微微颤动着。听了妹夫的话,她留下来还是回去,犹豫不决。回头看看爹又看看娘,一时拿不定主意。

看她着急的样子,爹娘同时都发话了。

"回去吧! 各自把日子过好就行了! "

"回去吧! 你娘有我哩。"她爹一脸深沉地对她说。虽然大秀心里很矛盾,但是手却不由自主地开始收拾她的东西了。如果她说不走,那么妹夫跟等在妹夫外面的车一走,她感到自己会立刻跌进一个更加深不见底的大黑洞, 让自己永远也无法从这黑洞中攀爬出来。与其这样受煎熬,倒不如当机立断,跟妹夫回去。

"爹,娘,那我走了……"这样说得非常沉重而缓慢,仿佛赴汤蹈火一般。

"要走快走吧! 别再磨蹭了,好在这会儿雨停了,回得晚了,深更半夜磕磕碰碰的,人也不放心。"大秀娘着急地督促着。

尚可已经站到了门外。

大秀频频回头,最后一狠心将屋子受潮的门用力拉上,快步走在尚可的前头。

十四

这一夜简直莫名其妙,张玲玲她失眠了。

眼看晨曦微露,仍没有半点睡意,而是被种种的回忆折磨了整整一夜,这是她有生以来的第一次,第一次。

她糊里糊涂的,无论如何也弄不明白为什么是这样。那双眼睛,那一双奇异的目光,像一道闪电,不! 像一团火光,总是不停地从她的脑海里闪现,一遍又一遍地,把她的心彻底搅乱了,久而久之淡忘了的过去——童年的一切的一切却被那双眼睛,那种目光将她从浅

火中引入了深火中,从浅水中引入了深水中。紧张的回忆和难以忍受的痛苦使她感到神经都快错乱了,一会躺下又爬起来,倒水喝水,再上床,再下地。眼前——过去——将来她分辨不清,一塌糊涂。头脑的烦乱更使她情绪沮丧,她甚至认定,从今往后不会再有平静恬淡的日子。一种极其可怕的东西跟踪着她,因为她深深地意识到了这一点。

在深夜两三点的时候,孔二牛问她:"你咋啦?"她说她有点不大舒服。孔二牛认为这是孕妇的正常反应,翻了个身便很快睡去了。

可他哪里晓得张玲玲这一夜内心世界——大脑深处发生了怎样可怕而危险的、脆弱而浑浊的思想变化?这种浑浊情绪像一股强大的龙卷风,久久地盘旋在她的心灵上空,袭击着她。玲玲在心里直喊,让我死吧!我不要这样,我不想这样。

这一切都起源于,玲玲这天送钱去的那家大酒店。

这家大酒店位于古兰东南方向,较为繁华的消费地段,虽颇有名气,但玲玲从没有进去过。

叫什么酒店来着?对!叫江山大酒店。玲玲好不容易才记起来。因为记起采购员小杨,比记得这个酒店的名称更容易得多,所以小杨几乎就代替了这个大酒店的名称。只有孔二牛跟小杨交易的过程中,才提这个名称,玲玲不大留意,因此上她想了好久才想起来。

当她腆着肚子大摇大摆地走进江山大酒店时极为自信,认为自己还没有笨到连东南西北都不知道的程度。

当她刚收好伞站在门口时,面带笑容的服务员便迎上去,非常客气地对她讲:江山欢迎您的光临!随后问道:您是就餐?还是找人?她说她找人。简短地回答了服务员,便径直往里走。

这里简直太豪华了。她没敢东张西望,感觉四处都是她笨重的身影,紧张的将两脚收紧,唯恐被光滑照人的大理石地面把她滑倒,目光搜索着去往厨房的方向,她想采购员小杨一定在那里。

然而,当她穿过大厅,绕过一个富贵牡丹的大屏风时,她晕了。

正直午饭高峰,酒店进出得人很多,让她目不暇接,眼花缭乱。她后悔没问问先前进门时遇到的那个面带笑容的小姑娘,小杨在哪儿?现在她感到非常唐突,不得不四下里张望起来。

正在这时有个身着蓝宝石套裙的领班,笑嘻嘻地走近她,非常礼貌地问道:"这位女士,请问您找谁?"玲玲说:"我找小杨。"这位操着流利标准而甜润的普通话的女领班又问:

"请问您找哪位小杨?是客人吗?"

玲玲有点着急,干脆说:"你们这儿经常出去买菜的小杨。"

"噢,我明白了。你是找我们餐饮部的杨克吧?请跟我来。"

张玲玲赶紧地跟在这个蛮洒脱、满漂亮和满自信的女领班身后。曲里八拐地走了一阵,女领班突然打住脚,拿起报话器:"杨克在吗?不在?噢出去了,那把他的手机号告诉我,好的好的。"

女领班一直在努力帮她找这个叫杨克的采购员,她感到太麻烦人家了,说是自己找。于是伸手去阻止这个打电话的漂亮小姐。手伸出去又慢慢缩回来,她意识到自己泥迹巴巴的手,便直截了当地对那女领班说:"我是来还钱的。"女领班睁着两只漂亮的眼睛,出奇的望着她。

"是吗?"那目光既惊叹,又赞赏。还没有等她问原因,玲玲便急不可耐地从身上掏出那一百元钱来,给这女领班。

领班小姐一副严谨、诚恳的样子,大有不失一个有素质的青春女孩的风度,她摆了摆手:"这钱我不能直接收,请跟我这边来。"

玲玲只好又跟在这位领班小姐的身后,躲过一个个抹着嘴、喷

着酒气的食客,穿过一个很长的长廊上到二层,又拐了几拐才在一个安有特制防盗门的门前停住了脚。女领班仍带有特定的微笑对她说:"财务室,您请进。"说完转身咯噔咯噔地向原路返回了。

玲玲抬头看了一眼门上的"财务室"三个镀金的小条幅字,便推门走了进去。

财务室一男一女共俩人。男子面朝窗外背朝门,凝神望着外面的情景。听到有人进来,也没有回头,似乎外面的情景完全吸引了他,任何事情都不能使他转移思绪和视线。

女的背对着那男子,正坐在办公桌前翻着账簿,闷闷地摁着计算器。见她进来抬头温和地问道:"有事吗?"玲玲点了点头,将手中的伞立到门旁。

玲玲进到这家大酒店,犹如进入异国他乡。她总认为自己仍是深山老林里长大的,这个感觉让她感到无比的凄婉。不大会讲普通话,但由于紧张也不能自如地表达,虽然好多人都曾夸过她的嗓音好、特别,像山里鸟的叫声一样美丽、动听,但此时她怕与这些操外地口音,尤其标准普通话的人讲话。唯恐人家听不懂她的话,因此上能不说的就不说,能少说的就少说。

她显出微微的喘息声,将手中捏着的一百元钱放在一直用目光和微笑等待和询问她的那个女会计的桌上。

"这是我家多收了你们的菜钱,我给你们退回来了。"她把二牛的名字省去了,为的是不损害自己男人的形象。

女会计先是一愣,然后赶忙翻着账簿,寻找这日结算的票据。边翻边自言自语道:"不会吧。今天结算的人并不多,好像只有一家,是孔二牛嘛。"这时玲玲点了点头。

不一会儿,女会计的脸色突变。她很快弄明白了,千真万确多付了整整一百元钱。这个错误使她惊出一身汗,不由地扭头朝身后的男子望了一眼。

这时,那个男子恰好将投向外面的目光收回,猛地转身将灼热的目光投向说话像百灵鸟一样动听的玲玲身上。瞬时眉间起了一道深深的皱纹。

女会计除了一番感动之外,还请玲玲坐下,立刻手忙脚乱起来。您请坐!您喝水!

玲玲瞧了瞧那女会计,只说了两个字:"不用!"说完拿了自己的伞转身就往外走,感觉心中舒坦多了。

张玲玲出得会计室,还没走几步,只听得一声:"嗨!"她听得是那男子的声音,像受惊的鸟一样掠了一头,便继续往前走。她不曾想到,刚走几步一只胳膊肘就被强有力的手,猛地抓住了。此人力度之大,冲击力将脖子间的蓝底白点的丝织领带扫在了她的脸上,一个猛抽身,几乎使她撞在了那男子的怀中,四只眼睛惊诧地碰在一起。

玲玲盯着这个男子,胸中升起一团怒火,心说,我送钱还送错了?用力抽她的手臂,然而……她的手太没力气了,像被铁钳夹住了一般。那男子久久地盯着玲玲,目光敏锐而灼热地直往玲玲的眼里钻,不!直往玲玲的心里穿。这是谁呢?她一时想不起。

此男子身材魁梧,气度高雅,显然一副阔老板的派头,却鲁莽地冒犯,不得不使玲玲用一种极其愤怒的目光打量他,审视他:

"你要干什么?放开我!"玲玲咆哮着。

听玲玲歇斯底里地咆哮,该男子不禁地摇了摇头,也慢慢地松开了手,目光变得疑惑惶张起来。脚步后退,喉咙里却挤出"玲玲?"两个字来,不无感伤地呆在了那里。

玲玲听到这个男子从牙齿间挤出的两个字,仿佛瞬间听到了天

孔明康的老宅

KONGMINGKANGDELAOZHAI

空的一声巨响,撒腿便跑。早已膨胀的两个乳房以及腹中的婴儿,使她奔跑起来感到一颠一颠的非常笨重。她好像想起了什么,朦朦胧胧地想起了什么,便一口气冲出了这家酒店。

失魂落魄的她雨伞都未撑开,便一头扎进了雨中。

玲玲不是惧怕那男子的鲁莽冒犯,惧怕的是那双眼睛和喊出"玲玲"这个令她万分战栗的名字的可怕。

这个特殊的声音,一如来自深远地带灵魂的召唤,这一召唤,唤起了她尘封已久的剧痛。同时也一下子勾起了她幼年时令人慑服而又难以抗拒的种种联想。除此之外,一个令她感到万箭穿心的事实也在一下一下征服和证实她的感觉,她的心。那个男子不是别人,是不堪回首的少年时期,她那个一心救她出深山古庙的"大春哥"。

大春哥哥!大春哥哥!玲玲跑在回菜场的路上,仍不住地喊着哭着。泪水雨水模糊了她的视线。满脑子,满眼都涌现出当年大春哥哥跟她在一起嬉戏的情景,以及刚才难以忘却的那双眼睛。

他是大春哥哥……

的确,那男子是她从前的"大春哥哥"。

不过他不叫大春,他姓江名山。"江山大酒店"就是以他的名字命名的。"大春"只不过是他们孩提时在一起玩耍时玲玲给起的。江山她从未叫过,而是被电影"白毛女"中所扮演的大春形象所代替,她便是"喜儿"。

孩童的游戏,使两颗纯洁的心灵结下了亲密、真挚和深厚的友情,甚至在后来,渐大成熟的生命里,萌发出了爱的种子。遗憾的是这两颗爱的种子,还未来得及萌发,便被世俗的现实环境扼杀了。

玲玲所谓的大春哥哥——江山,城里人,高干子弟,是她爹张大庆在山里,以狩猎为生时,所结识的来自不同地区、不同部门,身份、

126

地位有别的一大群猎手中,社会地位颇为显赫的一位上层官员——省公安厅厅长江成智的小儿子。

玲玲当然不会忘记,她那时跟爹住在深山中狩猎,见到过这样那样许许多多的城里人;不会忘记江大伯的吉普车一奔一奔地进到山沟里停下时,他爹张大庆热切相迎,她也急切地眺望……从车上首先探出头来的大她两岁的城里男孩——大春哥哥,尔后是江大伯上了枪套的长把猎枪;不会忘记这个城里小帅哥带给她闻所未闻的各式小吃,小人书、玩具仿真手枪;不会忘记命令她的"大春"哥哥跟她手持仿真手枪,冲进她的家中,将她娘打"死",依次把常常欺负她、打她的四个坏哥哥一个一个地枪毙了的模拟场面……

不曾想到,十几年过去了,他们竟然还能相遇?尽管江山当时听出玲玲仍旧像幼时山鸟一样熟悉的、动听的嗓音,并冲动地将她的胳膊扯住。但多年的变化,岁月的印痕不得不使他产生一种错觉感,不能够一下子完全肯定,她就是他朝思暮想的人。

他们失之交臂了。

江山三十多岁了尚未成家,他从未谈过恋爱,心中除了"喜儿"——玲玲,他是抱定独身的。这一邂逅,他猛地感到他的愿望始终没有破灭,以至对这个初恋的人仍活在世上的感觉深信不疑。玲玲不会死,也不可能死!因抱有这种不灭的幻想,所以,他一直没有放弃对玲玲感官的搜索以及多年来四处打探。因此他很快将采购员杨克招回酒店……

玲玲一夜未眠,两眼红红的,脑袋在发胀。她连衣服都没有脱,手中一直端着一只只剩一点水的水杯,心里不住地喊道:"他太像江大伯了,可是江大伯绝对没有这么年轻。他就是大春哥哥!大春哥哥……"再将收摊时采购员小杨送到他们手中的那张订单联系在一

起,玲玲就更感不寻常了。

跟往常一样,天还没有大亮,孔二牛就起床了。他边穿衣服边对在地上走动的玲玲说:"外面还在下雨,你就晚点出去吧!嗯?出得早了也没用。你没见小杨叫咱把菜直接送酒店嘛,啊,对了!小杨给咱的那张菜单呢?"孔二牛穿衣服很麻利,仍是昨天灰黑泥土的那一身。裤子一系,上衣一套,衣襟多会儿也跟翅膀似的忽扇着。不过他套上上衣又很快脱了下来,找一件比较干净的二股筋背心穿上,掖到裤腰里,看上去精神、文明了许多。

雨天把气温降低了,这样也起不到御寒的作用,孔二牛又找了一件同样灰黑的旧夹克套上,对着玲玲用两手拍了拍自己的前胸,做了个放心好了的动作。

虽然玲玲一直看着他,但她走神儿,没领会也没听清楚他在说什么,于是道:"我难过了一夜,你在说啥?"

孔二牛有点生气般地说:"我在问你!小杨昨天收摊时给咱的那张购菜单呢?"目光显出着急而略带责怪的神色。紧接着又补充了一句:"这么重要的事,你怎能不记呢?"

"噢噢噢……我想起来了,怎能怪我呢?不是你自己放得嘛……"玲玲赶紧放下手中的水杯,从小桌上的台灯底座下将一张电脑打印的一项一项明明白白的、清清楚楚的订购明细单抽了出来,递给孔二牛。数量、金额、供货人,每日供给量、联系方式、地点等等。单价、金额项当然空白着,是一份相对完整的合同。

孔二牛不无感慨地道:"看人家多正规,连购菜单都是打印好的。"用手指将订单弹了一弹,折叠好揣在身后带有扣子的屁兜里,神气十足地出去了。

孔二牛心里当然更明白这一桩生意,与玲玲跟他争执来的那一百元钱所带来的效益是不可低估的。所以不再埋怨、指责、怪罪玲玲。而是为这桩好生意发自内心地欣喜、欢畅。他发誓：一定要为这家酒店好好服务！不能有半点疏忽或不周到。比如，保证量足，新鲜、及时等等。

"价格好商量。"这也是采购员小杨一再强调过的事情。结算方式由他孔二牛的经济状况来决定，可以一个月、半个月或十天、当天，总之江山大酒店给他方便，如若特殊情况还可以提前支取。

孔二牛骑上他的破三轮摩托，沿着向他致敬的街灯，想到这些，心里美的直晃头。

有了这样一张订单，在同行中，孔二牛感到自己一如被突然提升了一格的干部一般，感到万分荣耀。

这张订单，表明他两口子，从今往后不必整天耗在菜场，一斤一两地等着、过着、耗着。增加的许多新品种，调料、干果类他还从没经营过，他需要精心组织、策划、选购的途径……他甚至想到，如果一旦忙乎不过来，就去劳务市场去雇用一两个帮工，好让玲玲歇下来，生孩子，当真正的老板娘。

孔二牛接菜走后，玲玲愈发地心慌意乱，坐卧不宁。仿佛立刻就会发生什么重大事情似的，简直让她无所适从，头重脚轻，五脏六腑都被搅浑了却不得其所。

她努力将自己笨重的身子挪到床边，缓缓躺下，想将自己的过去、现在和将来所有一切的一切都统统抛到脑后，让自己安然平静地睡去，睡去就永远不要再醒来。

然而，往事并不如烟，这个可怜的小女人，一夜之间变得复杂、愁苦，迷乱不知所措了。

她刚刚合上眼，耳畔就从茂密的森林里传来一个隐隐约约的声

音:"……你的大春哥哥他丢了!"

"啊?"她立刻惊叫了一声,便气喘吁吁地抽身往漆黑的森林里钻。钻啊钻,越钻越深,越钻越黑,伸手不见五指的森林里到处灌木丛生。她的衣服被划破了,脸被划破了,手被划破了,浑身到处都是被划破的血口和感到汩汩流淌着的血液。尽管四下漆黑遍体鳞伤,她仍然不顾一切地向黑暗的森林中冲撞着、摸索着、喊叫着……

她仿佛听见一个嗡嗡的声音,很深很远:"玲玲我进了陷阱中……快救我出去。"声音固然是大春哥哥的,可是她怎么也摸不着边沿……她急得满头大汗,也顾不得自己身上被划开了多少处血口,也顾不得自己也会一不小心被掉进她爹挖得陷阱中和被撞上设得无数个圈套……就向深处钻啊钻,感觉无论如何也抓不住那个令她惊颤的声音,她完全让一种可怕的感觉,从这种经历中迷住了,只有听到自己心的急呼:"大春哥哥,你在哪里?"声音是那样的微弱,仿佛被黑暗吞噬了一般。玲玲混沌地做起了噩梦。

大门是虚掩着的,屋门被碰上了,这是他们夫妻的生活习惯。穷人惧怕的是疾病,而从来不惧怕盗贼。虽然孔二牛一走,定会喊叫玲玲出来关大门,但是每次玲玲都是应一声而已,她懒得动,从没有关过大门。没什么好关的,倘若家中存有个三千、五千的,或者是有个什么比较值钱的东西在屋里存放着,那么至少会令人担心一些,可是他们没有。有一点都在孔二牛的贴身内裤里揣着做流动,玲玲不必操那份闲心。况且她比一般人家都要起得早一些,即使星期天将儿子接回来,她也会早早将他带到菜场去,接应她的男人。这样的日子她们已经十分稳定而规律地维系了一年多,摊不上幸福,也摊不上不幸。

对于这种生活,玲玲一向是淡然的,思想情绪就像一池止水,既没有冲击,也没有冲动一般。可是她忽然间,撞到了那双眼睛,撞见了那个人……

那个人眼见就像一个铁人、巨人一样,固执地视死如归地跳进她的心中,矗立在她的脑中,融进了她生命里,这是谁都不曾料想到的。

"……我的天!"玲玲在噩梦中,独自惊叫着。她被自己的惊叫声惊醒,然后便听到了窗外沙沙的雨声和咚咚咚的敲窗声并伴着"玲玲!玲玲!"一声一声低沉的呼叫。

还会是谁呢?玲玲搞不清,实属搞不清,因为这个声音听起来,似乎非常熟悉,而又似乎非常陌生、杂乱、急促。事实上这是混合在一起,两个不同男子嗓音,她努力调动感官竭力分辨着,可是任她怎样努力都无法分辨出、判断出、猜想出……也不知这个时候,是不是应该去开门,会不会放进坏人来?

于是,便迷迷瞪瞪的从床上爬起,像一个放慢了动作的舞蹈演员,先抬起头,然后才慢慢地将整个身子搬起,挪到门口去开门。

屋里的灯整夜都在眨着没泪的干眼,眼巴巴地盯着她,感受着她的痛苦和煎熬……

门哐的一声打开了,进来的人带着一身雨水的湿气,居然把她惊骇的昏倒在地。

她像一团飘落的棉花,不!像一团面稀,软乎乎、稀哩哩地流在了地上。

十五

来的不是别人,正是江山大酒店的老板——江山,是玲玲眼中整整晃了一夜的那个男子。只见江山先是一怔后,才大声疾呼。

杨克很快从外面进来了。

江山脸色煞白,神情惊恐地跪倒在地上,两手发颤地将玲玲蓬乱的头、无骨般稀软的身子扶起。边使劲摇晃边呼喊道:"玲玲!玲玲……"声音凝重而慌张。

别看他曾经身经百战,出生入死,具有六年武警部队军旅生涯以及后来跟随煤老板张大庆,四年有余的司机带保镖的特殊经历与经验,然而,此刻他内心却为自己急迫地策划的这次莽撞行为感到万般的痛心和难过。他根本没想到会出现这种情况,更没想到她如此脆弱,脆弱的不堪一击。

他怔怔地望着进来的助手,用极其慌张、诚恳的目光求助着他。

杨克就是这对贩菜夫妻平日里常打交道的采购员小杨。

小杨迅速而机敏地打量了打量这个十分零乱,且又一目了然的屋子,不无大胆地道:"江哥,您别慌。沉住气!不会有事的。来,我帮您把她扶到床上去。"玲玲对这个声音应该是熟悉的,可怜她已经晕过去了。

床是一只多年的钢管漆床,上面铺设十分简单,皱皱巴巴的,只有几个破旧的枕头以及一个被团成一团的毛巾被,被随意地撂在一旁,没有任何花色饰物,单一的纯白,就连枕头都是没有枕套的白色枕芯。

床对面的电视机和电视柜,灰尘满面,看上去好久没人动过了。旁边的脚地上放着一只黑色的塑料盆,盆里游动着一条同样黑色而孤独的大鲤鱼,让人看了不免心酸。

玲玲半晌才缓过劲来,面色苍白地睁开双眼,却直愣愣的不说一句话。尽管她已经如此分明地感到自己的大半截身子被一个雄厚而温暖的胸膛包围着,犹如柔和而舒坦地躺在了一片松软的海滩上,但内心却百感凄恻。仿佛自己的灵魂被漂游到一个陌生的地方,正不知道如何回归自己可怜渺茫的宿命。目光呆滞,神态疲乏,面色苍白。

江山一直紧紧地搂着她。

"天哪!"许久才听得她,终于憋足了力气,撕心裂肺般地发出了这一呐喊。那条受惊的黑鲤鱼一下子便跃出了水面,跌在地上,拼命地摇头摆尾,沾着一身泥土,嘴一张一合地扑腾着,试图回到盆里去。

江山被吓坏了,屈着膝盖,满含泪水,把玲玲的手摁在自己淌着汗水的脸上拍打,着急得一遍一遍地呼喊:

"玲玲!玲玲!"竭力想唤醒她的神智,心里一次次地起誓:"我不允许她过这样的日子了。不许! 不许……"

好一阵,玲玲的脸上才现出痛苦的快乐微笑。那微笑非常特别,可说万般凄绝。

的确,江山的突然出现和对这个家庭的直入,使这个早已习惯了贫穷、低下、困苦、颠沛的小女人,一下子失去了重心。

她没有亲人没有朋友,在这个世界上,除了低贱、平庸且大她十岁的男人孔二牛之外,可谓举目无亲。她没有值得信懒的亲人和朋友,去问问他(她)们自己该怎么办?

　　显然,这个突如其来的撞击所带给她的恐惧、不安和痛苦,如此的出奇而真实。真实的使她感觉到了天崩地裂般的可怕。

　　这种可怕的状态,使她一个正怀有身孕的、贫贱的小商贩女人的那张慵懒、单纯、朴实、红润的脸上,堆上了无数复杂、痛恨、忧伤、恐惧和不知所措的内容。

　　这些内容给她的脸添上了令人难过的神色。这种神色导致她不止一次地挣脱被江山紧紧握着的纤手。去拽自己的孕妇服,猛烈地拍打自己凸起的肚子。

　　事实上,俩人都在脑海中以不同的角度,繁忙而紧张地勾画着一幅幼时朦胧而极其难忘的悲惨画面。

　　玲玲不是张大庆的亲生女儿,而是张大庆的养女。

　　早在20世纪70年代初的一个深秋,张大庆扛着山货进城造访上层猎友们时,从江山父母,尤其是身为省城的人民医院妇产科主任——江山母亲那里获悉的一则消息——一个待返知青的弃女——非常漂亮。

　　一生嗜好捕猎动物的山农张大庆,除了对野生动物有着特殊的兴趣之外,对人的兴趣也有着他更为粗犷、热切的一面。他没有女儿,当即一拍大腿,这个女弃婴他抱养定了。

　　就这样,张大庆在江山父母的帮助下,把这个女弃婴从省城一直抱回到古兰卧龙庄他的家。为此事江山的父母帮了不少忙,操了不少心。

　　可张大庆万万没想到,当他煞费苦心地将这个女弃婴抱回家中时,他那母夜叉般极端自私、愚昧、恶毒的凶老婆,死活不肯接受这个突如其来的事实。把这个小生命,视同"野生动物"般憎恨起来。并跟他大哭大闹,令他将这女婴立刻抛到山里去喂狼。直到张大庆动手将这婆姨打个半死,这事才算拉倒。

尽管如此,玲玲始终没有被后母认可。在后来的成长岁月中,除了张大庆特殊情况,把玲玲交给这个恶毒的婆姨看管一下,基本上都由张大庆一人抚养、拉扯着。然而,这种空当也是玲玲最为悲惨的时候。这个恶毒的养母,会毫不含糊地将她小小而鲜嫩的肌体布满伤痕。

在玲玲四五岁的时候,爹就将她带进山中的猎屋中,由四条猎狗陪伴着她渐渐长大。

"玲玲你还记得山里的猎屋跟小虎吗?"江山在问玲玲。"还有那位小婶婶?"

"怎能不记得。"玲玲没出声却在心里做了回答,嘴角动了动。

山中的猎屋跟一户山农的农舍很近,玲玲乘爹不在身边时,总会带着猎狗"小虎"去那户人家家里,跟那个穿得漂漂亮亮,却总是哭哭啼啼的小婶婶说话,说好多好多的话。

有那么一次,玲玲扑闪着两只明亮而清澈的大眼睛,问那小婶婶一大串问题:你穿着这么好看的红袄袄,为什么还总哭?是不是你娘她不亲你,你就跟你爹住进山里来的?为什么俺娘总骂俺:杂骨头?爆胰子?还说我是妖怪生得?俺不是俺娘生下得吗?那小婶婶说,别听她的!她胡说哩!当然你不是她生的。你是天上赐下来的仙女。

然后,用两手亲昵地将她红扑扑的小脸蛋捧起,狠狠地亲上一口,就用那好听而忧伤的曲调给她唱道:

俺的命呀,真叫苦

爹不亲来,娘不爱

孔明康的老宅

KONGMINGKANGDELAOZHAI

一十八岁被人卖

卖给个男人俺不爱

日子过得好无奈

哎呀呀,哎呀呀

......

那时,虽然玲玲似懂非懂,但她看得出小婶婶跟她一样,也非常可怜。于是她伸出她的小手去给小婶婶抹泪,劝她别哭。娘不亲俺们,可是爹爹亲俺们哩是不是?那小婶婶听了她的话,先是摇头,可不一会儿就冲她笑了。

然后,就一个劲儿督促她回到木屋中去,等爹回来。她感到那小婶婶特别好,特别亲,是世界上最可爱的人。因此有什么心事都会偷偷跑来,跟这个小婶婶说一说。

曾有几次她避开她爹——张大庆,跟守着猎屋周围,总是热烈而兴致勃勃没完没了地调侃的猎手们的目光,将她的小帅哥江山,偷偷带到那小婶婶的门前,让小婶婶看:"那,他就是我的大春哥哥!"

小婶婶总是笑嘻嘻地倚着门框,用一只白嫩而好看的手腕托住脸,歪着头,目光和善而友好地打量着他们,说:"真是天设地造的一对儿!"然后,一直看着她和他跟狗一起欢快地跑远。

玲玲忆起这个小婶,也渐渐地忆起了成长在山林中的岁月,那山中的绿,清香的空气,山野花;忆起每逢节假日跟着江大伯进山来,带给她无限快乐的城里小帅哥……

同时也忆起了那一个个可怕的夜晚……那只忠于她而又咬伤了他的猎狗"小虎"。小虎误伤了她的心上人——大春哥哥。小虎将跟她一起戏耍,奔跑,不小心扑倒在她身上的大春哥哥的一条左腿狠狠地咬了一口,锋利的牙齿还毫不客气地将大春哥哥腿腕处的嫩肉狠狠地勾了一块去,使得大春哥哥大声号啕。尽管江大伯早有准备,为儿子进行了包扎,说了无数不打紧的话,但从那次起,江大伯就很少带江山进山了。

因此,张大庆为了表示歉意,撩起黑管猎枪当着江大伯的面,嘣的一声闷响,小虎在玲玲的眼前倒下了。

玲玲可怜小虎,憎恨小虎,整整伤心地哭了两天,她看不到她的小虎了,也以为再也见不到她的大春哥哥了,可她没想到,就在那一年的冬天,寒假时,她朝思暮想的大春哥哥居然意想不到地出现了她的面前……可那一次,没想到就成为最后一次……

回忆起这一切,她当然不可避免地忆起了,那长着人面兽心,虎头狼眼,蛇身狗舌一般的爹来。

最初她认为爹是疼她爱她的,但在后来,在那个好心肠的小婶的提醒、告诫下,她渐渐认识到了比养母更歹毒、丑陋,卑鄙、醒醍的养父,张大庆的兽性。渐渐知道了什么是丑恶,什么是羞耻,什么叫做不可告人……

白天里爹慈眉善眼,视她为掌上明珠,而一到夜晚便对她这个含苞待放的花蕾发出狼眼般的绿光……她害怕,她反抗,但爹却总是吓唬她,哄骗她,不让她听那小婶婶的话。说:"别人家都这样,不这样,爹就不能长命百岁。你不想让爹爹长命百岁?"从玲玲八岁起,他就开始了。她的下部总是疼痛难忍,她把这件事悄悄告诉了那个小婶婶,那个小婶婶就破口大骂张大庆是老牲口,其后就叮嘱她千万不能再让她爹碰她,但她总也避不过爹的纠缠、吓唬、哄骗……

那时张大庆已经在诸多猎友们的帮助下,在离村头不远的地方轰轰烈烈地投资建矿厂。

　　然而,除了那个小婶婶,张大庆在当地给人的印象,总是热情洋溢,精神饱满,红光满面,神采飞扬的样子,一派精明能干的山里能人形象。殊不知在他龌龊的灵魂深处,居然充满着惊世骇俗般的兽欲。

　　学校离家不远,玲玲本该回家居住,可狠毒的养母仍视她为眼中钉,肉中刺,非打即骂。为了逃避这一切,也为了逃避她爹伸向她两腿间,那张布满肮脏胡须的下巴。15岁的她,在终于彻底弄清了自己的身世之后,便开始有意识地选择逃跑、躲藏、寄宿。寂夜里,丛林中,那个小婶婶的家……

　　16岁遇到孔二牛时, 当然便成为她逃脱魔爪的盲目而无奈的选择。

　　玲玲半躺在江山的怀中,想起这一切,嘴角颤动着,而脸颊上滚过了一串泪珠,泪珠儿一直沾着她好看的鼻梁骨,滚到了她棱角分明的唇边,渗进她同样好看的嘴角。

　　"玲玲!玲玲!我是江山——你的大春哥哥呀!"江山始终紧紧地搂着她,边难过地呼唤着她的名字,边用手指为她擦着爬在她脸上的泪珠和捋顺额头的乱发。

　　玲玲仍发呆地盯着心底的剧痛,一直想着刻骨铭心的往事,认定还是死了的好。

　　自己没有资格去爱世上任何一个男人,更没资格去爱大春哥哥……被人爱和去爱人都对自己是一种极大的伤害和侮辱呀……这是老天爷,再一次惩罚她,跟她过不去。

　　她开始剧烈地发抖,牙齿咬的紧紧地道:"走开!"满腹充满了深切的痛恨。

　　"不!"江山坚定地说:"玲玲,我找你找得好辛苦,你知道不知道？你爹张大庆却说你是被摔下悬崖死了，而你们家的人却说你是被狼吃掉了……我不信！玲玲……"两行长长的泪水也顺着他英俊而发福的面颊淌下。

此情此景，机敏干练的采购员杨克，不可思议地摇了摇头，凑近这对奇特的恋人，低声道："江哥，我出去了。"

随之将屋门轻轻地碰上。

就这样，在这个细雨濛濛的早上，在这座无人问津的僻静的小院里，感天动地的爱情，在这个物欲横流的社会中，上演着一场痛的浪漫。

大秀跟丈夫李和顺回到家时，天基本大亮。

因为大秀跟妹夫尚可，从川石沟爹娘处，回到矿上后，尚可去了办公室。

她已经走到家的山坡下，但心急火燎的不能安然，便折身独自去了医院。

她想亲眼看看李和顺，现在是个什么德性。路过一家昼夜小卖部时，却突然冒出一个奇特的念头，便掏出身上的钱，开天辟地地买了两包白沙烟捏在手中，急急向矿医院走去。

她的思想情绪仍处于一片混乱，一切行动都被她那混乱的思绪支配着，兴许见到李和顺，她想她的心绪会变好些，兴许再不会被种种的痛苦所折磨，这是她真实的思想状态。

果不其然，看到丈夫李和顺，看到医院急诊室的情景，大秀紧跟着转换成了另一种尖锐而悲伤的感觉。

她的心似乎在她的身子里翻了身。她穿过人群，照直挤到正两手捂着头，蹲在墙角的男人跟前，将手中的两包白沙烟用力砸在李

和顺的头上。

李和顺受惊地抬起头，一看是自己老婆孔大秀，便忽地站了起来，猛地扑到大秀身上，像个受尽磨难委屈的孩子一般，呜呜地放声痛哭起来，弄得大秀手足无措，神色黯然。

马五圪蛋仍然没有醒过来，仍然没有得到正式死亡的消息。守着的人，谁都没有离去。李和顺像个小孩，哭了个够，才松开大秀，悲痛地瘫坐在她的身前，大秀也就木讷地杵在他的身边，面无表情地陪伴着他，一起等待着一个牵动人心的结果。

直到黎明四点半左右，从急诊室里终于传出了一个振奋人心的消息，马五圪蛋的心脏开始启动了，脉搏也在渐渐地恢复。

"他终于活过来了！"不知是谁兴奋地喊了一声。随之人们都簇拥着冲进急诊室，然后又匆匆出来。

矿领导们各自驾车纷纷离去了。

李和顺最后一个离去，他在大秀的搀扶下东倒西歪地离去。

李和顺回到家中，对大秀唯一的一句话就是："等着瞧，我一定要告他们！"说完一头扎倒在床上不动了。

十六

雨住了，天没晴，天地仍旧一片灰蒙蒙。

空气中弥漫着凝滞的湿气，太阳没有露脸的意思，万物都紧缩了。路上行车极少。真正的夏季还没有结束，可连日来的雨，使得气温骤降，不仅夜晚阴冷，而且白天也阴冷起来。

孔明康老汉套了几件衣服，一大早就佝偻着背出去了。正像大秀所说的那样,她的爹只要有点精神头,是闲不住。他绕着仓库周围一人高的杂草转了个遍,在他种得几块地的边沿上磨蹭了许久。

由于雨水过多,积在地里的水,几乎把庄稼、蔬菜都淹没了。松软的土地太嫩,人进不去,一旦进去,便是深深的两个泥坑。

他全身泥湿,两只不合脚的破皮鞋,泥迹斑斑地被他提在手中,赤着脚在红薯、山药那几块地的边沿上,费力地用手抠渠,抠了许多。他想把积水都统统排到沟底去。就这劳动,使他耗了不少力气,仍无济于事。

他感到力不从心,浑身都在冒虚汗,只好蹲下来喘息。

这场没有雷声的连阴雨,时紧时慢断断续续,竟然下了七八天。使所有植物的茎秆,都不同程度地受损。满目疮痍。从山上下来的泥流石,将一块已经显仁的玉米地,冲刷得犹如抹在人脑后的头发,那样整齐,光滑,有序;几垄大葱披头散发的,红薯蔓儿泥巴巴地粘贴在地面上,直不起茎来;围墙根的向日葵,低垂着脑袋,似乎早已厌倦了老天爷这种过分的"恩赐",摇摆着瘦身,一个劲儿地抖搂着身上的雨水。

孔老汉蹲在一处草地上抽烟,抽了足足有半盒烟。各种昆虫在他的周围奔来奔去,他都浑然不知。他想,如果不是那天……又拉又吐折腾那一宿,身子骨不发软的话,他一定会像小孩一样,从地上将它们一个个扶起,站稳。农民靠什么,还不是就靠这些庄稼地?

党的十一届三中全以来,他有种自己的极度热情。即使是一棵野生的荞麦苗,他也会精心呵护,寄予希望。可眼下……

几分无奈,几分伤感。直到有几滴雨,重重地打在他的脸上,他才懊丧地起身回到仓库院内的屋前。对屋里的老伴大声道:"嗯啦,看来这雨又来了……"抬头望了望天际,补充道:"你没啥做?"

问老伴有没有事吩咐他。不管下不下雨,他想出去走一走。

老伴跟他一样,已经被雨、被伤痛,堵在那黑漆漆的屋子里,哼哼呀呀的蜗憋了多日。自从把脚腕子扭伤,痛得下不了地,情绪极差。想让老伴跟他一样,也打起精神起来。所以眼下老伴的状况,也是他最为关心的一件事。因此,他故意把泥鞋磕得啪叽啪叽直响。没想到屋里却没有反应。

他竖起耳朵静听,半明半暗的屋子里,依然没有任何响动。到有一股一股浓烈的尿素气味,从屋里冲出来,直冲人的呼吸道,呛得人气都喘不上来。使得孔老汉好一阵咳嗽,老眼都被急出了泪。

以往没有这么厉害,兴许是蜗居久了,习惯了的缘故。可当他刚刚呼吸了外面那雨后清新的空气时,居然使他的嗅觉感官一下子形成了极大的反差,加上曾经放过尿素的屋内强烈返潮,这种气味就更加浓烈了。简直令人难以忍受。

"老伴不会被呛死吧?"这个突然冒出来的可怕的念头,把孔老汉惊吓的毛发直竖,泥鞋都没有穿好,就趿拉着冲进屋子。

原来老伴仍坐在破木板床上。看来刚刚方便完,一手还提拎着裤腰带。只是表情凄然,独自在流泪。

"唉……"孔老汉长长地叹息一声,依门墙蹲下来吸烟。心想,这一切都归咎于那帮龟孙子们……

他决定进村,必须进村。这雨总是下个不停,让他着急,心也憋得慌。

于是伸出一只泥巴巴的枯手,抹了一把布满皱纹的老脸,狠狠地吸了两口烟,猛地站起来,佝偻着背,一声未吭地出去了。

这些天,他总是忧心忡忡的,心烦、气闷、焦躁的很。尽管身子骨还很虚软,但一想到进村的必要还是打精神了。

他走起路来，不仅佝偻着背，且越来越像一部播种的农具，一步三摇的。心中充满无尽的牵念……

人这辈子，争强好胜，生儿育女。最终，到底究竟图个啥？说也说不清。儿女们小时，就天天盼望他们快快长大成人。总以为一个儿女，就是一份希望。熬盼他们长大成人，自己就可以跟老伴轻松地安度晚年，可不曾想，现在儿女们一个个都长大成人了，反而越来越不自在不省心。尽管不愿意过多地去考虑他们的活法，但事实上，没有一天不在心上缠绕着。说不操心，那是假的，哪有不操心的时候。所以他得进村。除了说老伴的事情，他得去看看老宅。老宅的情况怎样？会不会倒塌？如果塌了，张家湾那几家，会不会再侵占他的宅基地？把鸡窝、狗舍盖在他的宅子周围？那是祖宗给他留下的，他必须得看护好……这都是无时无刻牵挂着的事情。

除此之外，还得跟他那两个浑小子碰碰面，要他们各自把即将分给他们的庄稼地，好好锄锄。告诉他们：你们的娘，她扭伤了脚……她呢精神头也不太好，今年就别再指望她了。这场雨过后，地里的草会疯长，本来早该二锄。下手晚了，庄稼会被野草给祸害了。把二牛也得叫回来……

大牛说他去办证，他得亲自叮咛叮咛……回来时给老伴买几斤鸡蛋……见到马旺才老东西，除了说说老伴的情况，还必须事先给人家讲清，连大秀那夜给他买药时的钱，让他先记起来，最后一起结算。别让这个小心眼有什么想法。何况自己也不能糊涂，更不愿让人说个"不"字。这是他做人的原则。顺便用他家的电话，给小舅子——古兰市纪委书记叶福海打个电话。告诉他：你的姐姐她把脚腕子扭伤了，不能下地……

唉，每当一提起这个小舅子来，他的心就会莫名其妙的、不可名

状地兴奋和懊丧。兴奋的是,既感到荣耀,又感到光彩。荣耀和光彩的是,村子里的人常常羡慕地说他,有个当大官的小舅子以及小舅子的高级小轿车停在门前时,带给他的那种高贵体面的感觉。伤心懊恼的是这个小舅子,并没有像人们所说的那样,给他解决过实质性的问题。比如:给孩子们安排工作……可村子里的人总羡慕地说:你什么事情都用不着发愁,有那么个小舅子,什么事办不了?只要你提出来,你小舅子咳嗽一声,就什么事情都解决了……

事实上,好多事情并没有像人们所说的那样美好。他也曾经向小舅子提出过,给儿子们找份工作,可是这个小舅子,就是始终没咳嗽过一声。他也曾经跟老伴急过眼:以后在我跟前,别提你的什么"狗屁"弟弟。当然这话平心而论,也不是出自他本人,是他那几个不争气的东西们嚷嚷的。大牛就常常抱怨:沾不上一点点光。不许他们在他面前提起这个"狗屁"舅舅来。

细想福海也不易,16岁就参军。父母死的早,姐弟俩从小寄人篱下相依为命。如果不是想念家乡故土、想念唯一的姐姐,他在部队好好的当他的团长,也不会将一双儿女抛撒在外,携妻转业回到古兰。在他看来,这小舅子人是不错,就是过于正直、过于死板。也许正像有些人所说的那样,是那种极其窝囊的官儿。

不过,说实话,有这样一个亲戚,毕竟在他的生活上、精神世界里不愧为一道璀璨而耀眼的光芒,给他以信心和力量,尤其是老伴。

福海转业回到古兰,已近15个年头。这10多来年,如果不是他在生活、经济上的帮助,他跟老伴的生活会更糟糕。一年中,不说贴补的经济有多少,光贴补的米米面面,吃、喝、穿、戴就能养活他跟老伴十来人。可这窟窿眼儿太大,都他娘的流了。流哪儿了?流儿女们那里了。他心里明镜似的。人得讲良心。

孔老汉走在进村的路上，就这样边走边想着这一切。心中不禁生出几分酸楚的暖意。天开始放晴，湿漉漉的地面上蒸腾起一股股绿草和泥土清香的热气，雾气腾腾地罩着他。一下子使他感到自己的体力在渐渐地恢复。

不知不觉中，他已经进村了。

"回来了？"村里人问。

"哦。"

"多日没见了，啊？"另一个村里人说。

"哦，雨下得……，天总算晴了。"他抬头望望天空，摸索口袋，往外掏烟。

"谁说不是。这雨下的，家家户户都在漏雨……你在村外，不操这心……"这个村民，手中提着半袋子水泥，愁眉苦脸地说。

"看来还是你啊！尽抽好烟。"又一个村民羡慕地说。

"……这，这是……小舅子给的。"他微笑着对他们说。然后把那盒好烟，装到另外一个口袋里去。

"我，我去找马旺才……"

……

好多村民跟他打招呼，他都亲热地应着。虽然，他并没太注意到他们究竟是些谁。但这并不重要，重要的是被人敬重。他心里这样想：像这样上等的香烟，说实在的，村子里的确没有谁能够掏得出来。还不就是他孔明康？

于是，他又恢复了那一点点极为可怜的、显贵的、被人恭维和敬重的幸福感。

他边走边躲闪着道上的积水、泥坑。尽管他如此的邋里邋遢，拖

泥带水,神色匆忙的样子。但一想到自己在川石沟,仍然具有极高的威望,心中不免滋生出许多超然的自信来。

然而,闲逛的村狗,不这么认为。当一只村狗不以为然地绕过他的身边,站在远处用异样的目光,打量这个老头儿时,那神情似乎在说:你真可怜;一群肥大的老母鸡,摇晃着身子快步从他的身边跑开,还一步三回头地望着他,嘀嘀咕咕的,并显出一副极其傲慢而嘲讽的神情,躲到一处粪坑旁,七嘴八舌地搬弄与它们毫不相干的是非,还时不时地掠头瞟上一眼,这个不知就里、不堪负重的邋遢老头。

孔老汉想:"这些畜生有意思哩,竟然笑话我孔明康,没你们活得逍遥是不是? 这说明你们压根就是畜生! 德行! 把他娘的! 去去去……"抬手冲它们扬去。

可他根本没想到,他那来自外界的低微的一点点幸福感、精神力量,很快就会被摧垮。让他很快陷入到极其痛苦和极其绝望的境地里去,让他承受他难以承受也难以摆脱的羞辱和痛苦。

二秀因赌博、诈骗被刑拘。三牛两口子打架打得一塌糊涂。有关二秀的事,电视上已经播放过了,只是村里好多人还不知道。村里人不看地方新闻,只看电视剧。有的人家的电视,根本就接收不到信号。孔老汉那台14英寸的黑白电视机,自从屋顶上的灯管坏了以后,就再没打开过。如果不是进村,他哪里会知道这一切?

正当他爬上通往自己家老宅和马旺才家的那条狭窄斜坡时,突然,听到身后有人在大声喊:

"大爷! 大爷! 我有话想跟您说。"他立住脚,掠回头,是小卖部保生媳妇爱爱。爱爱一副惊慌失措的样子,喘着粗气,小跑着追赶了他一截路。

孔老汉不禁哆嗦了一下,目光惊异地盯着她:

"爱爱,你想对大爷说什么?想说你就直说!到底出啥事了?是不是兰花又赊你货了?"

"……不是不是!您猜错了。您……您没看电视?"爱爱结结巴巴,很是难为情的样子。只见她用双手拍了拍自己的胸脯,似乎鼓了鼓勇气道:

"大爷,我跟您说,您可千万不敢着急,生气啊!"

"哎呀!你这孩子。大爷都一辈子的人了,啥事没见过?你痛快说!电视怎么了?"

"哦。没看?……其实没啥。只是三牛跟兰花打架……怪吓人的……"

听了保生媳妇的话,孔老汉的脸色骤变,转身就往三牛家的方向急走。身后还传来保生媳妇爱爱的再三叮嘱:"大爷您可千万不要着急、生气……千万不要……啊!"

当他怒气冲冲地跨进三牛的家时,已是战后的场面了。

一屋子酒气,一片狼藉。

两个小孙子依次坐在地上,自顾自地哭,满脸都是惊悸和泪水,小花猫一般。三牛光着脊背,四脚朝天地倒在床上。身上布满了手指抓伤的一道道血印。脸上更是横七竖八,血迹斑斑。嘴角还冒着发酵的酒臭,跟一头猪似的,不断发出哼哼的声响。

兰花不在家。那两个稍大点的孩子也不在,也许是追赶他娘去了。

孔老汉见这情景,顿时气得浑身直抖,下巴像一只被安装在机器上的毛刷快速地摆动着,黝黑的老脸更加铁紫,深深的皱纹发出

了可怕的青光。他立在门里那架势，仿佛一尊凶神恶煞的天神。瞪大着两只可怕的老眼。

他足足呆望了五分钟，才扭头摇晃着走出屋子。

孔老汉离开三牛的家，来到保生的小卖部。

小卖部里保生跟媳妇，见他从三牛家出来，显然气色很不好。小两口子见状，一阵手忙脚乱，又是递烟又是让座。热切地说了一堆好听的话。想以此宽慰和弥补一下自己的过失。尤其是爱爱，觉得自己一时冲动，做了一件相当愚蠢的事，正后悔不迭呢。

可他一句也没听进去，也不领会他们的情。只是颤巍巍地伸出弯曲的手，指了指柜台里的东西说："给他们送两箱方便面去，改天大爷给你钱。"说完，又摇耧一般的向村中去了。此时，有关二秀的事，他还一无所知。

他走后，保生一脸怒气地冲媳妇发火：

"就你事多！像这么重大的事，谁会吃饱撑得，没事敢往那里直捅？你就不怕出乱子？没脑子……大爷，肯定会将此事告诉大娘。这样会有好吗？你不好好想想。再说了，你能保证大牛的爹娘，能经受住这样的打击？万一有个好歹，我看你咋办？"保生一个劲儿地指责媳妇。

保生的话，使得爱爱更加忧心忡忡。爱爱说她是一时糊涂，但绝没提电视上看得到的事……尽管如此，还是不停地隔窗瞅望着孔大爷离去的背影，一直消失在斜坡、烂墙、绿树间……

"……大爷进村了。看大爷的气色，你说他不会去老宅上吊吧？"爱爱仍然十分担心。

"不敢保。"根据孔大爷的吩咐，保生抱着两箱方便面，边撩起珠珠串门帘往外走，边怒气冲冲地说。

爱爱听了保生的话,越发担心。用手拍打着自己的脸:"哎哟,大爷您可千万不能想不开啊!"心里直叫苦。

十七

常言说得好:屋烂遇上连阴雨,破船遇上顶头风。事情往往就是这样。越是贫穷困苦的人,不幸和烦恼越是交缠得狠。

前面我们已经看到过,孔老汉跟他的老伴是过着咋样不尽如人意的生活。如果我们能够抛开他们的儿女们的因素不去考虑,仅限于他老两口远离村庄,驻守在那座宽阔而清寂的仓库里的生活状态,虽然破败、荒凉了点,但对于他老两口来说,养老不乏是一个清静安宁的好地方。他们也不就图个省心自在吗?一对可怜的老夫妻,那就让他们自给自足、相濡以沫、安安稳稳、平平静静地活吧。不要让他们不堪一击的精神世界,再经受如此多的痛苦和磨难。让我们这一点点微不足道的美好愿望得以实现吧!以慰藉我们不胜怜悯的心。因为我们无法做到熟视无睹、视而不见。在这里谴责和回避同样没用。索性让我们把万分焦急的目光再投向这个可怜的老头儿,祈求和渴望他能在某个角落或者某个人的身上得到一点慰藉。

果然,他抖抖索索来到了老宅相邻的地方——一座退了赤漆色的大门前,准备进老伙计——马旺才的院落。在他喜怒哀乐的一生中,街坊——老邻居马旺才,似乎早已成为他生活中息息相关,且不可缺少的重要人物。

他去找他。

门口,微笑着。屋里却在号啕。

他撩起竹帘,不假思索便进了马旺才常呆的地方——诊所。诊所里不大,云集了不少街坊。马旺才的宝贝女儿,马翠叶正捶胸顿足哭得死去活来。她娘死死得抱着她,几个街坊邻里也紧紧地抓着她的两手,边给她捋乱发,边极力安抚她,企图将她按倒在炕边上。马翠叶好像什么都听不进去,非得冲出去跟人拼命不可,两手不停地扑腾,将身边的人撕来撕去,仿佛疯了一般。

马旺才把着门脚在地上蹲着抽烟。说是在抽烟,其实是在冒烟。因为烟早已熄灭了,仍在他的手指间夹着不停地颤抖,面如死灰,两眼充满了恐慌、惊悸、惨痛和愤怒。俨然一副怕人的且又茫然若失的神情。

"孔明康老骗子!还我钱!还我五万块钱!"马翠叶的号啕,突然变成了一种歇斯底里的叫骂。

此时,孔老汉就出现在她的面前,出现在这个充满了厌恶、悲愤、激怒的屋子里。所有的目光一下子都像令箭一般地投在了这个老汉的身上……

孔老汉出村,回到他那座偏僻破败的仓库时,天已经很晚了。因为公路上一辆接一辆的汽车都亮起了灯光。

本来他进村,所办理的事情很多很多,结果什么也没办成。

他只好灰心丧气地回到老宅。在老宅大门楼口石狮子旁,一直圪蹴到天黑。

这个可怜的老头,像一架报废的机器,一个姿势一动不动地呆了许久。内心进行了一场别开生面的生与死的大搏斗。

他刚刚进村时,好不容易缓腾过来的,那一点点精神头儿;那一点点的幸福感、自信心,一瞬间,就被彻底的摧毁了。取而代之的是,无尽的痛苦和不言而喻的羞辱、焦躁,忧伤和无奈。这些东西像洪水猛兽一样凶猛地淹没着他,吞噬着他的心。

于是,在他的精神世界里,出现了从未有过的糟糕状态。大脑紊乱,思想千头万绪。迷迷糊糊、杂乱无章……悲观、绝望……

……

他想到了死。

可一想到死,他的眼前、脑海里就纷至沓来无数人影。认识不认识的,活着的、死去的。这些人影光怪陆离、蓬头垢面,混混乱乱。那窸窸窣窣的声音,也不断交叉地回响在他的耳畔。在恍惚的神志里他仿佛听到了,看到了自己熟悉的亲人、朋友。甚至看到了老伴,听到了她的声音。

"你死了,我怎么办?……把我一个人孤零零的撂下?……你死,我也去死。"这是老伴儿,生硬干练的声音。

"活的麻烦哩。不想再跟上他们糟心。"

"那你死了,撂下我。我就不糟心?"老伴说。

"你说你,做得这是啥事情?嗯?……世上哪有个省心的?就不怕人笑话你孔明康?……"这是马旺才的沉闷而凝重的声音。

"唉,人活得是个轻松。可这不轻松,活的是个啥劲儿?"

"穷人有穷人的烦恼,富人有富人的忧愁。看你如何看待……哈哈哈……"这是那个拾破烂的乐天派、河南老头儿洪亮的嗓音。

"我不能跟你比呀!……这心里头,总是沉沉的,压得我喘不上气来。"

"这你就不对了。儿女的心,那有个操心够的时候。把他们养成人就不管了。爱怎么活是他们自己的事儿。你应该像我这样……"那河南老头说。

"像你那样?"

"像我这样，并没有什么不好。逍遥自在，闲心不操……"

"好死不如赖活着，只要活着就有指望。你，人都死了还指望什么？"这是村人马五的声音。

"你要死，可也得死个利落吧……那老宅到底归谁？"这是二牛的话。

"……切切切……咳，你们说，这人咋就想不开哩？这不是给我们做儿女的，往身上定罪嘛"这是大牛的话。

"大爷，据我分析您老的这座宅子，往后可要值大钱哩。"这是马旺才儿子强强对他说的。

"尽磨你娘的耳根叉哩。咋会有那好事情？"

"嗨，您可真是说对了。就说咱这'他娘的耳根叉'——破川石沟，我就不信，党的阳光，总也不往咱这里照耀？你想想看：古兰的楼房都没地方盖了，您说它下一步往哪里盖？是不是，下一步就该开发咱这'耳根叉'了。您在想想看：咱这'耳根叉'，虽然是偏僻了点，但毕竟贴着矿区、贴着古兰这张脸面……如果把一个国家或者一座城市，比作一个完整的人体的话，那么咱川石沟不就是人体的哪一部分？您看着，总有那么一天，咱'耳根叉'这块肌肉，也会很快光滑、明亮、发达起来的。到那个时候高楼、汽车、商厦、歌厅、舞厅和夜总会……"强强说得眉飞色舞，振振有词。

"你小子尽瞎扯吧。"

"不是我瞎扯。还有，大爷据我所知……"强强这孩子，说话虽然过头点，但并不是没道理。

"……"

"……穷日子会有头儿的。守住这座宅子……千万守住！"这是他的老娘临终时，颤巍巍地对他所说的那些话。

······

渐渐的,他的精神被振作起来了。

随后,他面对凄迷的村子,心中产生了一种异样的感觉:一种对财富的渴求;一种对贫穷、落后,不孝的愤怒。

眺望整个村庄,山山峁峁,沟沟岔岔;眺望对面,整日外运煤炭的那条平展展的柏油公路。国家在发展,社会在变化,川石沟,就永远不会发展变化?

人,只有活着才有希望。

他终于下定了活下去的决心。

也许人的精神力量,往往就来自于某个方面或某一种契机。

孔老汉眷恋地回顾了一阵老宅,腾地站起身直起腰,拉上大门,咔的一声上了锁。

暮色中村庄的山坡小道上,出现一个矮小的身影,晃动着向村外移去。

十八

"你来了,走了。走了又来了。这次来了,就别再走了啊!陪我说说话儿啊……他们呀,连你都不如。"大秀娘在说话。门外孔老汉听了好紧张。他不知道老伴在跟谁说话,心立刻揪成一团。紧接着又听得老伴道:

"看来你是一个流浪汉,就住下来陪我解闷吧。我吃啥,你吃啥。……天天给我摇尾巴。孔老汉听出来了,大秀娘是在跟那条野狗说话。这才深深地吁了一口气。待他完全恢复了平静,才缓缓地推门

而入。

这条狗，不知从哪里来。前些日子突然来了，跟他们住了几天，就已经跟他们建立了很深的感情，可后来，它像来时那样，又突然地离去了。使得老伴好一阵伤心。这天，这狗又神奇地出现在这座孤寂、凄清的院落里，出现在大秀娘的面前，这不能不使大秀娘喜出望外。

它温良地卧在地上，两耳警惕，两眼含情，毛色光滑黑亮，体态英威洒脱。在孔老汉还没进入铁栅栏小破门时，这只聪明的狗就已经向大秀娘通报了熟人的信息。只不过孔老汉不知而已，他还刻意将脚步放慢、放轻了许多。

原因是他去了一整天，不仅什么也没办成，而且……他怕老伴生他的气，对他追根究底。也格外担心有人跑来，跟老伴儿兜售这帮龟孙子们的事儿，使得老伴儿雪上加霜，哭哭啼啼，寻死觅活。所以近乎是忐忑不安、蹑手蹑脚的样子。当他看到老伴跟狗说话时，才放宽了心。

"我还以为你在跟谁说话哩，原来是花花？"他说。

狗立起前腿，吐着长长的红舌，憨憨地喘着气望着大秀娘，挪开地方让主人走到床边，坐在老伴的身旁。

"我还以为你去哪个儿女家享福去了，咋还知道回来？"

"我能去哪儿？"

老伴的一句话，不由得又勾起了他内心无尽的感伤，只见他慢慢地点燃烟，无精打采地吸了一口，显然一副神劳形悴，萎靡不振的样子。老伴就断定他一整天都滴水未进。于是对他说："老屋没塌吧？"

"没塌。"

"那你一直守在那里干啥,哭你娘哩? 还不早点回来吃饭? "

"……"沉默。

"快去吃饭吧! 我这辈子单靠你,早死了。"

孔明康回头奇怪地瞟了老伴一眼,瞟了瞟摇着尾巴满地转圈的大黑狗,才发现昏暗的屋子里,床上、地下、炉台上堆放着许多东西。有各种袋装食品,一大堆纸箱和两瓶红盖汾酒,还有几张新圪铮铮的票子,耀眼地搁在老伴儿的身旁。不禁问道:

"今天谁来过? "

"你猜。"

"猜不出。"

其实,他早猜得八九不离十了。见老伴儿精神状态不错,比早上强得多。从表情判断,二秀的事她还蒙在鼓里,心宽松了些许。他想,不管是谁来过,只要在老伴跟前不提二秀的事,就好。像这样的事,她是经不起打击的。

他想他得振作起来:"不能这样下去。"至少得给老伴一个良好的精神状态,不能让她看出任何破绽来,以免出现更令他难以招架的事,乱上添乱。老伴脾性不好……万一……一旦……麻烦可就大了。

于是,他提了酒菜,摇晃着到隔壁厨房去了。走时还哼哼着:"坐沙发。坐沙发舒服。"其实,他酒还没有往肚子里喝,便老泪纵横了。

大秀娘见老伴终于回来了,一阵埋怨过后想:自从自己崴了脚,老伴就没有吃过一顿像样一点的饭菜,眼见人也整整消瘦了一圈,心痛的很。这不有酒有肉,他是应该好好喝两口了。类似这种情况,她深知老头子的习性,一定得坐到那把黑色高靠背沙发上去,尽显一下他的幸福感。

她见老伴去了隔壁，笑着摇了摇头对大黑狗说：

"花花去！跟上啃骨头去。"说完，回头又瞅了瞅破烂王——魏老汉这天放在这屋子里的那一大摞装满书籍的纸箱。

不知咋的，当她把目光落到这一堆纸箱时，她的眼眸子里就会发放那种少有的光亮来，那种特别的、痴迷的光亮。感觉到她的屋里、心中和整个精神世界似乎都被一种神奇而圣洁的光芒照射着、温暖着她。这是为什么？作为一个目不识丁的农村老太太来讲，她根本说不清道理究竟在哪。

但有一点很清楚，从此，她越来越由衷地敬慕这个收烂货的魏老头了。于是情不自禁地独自低吟起来：

"人不可貌相啊，海水不可斗量。人常说石头比砖，讨吃子比官。不曾想：石头比过砖，讨吃子比过那官……别看他穿的烂呀，走得慢，腰里别着个金蛋蛋。"紧接着喃喃地道：

"营养品。营养品。"这句话将成为她永远的口头禅。

于是，这天的整个过程来，又开始在她脑海里，像演电影一样演开了。

她喜欢唱歌，不论开心与否都要哼哼上几声。见老伴离开仓库时，她呆望着屋外，哼哼起来：

哎呀，树梢梢摇来，喜鹊鹊叫，不知哪个心上人来瞭一瞭。

……

泼起那莜面捏饺子，心里难活就唱曲子。

……

她边唱边伸手拽过身后的一个针线筺笤。

针线筺笤里，放满了各式彩线大小不等的一大堆鞋垫。

那双爆满青筋的老手,一年四季都在做这项工作。

她将自己的伤脚摆弄好,打开垂直在头顶的那盏昏黄的灯,从针线笸箩里找出她那架用一根毛线取代另一条腿的平板老花镜,套在头上,直到它端正地垂直在自己眼前的鼻梁上,才拿起针,认上线,又开始唱道:

屋里黑来,屋外亮,城里城外不一样。

她总是在想这想那,想到哪就唱到哪。于是又开始唱道:

拿起哪针线,认上纳针,心里的难活往肚里咽……

耳边边烧来,眼皮皮跳,有啥好事情,俺也猜不到……

天长呀,人也长,地老呀天不荒……

可见,她孤寂的心灵里,多么渴望有人出现在这个破败的仓库院里,出现在她的面前,以此来排遣、驱逐她那苦闷、焦躁的心。

不过她的愿望真的实现了。

先是一个陌生的年轻后生;然后是老朋友——收烂货的魏老汉;村委会主任——村中开小卖铺的保生。再往后,便是自己的弟弟叶福海,还有花花……

黑漆漆屋子,土圪洞洞炕,养下的儿女没质量……

屋里沉闷而潮湿。

她唱着唱着,用针在头皮上抿了一下,然后,将针扎在鞋底上,从身上掏出一个小药瓶来。这些天,她的止痛药严重短缺,她想老伴就是为此而进村的。

于是,她将剩下的最后两片药准备用掉它。

她拿针的手有点发僵,药瓶刚刚打开,没想到一不小心,药瓶和药瓶中的那两片止痛药,都被同时滑落在地上。她着急得两手乱抓,奋力抢救,结果无济于事。那两片白生生的药,犹如两个车轱辘,一

片迅速地滚到门旁立扫帚的地方,那里有一滩未干的泥水;一片迅速地滚落到身下铺满尘土的破木板床下。

她眼巴巴地盯着门口,那片渐渐被污水融化了的药片,自言自语地道:"把他娘的。俺把你当人参,你把你自己当垃圾。"心里可惜的要命。

这时她根本没注意到门外,已经进来个光着膀子,挺胸凸肚的大个子年轻后生。那后生就站在门口、立在她的眼前。直到那后生干咳一声,她才被突然惊醒。

那后生不说话,只是用目光异样地搜索、打量、环顾这个一目了然的"家",打量眼前这个骨瘦嶙峋、病恹恹的老太婆。

大秀娘的心立刻紧缩起来,抬起惊慌不安的眼睛,透过鼻梁上的平板老花镜,望着来人道:

"你你你……你是谁哩?你找谁?"

那后生板着脸,喘着气,仍然没回话,用手扇着鼻孔,显出一副慌乱、着急、气愤而难以忍受的样子,退出门外,将犀利的目光投向整个库房院。

其实,孔明康老伴打第一眼,她就知道来人是谁,干什么来的。

于是,她将手中的针线放下,定了定神,问道:

"外面那辆车是你的?"

"是是是……您知道是谁把我车上的木料卸跑了?快告诉我!我知道了我他妈的,非废了他个贼骨头……我,我,我打电话报警。"

这个挺胸凸肚的大个子后生,突然变得激动起来,将手中的褂子啪地甩在光背上,快步奔进屋里,奔到大秀娘的跟前:

"大娘,真的。您快告诉我!是谁?您尽管放心!我决不会轻饶他,决不会亏待您!真的!我说话绝对算数"

这后生急切的将要伸手去抓老太婆的双手了。

此时,见这老太婆要吸烟,便赶忙掏出自己身上的烟,迅速而又恳切地给老太太点上。

老太太摘掉老花镜,用极其深邃而和善的目光,将这个年轻后生从头到脚,仔仔细细打量了一番,然后才成竹在胸地道:

"孩儿,一看就知道你是个没心没肺、脾气暴躁、心地善良的孩子……你爹娘知道了这事儿,也会为你着急的,谁家的父母也一样。今天我豁出去了,把这事告诉你。但有一个条件,你必须答应才行……"

"好好好,行行行。大娘,只要找到这车木料,我什么条件都答应。您说……我的天!您知道吗?这对我来说有多重要?"

年轻人将脸上的汗甩了一把,目光中透出几分感激、几分杀气。又咬牙切齿地骂道:

"王八蛋!"

并且挥动着肥大的手掌,在老人的面前恶狠狠地连续做了几个砍杀的动作,随之,老人脸上的肌肉也明显地抽搐了几下。

"孩儿,我能告诉你木料藏在哪里,你只管快快去拉走,但绝不能问是谁干的?你明白?"

"那?……"

"你,把外面铁大门上的锁砸烂,把车开进来。呐,再把对面门上的锁砸烂……就这样。"

就这样大秀娘大胆、果敢,坚定有力地用目光、手势将这个年轻后生送出屋外,并且,看着他一身肥壮而冒着热汗的横肉抖动着,离开她的视线时,她才闭上老母鸡般的眼,长长地吁了一口气。

此后她又要用深切的目光在地上,搜索起那两片早已消失的无

影无踪的白色止痛药来了。明显地她又感觉到了伤脚的痛、体痛、心痛、周身的剧痛，开始用手在身上胡乱捏、捣、捶，两耳紧张地静听着外面的动静。

外面在打电话，砸门锁。那声响是相当刺耳，简直令人难以忍受。

她期盼着老伴的归来，唯恐再发生什么意外，恐怕大牛两口子在这个时候突然给冒出来……

总之，一句话，她需要心安。

她躁动不安地煎熬了近两个小时，直到那年轻司机把丢失的木料全部装在车上，回头谢过她时，她才算松了一口气。身体的疼痛也似乎忘记了，心里像是开了花一般，于是她边又拿起针线边唱道：

荞麦开花呀，那个满心心的俏，我做个好事儿，却不能让人知道……

荞麦开花呀，那个满心心的俏，生他个好儿女，谁能够不骄傲……

荞麦开花呀，那个满心心的俏，世上的好人里，不能没有俺的数……

……

正当大秀娘唱到此处时，收烂货的魏老头，拉着满满一车纸箱停在门上。随后是保生。保生推着辆自行车，自行车就立在门外。

"哟，老嫂子好兴致，唱歌哩？"问话的是收烂货的魏老头。

"哎呀，是你们，吓我一跳。外面的车开走了？"

"开走了。"两人同时回答。

"你们看见开走的？"

"看见了，是从这院子里开走的。"

"噢，保生，你这是……老头子进村给我买药，还没回来。你们坐。"来人了，大秀娘试图下地。

还没等他们坐定，保生却匆匆转身要离去。他说他是路过，多日了本来想和大娘聊一聊，可他突然想起一件当紧事，所以，必须马上离去。还说：哪天有空了，他专门来跟大娘聊。"不过还有一件事顺便说一声：马上就要退耕还林了，村委会已经开过会了，大爷也许还不知道，树苗过几天就回来……"

还没等大秀娘反应过来什么意思，村主任——开小卖铺的保生，便叉着自行车一股风似的从这个仓库院落里消失了。

其实，保生的到来完全因二秀的事，自己媳妇说漏嘴的缘故，而到此探测情况的。见大娘一面，心里便踏实了。

大秀娘对于保生的来去匆匆，不无惋惜地摇头笑了笑。不知道他的来意，所以也不可能引起她的任何注意。至于说退耕还林一事，当下，其实也是一件农民们极其敏感而关心的大事。她还从没听说过，俨然一时不能明白他所说的真正意思，于是冲着他离去的背影，摇着头不无遗憾地笑骂道：

"把他娘的。屁股还没扎地……"

"老嫂子您这是咋了？"魏老头摸了一把汗问道。

"崴了脚，都快十多天了也不好。"

"没让孩子们带你去医院看看？嗨，呀……别动别动，哎，我自己来，我自己来。"

魏老头自己给自己倒了一碗水，就地蹲下喝。看来他是渴坏了，脖子一扬，咕嘟咕嘟一口气将一碗温水全部喝光，然后满足地撩起脏兮兮的衣襟擦了一把脸，才抬起头乐呵呵的，老于世故地说道：

"这人啊，就像一台车，年久了就容易老化。得需要常常修理修理，不然的话，那麻烦可就大哩。老嫂子您说对吧？不能不把自己不当回事。像我……"说完，起身又给自己倒了一碗水。他显得一点也不拘谨、客气。

雨后的天气真好,太阳火红火红的,地上蒸发起一股股热浪,那热浪卷着四周绿草的清香一起漫进屋里来,与屋里浓烈的尿素气味混合在一起,竟然使人产生一种莫名其妙的燥热。

大秀娘拉灭垂直在床顶的那盏灯,又拐着脚把堵窗口的塑料布撕开一个大窟窿,使人一下子感到不再如此的难耐和憋闷了。

魏老头一副喜形于色而又溢于言表的神情。

大秀娘怔怔地瞪着那疲倦的双眼,从稍稍提起的眼皮下,用那惺忪的跟往常不一样的眼神扫了这个收烂货的老头儿一眼道:

"嗨,你是不知道,这做父母的,哪能动不动就给孩子们添麻烦。"

大秀娘在想:你,一个孤身一人流落在外的老头,一人吃饱全家不饿,当然是不会知道,为人父母牵肠挂肚是什么滋味。于是,她努力拖着她那只仍然不能着地的伤脚,坐回到破木板床上,挂起她的一条腿的平板老花镜,继续她那穿针引线的宏伟工程,不禁将思绪拉回到她的精神世界中去了。

魏老头听了她的话,似乎很兴奋:

"那是,那是。"

老头儿兴奋的程度犹如中了头彩一般。只见他弓腰走近大秀娘,满脸堆满了神秘而甜美的笑意,随后转身指着门外他那车纸箱道:

"老嫂子,把我这些宝贝寄放在您这里中不中?"

"烂货!"大秀娘问。

"唉哎,对别人来说那是烂货,可对我来说,那可是价值连城的宝贝啊!"

"呀?还价值连城哩。自然价值连城,那你就卖了它……"

"不不不,卖了我也不能卖了它哟。我的老嫂子哎……"

"到底是啥东西,那么宝贝?"

魏老头儿含笑不答。

大秀娘透过眼镜,瞅了瞅那车纸箱,又仔细地瞅了瞅这个快乐的近乎有点疯癫的外地老头儿一会儿,撇了撇嘴,心说:"你能有什么好东西?还不是那些破破烂烂。"觉得这个外地人,既可怜又可笑。

于是,基于她善良的本性和她对此不屑一顾神情,也学着这个外地人的口音,慢条斯理地道:

"中……中……"指着身后床边的一块空地,让他把他那些所谓的"宝贝"东西搬放在屋里。并半开玩笑半认真地道:

"不怕俺老俩给吃了。"

树上的喜鹊,仍然唧唧喳喳地叫个不停,大秀娘在想:这天她的眼皮总是跳个不停,耳朵也在火烧火燎的发热,感情就是这些事情?

她的脑海里一刻也没有停止过她对所有儿女们的牵挂。大秀怎样?还在跟李和顺闹腾吗?二秀呢? 咋就连个面梢梢都不见? 这些天了,她还能不知道她娘崴了脚?……唉!二牛,二牛跟媳妇玲玲也该把孩子带回来,带回来让她看上一眼,哪怕是一眼。此后她又想起她的弟弟叶福海来……总之,她非常想念他们。每时每刻都在期待着他们中某一个能够意想不到地、突然出现在自己的面前,给她欢喜;给她安慰;给她内心一个释然的机会。 她总这样想着、念着、盼着,内心充满无尽的感伤和思念。

她没心情去领会那个外乡老头,只管想自己的心思。想刚刚拉走木头的那辆车以及那个愣头青后生;想大牛跟改香两口子知道木头被人拉走,会是怎样的情景……

魏老头儿一口气把沉甸甸的一车纸箱都搬进来摆放整齐,如释重负,高高兴兴地回头看看角落里堆起的纸箱,自言自语地道:

"……这下中! 不会再遭雨湿了。明年春天……明年春天,就给我儿运回去。他喜欢……" 说完,魏老汉喜滋滋的从平车上,最后取下一个破口袋,从里面掏出两瓶酒和几样袋装小菜,放在孔明康老两口在冬天才使用的破炉子上。然后,靠着门墙蹲了下来跟大秀娘一起吸烟。

看来他执意要等他的朋友回来跟他美美地喝上几杯,尽尽兴才肯离去。

大秀娘眨巴着眼,看看那堆纸箱,再看看眼前这个神秘兮兮的古怪老头,不禁问道:

你刚才说……你还有儿子?……"

"……做人做事做天下,爱国爱民爱文化。的确,他很了不起……"

魏老头儿沉静在他那极其甜美的幸福和回忆之中。

他说他最近总是梦见他的儿子、儿媳和他那体面的亲家。他们开着车仍在到处寻找他的下落……要他回到他们身边、回到他们给他买的房子里去……保姆,仍在喋喋不休地要他洗澡、穿睡衣、换拖鞋……

"我,不习惯。"

于是他用他那浑厚、清朗、简洁的语言,开天辟地地向大秀娘讲述了他捡破烂的境遇以及他"平车上"的精彩人生。

"书,是营养品啊! 我儿就是靠这进了大学的。"说到这里,魏老汉显得非常得意,嗓音也越来越洪亮,脸上的一些岁月痕迹,似乎早已被他幸福的笑容所覆盖。饱经风霜的人才有的那种深皱纹盛开着,像花儿一样灿烂。

他继续往下讲:儿子在大学里就被女孩子追求上了,亲家是厅级干部……儿子现在是公安局长,他很忙……对他很孝顺。只是,只是……他实在不习惯,不想给他们添麻烦……

大秀娘闻所未闻,魏老头的新奇故事,吸引着她,震撼着她的心灵,以致使她一直以为能够养育和拥有众多儿女为自豪的以及能够为此而牵肠挂肚的母亲神情,渐渐地变得越来越沮丧。这种神情里,不仅包含着羞愧、自责、无奈,而且包含着一种难以言表的仰慕、敬重和嫉妒成分。她用眼睛盯着魏老汉,丢开手中的针线活:

"切切切!真没想到。"

"你说那是宝贝?是营养品?"

"万般皆下品,唯有读书高。这是至理名言呐!"

"你识字?"

魏老头说话一向豁达、高亢、自信。经大秀娘这么一问,反倒有点不好意思起来。他挠了挠头很快就恢复了幽默、风趣、乐观的状态,意味深长地说:

"唉,咱们没有赶上好时候……现在社会发展的这么快,下辈人没文化不中……不瞒你说,我儿子呀,他喜欢读书,就是靠这些东西上的大学,那家伙……"

大秀娘眨巴着眼,瞅了瞅那堆纸箱,又瞅了瞅眼前这个本来并不起眼的破烂王,心中骤然萌生出一个酸楚的,并且极其滑稽而又十分可笑的念头来。

她要将这堆纸箱中的书据为己有。

其后,大秀娘提出跟这个收烂货的老汉喝一杯酒:

"来,你看他爹这时也没回来。俺一辈子都没沾过一点酒,今日

俺跟你喝一杯。"说完，拖着伤痛的脚麻利地下了地，找出两个喝水用的空罐头瓶来，把一只给了魏老汉，自己举着另一只去抓放在炉台上的酒瓶，结果不稳平衡，身子向后退了三步，跌坐在破木板床上。使得魏老汉立刻大惊失色，惊慌失措起来：

"老嫂子，这这这……"

"咋，看不起俺？"

魏老头为难地说：

"……老哥……他能喝。"

"满上。"大秀娘不容置疑。

她怀着一种极其复杂的、一知半解的心情，醉汉似的伸长腰举着杯，像举着一把火炬，要求给她点燃一样。完全可以看出，她老母鸡一般的目光里聚集了她一世的内容。

酒满上了。然而，魏老汉却感到战栗和惶惑。他的确不知道该不该跟这个妇道人家喝这杯酒。甚至很后悔自己得意忘形："破烂王就是破烂王！"不该暴露自己的身世。说者无意，听者有心，想必一定是引发起她的一些伤心事儿来了。

女人毕竟是女人嘛，魏老头这么想。

可不曾料到，还没等他反应过来，眼见孔明康老伴儿，一仰脖子，咕嘟咕嘟将多半杯酒下了肚。见此情景，这个见多识广的老江湖大吃一惊，赶忙上前去阻拦：

"哎哟！老嫂子，这这这……可不中！不中！"顿时，魏老头的脸涨红了，浑身都在冒热汗。伸出去的脏兮兮的手停留在了半空，俨然一副不知所措的样子。

孔明康老伴慢慢地抬起头，望着魏老汉涨红的脸，苦笑了一下。随后一字一板地道：

"俺这杯酒,不跟你白喝。你说你那是'宝贝'——'营养品',俺需要'营养营养',你不能拉走它了。"她指着那一堆装满纸箱的书,紧接着道:

"俺不白要你的,跟你交换。"

毫无疑问,交换条件,当然是那些破烂儿。

魏老汉豁然大悟,他终于明白了。明白了孔明康老伴为什么会这样?

原来竟然与自己有着一种共有的深情和愿望。

不过,此时在魏老汉的眼里,孔明康老伴的这种强烈的深情和愿望,就犹如一只母狼,遇到了一块肉,想留给自己的小崽子们一样的可怕神情。这种深情的确令他感动。

魏老汉颤巍巍地举起杯,一饮而尽:

"老嫂子留给你!留给你'营养营养'!这不算啥……其实,不过,不过是我的一种习惯,习惯。"魏老汉只好答应了。

就这样大秀娘将收烂货的魏老汉,几年来走街串巷,从民间收集来的名目繁多五花八门的书籍,包括儿童读物、孕妇常识、世界名著、武打小说、伟人著作……统统被大秀娘收藏起来了。

但她这种行为,对于收烂货的外地老头儿来讲,不外乎是一种夺人之爱。她深深地认识到了这一点,所以坚决力求交易,以示她内心的真诚。

然而,她对她这种滑稽而可笑的行为以及谁能,或者说谁愿意接受她这种"营养"? 说实在的,她和他同样不得而知。

但有一点,大秀娘很明白,这是真正的价值。她这样做,值。

"做人做事做天下,爱国爱民爱文化。"魏老头这些话,固然在她的脑海里不停地回荡着。

太阳偏西。魏老头才将前些日子就准备拉走的,却一直没有拉走的那些烂货拉走。但这一次拉走得破烂不需要再付钱,而是交易。是他还从来没有过的一种特殊的交易。

魏老头离开之后,孔明康老伴仍有三分醉意,三分得意,虽然有点脑袋昏沉,但心里喜滋滋的,坐在门口的石凳上静待老伴归来。内心里一遍又一遍盘算着日后,对这个外地老头儿加倍的关切、尊重与帮助。

显而易见,这天魏老汉那些'宝贝'似乎把她平日里极易泛滥的坏思绪,深深地压在了心底。使得她没有像往常一样,感到万般的忧伤、痛苦和焦躁;没有胡思乱想;没有过多地牵肠挂肚。

天色渐渐变得灰暗起来,丝丝凉风,无边无际的寂静开始笼罩大地,笼罩着这个荒漠的仓库院落。

老伴仍没回来,她感到饿了,起身一拐一拐地准备去弄饭。

正当这时,暮色中,一团黑影渐渐向她移来,她心一紧。随之,一辆汽车的马达声便由远而近,还没等她看清楚,那一团黑影早贴近她的跟前,绕着她转了几圈、小轿车也已款款地停在了她的身边。

"福海!"

大秀娘见是自己的弟弟和久违了的狗,一阵狂喜。

……

总之,在这一天里,她过得无比开心。

一是为她的善举,其次她的所得,再次是姐弟俩手足之情的感情交汇。

夜,已经很深了,她仍沉静在久违了的喜悦和快乐之中。

纵然,没想到老头子早已喝过了头,歪着脑袋窝在魏老汉送给他的那把极其显贵的高靠背、黑色真皮沙发里，昏睡过去了。

十九

可谓一龙生九种，种种个不同。

那些天，由于二秀的事儿，孔家除了大秀娘还被蒙在鼓里之外，自上而下像是炸了锅一般。有的骂、有的跑、有的气、有的哭。羞辱、愤怒、着急，孔家出了这么个"人物"。谁一听有人说：某某某的妹妹、小姨子、小姑子……被公安局逮了，他们中谁的心就会咯噔一下，像是被针扎一样感到难过。这个不成体统的东西，她不仅骗外人，就连自己的亲人也没有放过，这下子她进去了，所骗的钱找谁要？向她男人尚可要？不合适。那毕竟行骗的不是别人，而是自己的亲妹妹、亲小姑子、亲……

不过大牛媳妇改香，并不这么想，她想的仍然是二秀所答应的：借一万元，一月之内还两万元，借三万元还五万元的这个美事。她所着急的是自己的疏忽大意，没让二秀给自己打下个字据。为此她像疯了一般，见谁骂谁，见啥摔啥，祖宗八辈地操卷，甚至一扑两砍，几次三番地扯着孔大牛跟她一起向妹夫要钱。无奈之下，孔大牛动手打了她：你他妈的，以前不是让打借条儿了吗？这次为啥不让打？后悔来不及了？以前二秀向你借一千还两千；借三千还五千的时候，你咧开嘴笑得可好，现在不笑了？啥叫占小便宜吃大亏，嗯？二秀给你买两件烂衣服穿，看把你美的，就开始骂俺家的其他人"不成东西！"没有人性……现在，现在那？把你嗝死下人的！让你闹……

围观的人很多，改香却不管不顾，披头散发地只管跟大牛厮打，

吵闹。如果大牛不跟她去向妹夫要钱,她就扯上大牛跟她去找他那老不死的——爹娘要!谁让他们生了这么个大骗子……

为此,两口子就在小卖铺,一直闹腾着。

只有大秀,大秀自从知道二秀出事儿之后,她就没有睡过个安稳觉,这个时候丈夫李和顺,就好像一下子从地球上消失了一般,死活不见踪影。任凭大秀打烂手机,李和顺的手机都一直处在盲区,也没个回应。大秀她太没主意了。如果李和顺在家的话,至少有个靠,知道自己该咋办。可眼下,她就是无论如何也找不到李和顺。到底他会去哪儿呢?这个时候,她根本不知道李和顺也出了状况。就马五圪蛋险些工亡的情况进矿务局,向党委书记邢世茂反映情况,得到了邢书记的高度重视和高度赞扬,并故伎重演又得到了一笔报销款。欣喜若狂、得意忘形的他,便跑去寻欢作乐,结果被暗娼设套,落了个身无分文、遍体鳞伤,躲起来一个星期都不敢回家。

于是大秀便不停地往舅舅家跑,往二牛家、尚可办公室跑。连川石沟她都跑过两次了。

她希望从这些亲人们中,得到一些更具体更可靠的消息;希望他们中有谁能为二秀的事想办法、出主意,尽快把二秀弄出来。

大秀连续跑了舅舅家几趟,都未曾见到舅舅。妗子跟她一番感叹,并告诉大秀,二秀不仅骗了你们,连她和舅舅也给骗了:

"真没想到,二秀会变成这样。"妗子说,嗨……你舅接连打了好多电话,事情并不那么简单,这孩子真是太不可思议。以前吧,我跟你舅舅都很喜欢她,机灵、泼辣、精干、会说,长得有模有样,谁知道会这样?

那次她来谎称:单位给尚可分了一套住房,她跟尚可商量过了,说他们经济比较困难,一时拿不出那么多钱来,但考虑到一直住在村外的爹娘，决心借钱也要将这套住房买下来给爹娘住。"让他们享受享受，楼上楼下，电灯电话的好日子"。当时，我跟你舅都被二秀的这番话感动了。你舅他满心欢喜，说："这孩子有孝心。"当即就让我去银行取回五万元钱来，交给她。还说："这是好事。"我也这么想。如果将来实在还不上，我和你舅也就不要了。也算是你舅了却了多年来他一直都想要了却的一桩心愿。没想到，真没想到是这样……

妗子跟大秀在说这些话的时候，这个美丽而和善的天津女人，持着一口好听的天津腔，白皙的面颊上显出一种难言而莫测的忧伤。她本是一个很好的外科主治医师，但由于身体的缘故，只好休养在家。儿女不在身边，除了吃药，收拾收拾家，便把自己整天埋在书报里，很少出门。

大秀边帮妗子整理书报，边等舅舅回来，心里直骂：

"该死的二秀！"

从舅舅家出来，她就往矿办公楼跑，去办公室找尚可。尚可准在忙，几次都没说上几句话，便匆匆退出来了。

当着外人的面，她无法提及二秀的事儿。

她本来想找个机会好好安慰安慰妹夫，并劝他尽快想方设法往出弄二秀。可看到妹夫一直都在忙于工作，大秀感到非常困惑和难过。

在这种情况下，妹夫会不会提出离婚？这成为可怜的大秀极为焦虑、担心的事情。

因此，她不分白天黑夜东奔西跑。

尤其是尚可表面上的若无其事，镇定自若，更加剧了她内心的恐慌和不安。于是，她又赶紧跑到菜市场，去找二哥。

经打听得知，本来卖菜的二哥二嫂，十多天前就已经把摊位转

让出去了，不再卖菜。她只好风风火火，曲里拐弯地来到二哥二嫂的租住地。二哥没见到，却见到了一个从没见过面的酷似老板派头的男子。这个男人正给哭哭啼啼的二嫂揩泪。

大秀顾不得多想：

"二嫂，你知道二秀的事儿了吧？"

玲玲眼圈红红的，赶忙接过那男子递过来的毛巾，惊讶而疑惑不解地问道：

"二秀？二秀她怎么啦？"

"你没看电视？她被抓了。"

"啥？"

"因为赌博，还有……"大秀回头看了那个陌生的男子一眼，止住了后面的话。

玲玲说：

"尚可咋没说呢？昨晚我见过他的。"

的确玲玲见过尚可，是因为自己的事儿。

心烦意乱、一筹莫展的她，找过尚可。向他坦诚地诉说了自己的境遇。在这个世界上，玲玲认为尚可是唯一一个值得信任的人。所以她向他倾诉了自己的苦衷，并向他求助过……但有关他自己的境遇却只字没提。玲玲感到很内疚，也很着急。这毕竟是家里人的事，是兄弟、姐妹们的事儿，她不可能无动于衷。于是她急迫地告诉大秀：二牛他不在家，怕是一时回不来，督促大秀给自己的丈夫打电话：

"这样吧，你赶快给你二哥打手机，让他赶快往回走……"

玲玲的确很着急。在她的潜意识里，这事儿不仅仅是小姑子——二秀的事儿，更是她所信任的人——尚可的事儿。她连泪水都顾不得擦了，将毛巾塞给身后紧锁眉头的男子，将电话机移给大秀。

忧心忡忡的大秀,见二嫂这副着急的神情,几分欣慰、几分感激。于是赶忙拿起电话来。可当她拿起电话,却一时想不起二哥的手机号码:

"二嫂,俺二哥的手机号是⋯⋯"

经大秀这么一问,慌乱中的玲玲立刻也犯起了糊涂。她朝江山茫然地瞟了一眼,嘴里喃喃着:"咋会忘了呢?平时我记得清清楚楚⋯⋯"把心思集中在记忆上,希望立刻从脑子里翻腾出这一串平素里滚瓜烂熟的数字来。结果任她怎样努力也无济于事,并身不由己地在自己的身上胡乱摸索起来。大秀也在竭力回想着。

这时,江山稳健地上前将大秀举着得话柄接过来,用手熟练地揿下电话机上的去电显示键,对用倦怠而温柔的目光凝视着他的玲玲说:

"看看是不是这个号?"

玲玲典着肚子,弓下腰看了看,连连说:"是是是。"

大秀将二哥的手机打通了,在场的人听得第一句话就是:

"玲玲!"两字。千真万确电话那头传来的是孔二牛的声音。

大秀急迫而哽咽地道:

"二哥,俺是大秀,二秀她⋯⋯出事了。你知道吗?"

"咋?她死了?"

"不是。你咋⋯⋯是被抓起来了。"

"她被抓起来,关我什么事?"现在的孔二牛,已经不大用"俺"这个字了。

大秀想二哥听到这个消息,一定是被给气得:

"二哥,你啥时来?"

"我有事，三五天回不去。她，她自作自受。活该！"这是孔二牛的回答。

"二哥，你你你……不怕别人听了笑话。二秀不管咋地……"

"别说了。我还有事。"孔二牛干脆挂断了电话，不过很快又拨了回来。

这次他是专打给玲玲的。安顿玲玲只管好好照顾自己和孩子就行了。别的不用管。因为他的好运已经来了，很快就能挣一大笔钱。

一时间大秀，玲玲，江山，三人面面相觑。

大秀没想到，现在的二哥会变得如此冷漠、绝情，难怪二嫂掉眼泪？只好悻悻地跟二嫂及二嫂家里的，从没见过的不知什么阔亲戚告辞。

忧伤、气愤，着急、无奈的大秀只好折身回到川石沟。

她除了不死心，想得到两个哥嫂对妹妹可能的帮助，或者哪怕是出主意、想办法，说说暖心的话。除此之外，她最担心的还是，唯恐他们中有谁不小心，把这个糟糕的坏消息泄露给年迈体弱的爹娘。如果，一旦让他们得知，事情会变得更糟糕……

大秀在心里就这样一次次叮咛自己。

她先来到了三哥家，三哥在家。在院子里独自踱来踱去。

三牛见大秀来了，开门见山地说：

"大秀，你是为二秀的事来得吧？嘻，俺早就说过，她个跌不死的，看把她给爽的，不出事儿才怪呢！你说：三哥能说啥？丢人了。别说川石沟的人，满古兰都知道有这么个'人物'，咱孔家祖宗八辈都跟着沾光，俺都没脸出门。你说说，你说说……"孔三牛用手扇打着自己的肥脸。

"三哥，谁说不是。"

大秀觉得三哥的话虽然难听,但在情理之中。于是她对三牛说:

"三哥,这事儿千万不敢让爹娘知道。一旦让爹娘知道了,爹娘急不死也会气死。咱千万别在他们跟前提,啊!"大秀一再叮嘱三哥。

"那可不敢保。俺不说,可不能保证别人不说。你去看看,孔大牛跟李改香为这事儿正天天打架哩。满村子的人都在看热闹。嘻,唉!这叫'好事不出门,赖事碾死人'……"

孔三牛的话,某种程度上听起来并不是没有道理,关键是人世间那种最美好的亲情关系,在这个社会中,在孔家儿女们身上变得越来越淡薄、越来越冷酷、越来越自私。

大秀意识不到而已,她恳求三哥道:

"三哥,你大兄哥不是在公安局么,要不你去打探打探情况,看看二秀被关在那里?""呛,你快拉倒哇。咱人穷,人家看不起。见了咱就像是见了死老鼠一样,恨不得一脚把咱从这个地球上踢出去哩,你还让俺去找?不去!"三牛态度很坚决,但见大秀伤心落泪的样子,立刻心生一计,他说:

"大秀啊,干脆你去找爹娘,让他们去找叶福海,他是纪委书记,不找他,找谁?"

孔三牛说到这里,似乎很满意自己,竟然还抖动抖动了一下身上的懒肉。不曾想,大秀泛起白眼,狠狠地剜了他一眼,转身离去了。

身心憔悴,一筹莫展,心急如焚的大秀,只好折身又一次来到荷花苑——舅舅家。

这次她没有白跑,终于见到了百忙之中的舅舅——叶福海。不胜感激,居然淌下了一串凄苦的泪。

舅舅在书房写毛笔字,将她让在对面的椅子上坐下。

这天天气可真好,阳光透过玻璃窗,洒在舅舅的身上,同时也洒在舅舅书写好的黑白显明的宣纸上,使得那刚劲、有力的毛笔字更具立体感。

隔着偌大的写字台,大秀按捺着忐忑不安的心,静静地等待。等待舅舅手中挥舞着的狼毫抓笔停止下来,或者像舅舅耐心地等待每一个字都被太阳晒干之后,才可收起来一样,等待着舅舅跟她说二秀的事儿。

可她一等再等,不见舅舅有停顿下来的意思,心急火燎的大秀终于忽地从椅子上站立起来,开口了:

"舅舅,二秀的事儿……您……"

这时,叶福海手中饱蘸浓墨的狼毫毛笔,被突然间停顿在半空中,浓浓的墨汁快速地滴答在了白白的宣纸上,立刻形成一个大大的黑牡丹。

"你看看!你看看!"舅舅的目光与大秀的目光相遇,大秀一脸惶恐。

舅舅是个威严正板的军人、领导干部,平素里很幽默,跟人开玩笑时,人们往往不知道他是在开玩笑。魁梧、高大、壮实。额宽、眉重。也许是由于长期思考的缘故,眉宇间形成了一个深深的川字纹,总给人一种威严感。

此时,舅舅不无愠怒地重复道:"你看看,这咋办嘛?"

然后便偏着脑袋,左瞧瞧右看看,用手反复比划着,一心想把这个非常的"黑牡丹",恰到好处地给用上,使其变成一个令他满意的艺术品。结果比划来比划去,终究也没能如愿。舅舅深深地叹一口气,但似乎并不死心,仍然双目盯着那个大大的"黑牡丹",专心致志地思考着。

"舅,把它扔掉吧！您那么多纸,还差这一张？"大秀用眼角扫了一下,满屋子的文房四宝,嗫嚅道。

听了外甥女大秀的话,叶福海终于不无遗憾地搁下了手中的笔,用宽大的手梳理了梳理自己稀疏的头顶,语重心长地道:

"大秀啊,舅舅真是舍不得啊,哪怕是一小块。可这张纸看来,舅舅真是没办法了。人啊人,有时就这样奇怪。"说到这里,突然,叶福海目光如炬,话锋一转,向这个简单、温顺、善良的外甥女一连提了几个怎么办:

"大秀,如果一个人感冒了怎么办？"

"吃药、打针、输液。"大秀边给舅舅的杯子里加水,边拘谨地回答道。

"如果,生了重病呢？"

"那就,住医院。"

"哦。"

紧接着,叶福海又问道:

"如果一个人犯了错,该怎么办？"

"说服,教育。摆事实,讲道理。再不行就打他。"大秀想到了对待小孩子的那一套。

"那么,如果一个人犯了法呢？"

可怜的大秀终于豁然大悟了,原来舅舅一直在跟自己说二秀的事儿呢。自己却还一直被蒙在鼓里。舅舅紧接着道:一个没有文化的国家是落后的;一个没有文化的民族是混乱的;一个没有文化的村庄是贫穷的;一个没有文化的人是可怕的。

"二秀涉案金额高达一百多万,舅舅无能为力啊！。"

几分钟过去了,谁都没再说一句话。

大秀看得出来，舅舅跟自己一样难过。

二十

这一夜，孔明康老汉当时可真希望自己就这样，不知不觉地、不声不响地睡去，永远不再醒来。不过他到底还是被弄醒了，是被他跟老伴称为"花花"的狗弄醒的。花花用湿润、温良的红舌舔着他枯干的老手，还朝他不停地汪汪叫着。狗的叫声终于唤醒了他，同时也唤醒了他的意识。

当他睁开浑浊的老眼时，事实上天已大亮。眼前深黑灰暗的屋子，挤进门来的光柱，破木板餐桌以及他屁股底下那座"高贵"的黑靠背真皮沙发、凌乱的碗盏、掀倒的空酒瓶、一瘸一拐地晃动着的老伴，一切的一切又完全彻底把他拽回到了以往的生活中，现实里。他起身揉了揉眼，裂开黑洞洞的口，冲老伴笑了笑，说道：

"喝多了。"他那说笑声，听起来看上去，比哭都令人难受。

"人老了老了，喝那么多……你以为你还年轻哩？没见……"

为此老伴儿也不失时机地奚落他几句。

老伴儿似乎仍在喋喋不休地奚落着他，可他全然不顾。居然脱下破皮鞋，在门槛上，噼啪噼啪地磕打了磕打上面的泥土，麻利地穿上。然后摸了一把脸，捋了捋杂草一般的胡须，到隔壁屋里找出小舅子叶福海给了他，可他平素里却从没沾过身的过于肥大的那件四吊兜全毛料中山装套在身上，完全将里面的破衣烂衫掩盖住，并且在乱草一般的头上，戴了一顶断檐的布帽，凸显一种奇观。他心说："咱不能影响市容。"因为他决定进古兰。

古兰是什么?古兰是城市!是文明的象征!然后,才对老伴儿说:"今天天气又不赖,俺到古兰给你买药片片,中午就不回来了。"

"嗯……"

老伴儿大瞪着眼睛,还没等她对他的行迹提出质疑,就见他已经甩开两臂,弓腰驼背地顺着杂草中,他老两口子踏出的那条白生生的蛇道,离开了仓库。

目前,至于二秀到什么程度,孔老汉他还不大清楚。但有一点那是肯定的,二秀——她绝对是出事了。凭他的直觉。

再回想回想昨天,整个过程中的细枝末节——神色慌张的保生媳妇爱爱,以及爱爱吞吞吐吐的半拉子话……"孔明康老骗子!还我五万块钱!"翠翠歇斯底里的那一幕,他给马旺才一家屈辱下跪的情景,以及他在老宅中的生死抉择……一切的一切都深刻的印在脑海里,出现在他的眼前。

事到如今,这帮龟孙子们现在都在干些什么?都蒙在鼓里?还是有意回避、隐瞒他跟老伴儿? 他猜测不出。

"大秀,二秀,大牛,二牛……"他在心里一个个地疾呼着他们的名字,希望他们中哪一个亲口告诉他:这不是真的,是一场误会。您常常叮嘱我们,要好好做人。您的儿女怎会干出那些事来?想到这里他的心就会略微平静,走起路来相对平稳一些。

可他用不了多久,大脑里就会突然冒出翠翠寻死觅活的场面,以及这孩子向他这个"老骗子"索要五万元钱的情景来:

"五万块!五万块!"孔老汉一旦想起这个可怕的数字,一旦想到这"五万块钱",他就会条件反射地想到他的老宅。想到他一生固守的这份祖业,拱手让给早就虎视眈眈的想占用宅基地的马旺才的可怕念头,他就不由自主地浑身哆嗦。离古兰越近,他的脚步也就越来

越沉重。

谁知一进入古兰他就茫然了。

古兰车多、人挤、楼高。楼，一幢幢、一片片像雨后春笋，拔地而起；车，一辆紧咬着一辆的屁股，跟蚂蚁一样在街道上、人群里蹭来蹭去；人，熙熙攘攘、摩肩接踵。近几年他很少进古兰，顿然，眼前的变化让他目不暇接、眼花缭乱、茫然若失。印象中的戏园子不复存在，过去的老街道，现在变得无影无踪。

如何尽快找到儿女们的家，他犯难了。虽然大秀二秀家都住在老山矿，可从哪里走呐？二牛家，他压根就不知道住在哪一片？

唯一的办法，只有去找小舅子叶福海。

小舅子的家，他也只去过一次，那还是在老伴儿的引领下去过。印象中，估摸大概离他所在的位置不会太远，好像就在这一片。他这么判断。

于是他放开脚步，挤在人群中，拥进了一条小巷。

他还记得，叶福海家门前就是一所漂亮的托儿所。托儿所门口还摆着两只被涂抹过油漆的黑白分明、憨态可掬的大熊猫，正吃着身边的假竹叶。他还跟老伴儿说：现在的人可日能哩，把假的做得跟真的似的，别说是娃娃们见了，就是大人们见了也喜欢。老伴儿告诉他，二牛家的孩子以前就送这里的，不过后来又送别处去了。他们为此都感到遗憾。如果小孙子在此，当然他们能多看几眼……

可眼下这所托儿所就是找不到。他围绕几十栋楼转来转去，结果从一条小巷里直接拥进了一家商场。商场里更是拥挤，杂乱。孔老汉立刻急出了一身的冷汗：

"这这这，俺……咋就进了商店那。"他晕头转向，边惶惶地转动着佝偻的背，边用不安、急迫的目光探寻着出口，几经周折终于走出商场,来到了大街上。

这时,他的面色已经出奇的黝黑,步履维艰,浑身发颤。阳光下亮丽的古兰,车如流水、人如蚁,让他感到头昏目眩,再也不敢随意走动了,只好就地坐在商场门口的大理石台阶上。说句心里话,为了女儿真难为了这个可怜的老头。

孔老汉在商场的门口坐了很长时间。过往的行人很多,有的人留意他了,有的人没有留意。不过凡是留意过他的人,都会不禁回头看上几眼这个奇异的老头。甚至有人将他头顶的帽子摘下来,又给扣上,还不无戏弄地说:"你们别看噢,这老头还挺像赵本山的。来两下……"

恰好从舅家出来的大秀,也留意了这个老头,当她走近一看,惊呼地发现这个老头,原来竟然是自己的爹:

"爹,你咋在这儿呢?"一把将爹扯到人少的地方:

"你看你,爹,您这是干啥哩?独自坐在这儿。让人看到多笑话。"

大秀上下打量着爹:褂子肥大,帽子也不适季节,下身破破烂烂的,整个一个稻草人。尤其是那双裂开嘴的破皮鞋,让大秀见了更感心酸、难过:

"爹,俺去给你买双鞋。"

"俺又不是去相亲!买什么鞋!赶紧带俺去找你舅。俺有事找他!二秀她出事了。"

孔老汉说完,转身就往人群里钻。

为此,父女拉拉扯扯起来。

"找俺舅?找俺舅干啥哩?他不在!"大秀惊出一身冷汗,生气地道:

"俺舅,他不在家,去天津了。"大秀糊弄爹,嗓音颤颤的。因为她

牢记住了临走时舅舅和妗子再三叮嘱她的话：二秀的事儿，千万不能让爹娘知道。他们知道得越少越好，最好什么也别让他们知道。他们经不起打击。何况她更是这么想的：

"爹，您别走，在这里等俺。俺去给你买一双鞋，看你这样子！二秀她没事儿，真的！"边说边扯爹的胳膊，眼里饱含泪水。于是在大街上，父女俩推推搡搡的，引来不少路人围观。

"人家翠翠都找上家门了，还说没事？你们到底想干啥？"孔老汉眼里放着可怕的寒光。

大秀心里忐忑不安的，不敢正视爹的目光。还是转身进了一家商场，很快给爹买来一双鞋，执意让爹穿上。将爹替换下来的那一双裂开嘴的破皮鞋连带鞋盒，扔在垃圾箱里。

孔老汉对这一切不以为然，仍固执地要大秀带他去找她舅。大秀反复喃喃着：

"俺舅不在，不在……"

"你就胡说哩，明明你舅他昨天还去看你娘。咋说不在就不在？嗯？"

"俺舅他说啥来？不是跟你们说，他……"大秀吓了一跳。

孔老汉不知小舅子，是否已经跟老伴说过此事不得而知。对大秀的话也就将信将疑起来，于是：

"那你带俺去找二秀。找见她……俺，俺非打断她的腿不可。"听了爹的话，大秀只好说：

"俺实话跟您说，爹，二秀她确实是欠了人家的钱，一时还不上。跑了。"大秀踌躇着，用变了调的嗓音告诉他。

"啊！跑了？她跑哪里来？啊……二秀……"

孔老汉顿感两眼漆黑，抱着脑袋，恹恹地蹲了下来。

大秀看到爹这副悲伤神情，不知所措，心急如焚，泪水涟涟。心里直骂自己蠢，什么事情都做不好。

繁华的大街上人来人往，看热闹地走了一拨又一拨，大秀非常不安。要爹跟她回她家，可是，回她矿上家的距离跟回川石沟的距离差不多，爹是绝不可能跟她去。唯一的办法只有把他送回川石沟，于是大秀惶惶的说：

"爹，俺送您回家吧？在这里丢人……"。

今天的孔老汉，又是昨天苦难的翻版。

孔老汉对女儿大秀的话，并没有往心里去。一切都归咎于他的衰老，他对现实中可怕的无效抗争，无效徒劳，无能为力。

他蹲在人行道上，双手哆嗦着，眼前也模糊不清，低头反复看着脚上刚刚换上的新鞋，最终使他心里充满了无比的疲惫和厌倦。就像一个被山里刮来的枯草，不知该往哪儿落。深切地感受着自己心底哭泣的隐隐伤痛。

大秀最终将爹送回了川石沟，其后孔老汉便大病一场。

二十一

爹被气倒了，娘的脚还不好。大秀眼看不能脱身，只好留下来煎熬着守护了两天。直到爹执意要她离去。在这两天里，她不仅得给爹娘弄吃喝，还时不时地宽慰爹娘几句。可她的嘴太笨，有时说得说得就容易说漏了嘴。当她娘向她刨根问底时，她总是支支吾吾、遮遮掩掩，再看她的神色，一副忧心忡忡、愁眉苦脸的样子，惹得她娘直想动火，说她才是爹娘真正的不省心——不自在。

　　有心事儿,总是独自闷在心里,从来不知道痛痛快快说出来。为此,她娘没心情做针线话儿,盘腿坐在破木板床上、坐在她爹的身边,翘着那只伤脚,翻动着身前一本被打开的厚书。独自感叹:她这一生中遗憾,只有上面的字认得她,她却不认得上面的字。如果她能认识上面的字,世上就没有她解不开的谜,也不会令她如此的悲伤。

　　这时候的孔老汉显得很生气,说她整天就爱胡思乱想,因为谁都没事情,也没谁隐瞒她什么。他没精神头儿,是因为到处乱跑上了火;大秀回来住两天也是很正常的事儿。责备老伴儿不该唠唠叨叨,疑神疑鬼怪烦人的。

　　水瓮里没水了,大秀去挑水。可她不知道平时爹从哪来挑,只好挑着桶进村去挑。

　　这样的情形,大秀感到非常陌生,小时候爹是个硬汉子,什么重活儿都不让他们干,尤其是她和二秀。现在看来爹娘确实大不如从前。自己给爹娘添乱不说,该死的二秀现在……还捅下这么大的乱子,真是令爹娘雪上加霜。她恨自己、恨二秀,也恨三个没良心的哥哥。恨他们谁都不来照应照应爹娘。

　　她把扁担搁到保生家小卖铺的窗台上,一只水桶搁到水龙头下,打开了水龙头,哗哗的流水声,惊动了小卖铺里聚集的人。宝生出来一看是大秀,便大声告诉屋里的孔三牛,是他妹妹大秀来挑水。

　　因此,孔三牛不得不离开小卖铺,硬着头皮,抖动一身懒肉,帮妹妹为村外的爹娘挑去有生以来的第一桶水。

　　这个时候,正是国家解决"三农"问题,全面建设小康社会的重要历史时期;是推进"四大"结构的重要时期;调整农产品结构,种养业结构,农业布局结构,农业就业结构的重大历史时期;也是我国农村大土地面积退耕还林正给予重点推广和付诸实施的重大历史时期。川石沟的退耕还林,比起古兰、周边其他一些村庄行动的步伐尤其缓慢了许多。

这一转变,不仅使许多村民感到惊诧、怀疑、难过,即使像马旺才、孔明康这样一向豁达、开朗、明智的人也同样经过了一番相当矛盾、痛苦的抉择。眼看秋收在即,谁愿意将好端端未成熟的庄稼毁掉,去种筷子一般、能不能成材的小树苗?因为种庄稼污染都很严重,收成比起过去的都不很差,所以现在种果干树苗能活吗?尤其在他们顽固、保守的潜意识里,这一举措无疑给他们带来了极大的思想情绪和精神压力。

这事情儿拖延了好多天,把村主任马保生的两条腿都快跑断,光村外孔明康居住的破仓库院子里,就跑了不下七八趟。

村子里尽事儿:赶上正搞退耕还林,村里又死了人,大伙儿都三五成群地聚在可能聚集在一起的地方打探、观望,说长道短、议论纷纷。

爱爱和保生的小卖铺,居然成为村里人这时期的一个聚点。有关退耕还林这事儿,是好还是坏?谁也一时说不准。

可是,作为村主任的保生,他得反复做大家的工作,特别是做孔大爷的工作,希望他能带个好头,因为他在村里德高望重,别人都看着他。如果他一行动,别的人也就跟着行动了,至少保生是这样认为的。

三牛对此事的态度是无所谓,无所不为。生活搞得一塌糊涂,家里又出二秀这事儿⋯⋯生死由天,富贵在命吧。一个对生活失去信心的人,除了对物质与金钱有特殊的感觉和强烈的欲望之外,别的任何事情都不会使他神往。一辈子靠耕种过日子,对于他来说无非是:三伏天丢了个破草帽——不过如此。他所关心的是:听说退耕还

林，每亩土地尚有几十元的补助。他家的土地算下来至少也有好几百块钱，他怕爹或者两个哥哥他们中谁把这笔钱给领了，到那时他去找他们去要，事情恐怕就麻烦了。他得先下手为强。因此，三牛盯得村主任保生很紧，甚至多次提出亲自领取这笔款。

种不种树是他爹的事儿，他爹说了算。其他的事情，他不管。他对保生也是这么说的。为此保生不得不一趟又一趟往村外跑，做孔大爷的思想工作。

二十二

这天清晨，太阳刚刚露出山顶，保生又要去了。

然而，都快一个星期了，孔老汉的身体从来都没像现在这样糟糕过，浑身无力，面色焦黑。他昏昏沉沉地躺在破木板床上，饭也吃得极少。总是反反复复揣摩、嘀咕着今后的日子，带给他的心情。

大秀娘说："……人遇事儿，总得往开里想，打起精神来。不然好人躺成病人，病人还不得躺成死人……像马德贵现在……死了死了，就算了了……来生不易。你就知足吧！"

她以为老头子是因退耕还林的事儿和马德贵的死，一时转不过弯来，给病倒了。就时不时地用这样的口气安抚老头子几句。

"俺知道。"孔老汉蔫蔫回答，他明白老伴指的是什么。

"知道就好。"

大秀娘说完，突然放下手中的针线活，向老头子打个手势，让他不再说话，自己侧耳倾听屋外的动静。因为寂静的仓库院落里，她又听到了破铁门的响动。

果然,正如大秀娘预测的那样,不会是她的哪个儿女,因为该来到已经来过了,大秀、三牛、大牛、女婿尚可、媳妇玲玲。他们来时和去时同样麻利,往往话都没说上几句,就急匆匆离去了,搞得她云山雾罩,不知道他们到底是回来看爹的还是娘的?不过,他们究竟回来过。那么此时,还会有谁来? 可能是村主任保生这孩子。

果不其然,正像大秀娘所猜测的那样,保生又来了。他刚跨进黑漆漆的屋子里,就开门见山地说:

"大爷,大娘,俺来还是那事儿……"

他也深知孔大爷因二秀的事儿,心里难过,可这事儿一码归一码:

"这是国家的政策、政府的命令啊! "

……

这天,恰好村中葬人,死者是村中小孔老汉两岁的马德贵。

病恹恹的孔老汉,得知这个信息后,正蹲在黑漆漆的屋子里、破旧的木板床上,左手拿着一张老照片,右手拿着一把剪刀,借着头顶那盏昏暗的灯光,神情悲切地往下剪死去的人的图像。

他在回忆着他们过去的一些细枝末节、回忆着他转瞬即逝的从前。

这张老照片上面的人,基本上都被他挖切掉了。

但凡是被留下了的人,却寥寥无几,只有包括他跟马旺才在内的五六个人,其余全部被挖切掉了,也包括保生死去的爹。

照片被挖切得豁豁丫丫,好像一座被消融的冰山。

这张老照片上一共有二十五人,那是七十年代初期;高灌站、红旗手、突击队的成员们。那时他们战天斗地、深挖洞、广积粮……不怕苦、不怕累……个个年轻力壮,生龙活虎……可如今却成为历史

的最后记忆。

保生见孔大爷这幅神情，内心也不免泛起一股股悲悯的痛。

他不无伤感、又要艰难地劝说着孔大爷：

"忘掉过去往前看……大爷您说呢？"

一阵沉寂过后，一个令人意想不到的情景出现了：

"种。"

孔老汉虽然还是一个字，但这次回答得不是先前的"屁"和"不"，而是一个"种"字，口气坚定而有力，态度十分明确。

他当即跳下了地，甚至拿起老伴放在床头的一面镜子照了照，检查检查自己的健康状况。镜子中的他的确很难看：像一个苦役犯，脸黑、人瘦、须长、发白。

放下镜子，摇晃着走出屋外，手搭凉棚，观察了观察天气。天气非常好，然后伸出手臂，握紧拳头使劲儿来回拉了拉。实践证明手足仍是自己的，便拖着虚脱的身子骨，独自扛着铁锹佝偻着背，上了张家峁、南山背。

在孔老汉病的这些日子里，除了大秀陪伴了他两日，大牛、三牛，也算是来过，但并不完全是因二秀的事儿，也不是因为他被气倒了，专门来安抚、看望他的。他心里明白。

尽管如此，这时候，他渴望他们的到来，虽说不能说给他跟老伴儿带来多大的好处，减轻他多少的痛苦，但至少使他的心平静了一些。

神往之余，总是令他异常惋惜。

人，总得活下去。

也许，这就是这个可怜的老汉内心，有别于常人的真实反应。

他还清楚地记得，那天大牛来时，天气一片灰暗，猛然间刮了一

188

股大风。

大牛手拿着两个绿皮本本,脸上挂着明显的手挠血印,神情沮丧地将两个绿皮本本扔到他的身边:呐,二牛、三牛——你们的《土地证》,叫他们各人种各人的树,都不愿意种就等着让人家拿推土机推……等着受罚。

大牛说这话时头朝门外瞅了瞅,回头问他娘道:咋? 拉走了?

他娘一听非常着急,神色巨变,连他都捏了一把汗,知道他所问的是那夜被偷卸下来的木板,他娘便慌忙说:"拉走了,拉走了。"殊不知大牛会跟他们怎样吵闹,没想到大牛一反常态,啥都没说转身走了。

大秀娘望着他,深深地吁了一口气。

孔老汉心说:现在的人,哪有过去人那种吃苦耐劳的精神?!……都他娘的变坏了,尽搞些歪门邪道的事儿。

人穷志不穷。这是孔老汉一生信守的格言。

正因为如此,马旺才女儿翠翠的五万元钱,像秤砣一样无时不沉甸甸地挂在他的心上。为能在有生之年把这笔孽债还上,挽回他在川石沟,在世人面前的尊严与威望,他决心活下去。

那天尽管孔老汉的思想,一直都处于那种模糊紊乱的状态,他还是拿起大牛扔给他的那两个绿皮本本,打开仔细地看了看,找了一块破布包好,慎重地交给了老伴。

南山背的那一块地,这就属于孔二牛的了。

南山背面向古兰,地势偏僻、高远。种上二牛的这块,再说三牛的那块。大牛的他就不过问了。这是孔老汉必有的打算。但二牛这小子在古兰做买卖,在他病的快要死了的时候,他都没有顾上回来

瞧他一眼，当务之急，不能再指望他了。

树苗是政府有偿供给。不能不承认政府对这次农村土地大改革的决心和力度是真实的，可靠的。

能挖几个算几个，能种几棵种几棵，不敢再拖延下去。再拖延下去，等待别人家全部都种上了……不敢保证准了保生这孩子的话：过个三年五年、十年八年的，古兰、川石沟村，成了干果基地……自己家却落个一场空。到那时，他不仅是穷人，还会变成罪人。

他的思想一旦有了新的认识，行动也就有了突破性进展。

当天他就挖了两个半磨盘大小的树坑。

当他颤抖着双手，拔第一棵庄稼苗时，那些山药蔓子上，正开着朵朵可爱的淡紫色小花，还摇晃着脑袋，娇羞地向他致意问好，没想到很快就被他扼杀了。

那些娇小、鲜活的生命，仿佛还没来得及反应、挣扎和痛苦，便很快成了一堆堆柔软的尸体，悲惨地倒地上，遭受日光的暴晒。

他拔着拔着，突然停了下来，弯曲的手指中还抓着一把山药蔓子，就跪倒在地上，放声号啼起来。那号啼声，犹如大风来临时，柳树上发出的呜呜声。一阵紧过一阵。

凡是在山峁上挖树坑的村人，都听到了这种哭声。

一生爱苗惜子的孔老汉哭了。他淌着眼泪、淌着浑身病后初愈的虚汗，哭得比女人更悲伤，比孩子更急躁。

不曾想，正当他哭的时候，有两只满是尘土的腿脚，突然立在了他的面前。他止住了哭声，慢慢仰起了头，慌忙抹了一把泪，看清了面前的老伙计马旺才。

于是一个跪着，一个站在，两人就这样凝声、静默地相望了好久，谁都没说一句话。

随后，万分愧疚的孔老汉慢慢地垂下了头。

马旺才掏出劣质香烟，用拿香烟的手，轻轻地拍了拍孔明康的臂膀，然后侧身与老伙计并排蹲了下来。

在山峁上庄稼地里俩人闷闷地抽烟。同时都不禁想起了各自的女儿，各自的命运招致，内心的痛苦无以复加。

他们一支接一支地抽烟，袅袅烟雾在他们的头顶缭绕片刻之后，很快就消失在茫茫天际了。然而，拥挤在他们内心的痛苦却无法消失。

面对老伙计想说什么？又能说些什么呐？尤其是二秀的爹——孔明康，他不仅想起了女儿——二秀所作下的孽，更多的是想起了马旺才女儿翠翠寻死觅活的情景，以及马旺才多年来牵念着的因车祸而导致高位截瘫的女婿所带给女儿的不幸、艰难和困苦，内心备受折磨。

不知过了多久，静默中的孔老汉，却突然冒出这样一句话：

"写个字据吧！那宅基地归你。"

"嗯？哼！"

还没等孔老汉把话说完，只见马旺才忽地站了起来，目光中透出一股少有的恼火，冲他鼻音重重地哼了一声，起身离他去了。

孔老汉呆望着老朋友离去的背影，茫然不知所措。

他不明白马旺才是什么意思，只感到自己又受了重重的一击。因为，在做这个决定时，自己是多么不容易。是呀，这宅基地到底值不值五万元的价值？或者是远远不止五万元的价值？他现在还估摸不出。但这毕竟是自己唯一的基本啊！他目前能够拿得出来的也就是这"东西"了。不说他做出这个决定时是多么不容易，不仅得排除来自三个儿子方面的心理压力，而且还得排除来自自己内心的思想

压力。可现在,没想到马旺才居然拒绝接受他这一决定,并且显出鄙夷的神情,弃他而去,简直太出乎意料。

他感到非常难过、万分沮丧。

"如果这宅基地不值五万元,剩余的部分,他可以慢慢地偿还。不,尽快还上。"他甚至想到日后,又扩大他的拾荒范围。这是他早就想好了要对老伙计——马旺才所说的话,并求得他的宽容和谅解。但这话,这日马旺才没有给他机会。他想马旺才一定是嫌宅基地值不了多少钱,才拒绝这样的交易方式的。

可他不这样做,又有什么办法呢?因此,他更加忧伤了。

就在他放声痛哭时,好不容易做出的决定和即将喷发出的愤懑,又渐渐地漫过他的喉咙、涌入他的心底,这次他不再放声恸哭,而是变成了无声的哽咽。

就这样,他不知哽咽了多久,竟然忘了自己在山峁上干什么,后来总算想起来了。

"呀,对了,"他向周围、远处望了望暮霭笼罩的山峁,静谧的黄昏中被人们翻动着的新土说,"树苗就要到了,这树坑几时能挖完?"

蓦然发现自己的盲目行为是多么的荒诞。"种树——挖坑是需要丈量的,行距、间距……"想到这里,他才猫着腰、迈开步做起标式来。这样一来他才认为是,真正符合他的劳动常规的。

纵然,他无论如何都不会想到,他脚下的这块神奇的土地,不远的将来,不,很快就会给他带来意想不到的一场惊喜。而正是这样一个意想不到的惊喜,很快将他和老伴的人生推向一个更为悲惨的境地。

二十三

按说,这是一个明媚的工作日,阳光灿烂,花草芳香。同事们都跟往常一样开开心心地来矿上班,尚可可以站在自己办公室的窗前,跟往常一样不经意地观察、打量一下天天上下班的人。观察他们谁是坐车、开车来的;谁是步行;谁是骑摩托车、自行车来的;哪些人是科室的人员;哪些是外来的……步履匆匆,又充满朝气的情景,然后打理打理自己因看书太多而导致特别倦怠的思绪,很快投入到这一天的工作当中。

但这些天,他没有。

前面已经说过,由于二秀的缘故,尚可近年来,基本没有了正常人的生活内容和规律,除了儿子回来时,他平素都吃住在办公室,过着清贫独居的生活。

办公室是家,家也是办公室。这使得好多人都很费解,像这样一个名存实亡的婚姻,还再坚持什么?还不赶快散了?许多关系不错的朋友和同事,都曾经这样直言不讳地劝说过他,可尚可始终没有表态,始终都在苦苦地坚持着、维护着这样一个风雨飘摇的家。

其实,原因只有一个,就是为了儿子。

尚可的境遇大家都看在眼里,尤其是同一科室朝夕相处的人无不为之担忧。可担忧归担忧、同情归同情,谁能帮得上忙呢,连宽心、安慰的话都无法进行。这毕竟是尚可自己家的事儿,只有背地里窃窃私语。

这天上午,下班的时间很快就到了,同事们照例三三两两地相

跟着到他跟前,请他、拽他去喝酒、吃饭,但均被他婉言谢绝。他说他有事不便跟大伙去。说实在的,他没有心情,也没有食欲。

就这样,一连多日尚可都是在办公室的电脑桌上趴着。貌似平静,但面色却很难看,嘴唇都是发白的。用沮丧、紧张、痛苦、愤怒、蒙羞、恐惧这些字眼儿,都很难形容他的状态。的确,他的心情太糟糕了。尤其又遇到这样一件事儿,这事儿特别奇怪,简直让他百思不得其解。

眼看又要周末了,按以往的惯例,二秀一旦进去,很快将会有穿制服的人来,每次至少是两个人,然后威严正版地向他亮明身份,传唤他,要他拿钱去赎人。但这次不然,都快一个星期了,他两次所接到的信息却是一个同样的莫名其妙的手机号码和市政——贵宾楼的房间号。笔迹工整、清秀,是用贵宾楼手掌大小的书签书写得,但没有落款人的姓名。

接到这样一个书签时的第一次,是二秀出事的第二天,收发室送来的,一个极普通的开口信封。隔了两天,还是同样一个开口的普通信封,是通过门卫送来得。有关二秀的消息来源,除了同事张海向他描述的当地电视直播的新闻之外,那就来自大秀。对了,还有二兄嫂玲玲。别的他还仍然一概不知。

这使他烦恼至极。这到底是谁呢?如果是公安局、派出所的人,那么他们没有必要跟他兜这样的圈子?没有,根本没有必要。他已经做好了准备,随时接受命运对他的责难与判决。该来的总会来,躲是躲不过的。何况他一直都在等着呢。可如果是催债的人——社会上的黑老大,那他可就惨了。

他反反复复思考着这个严峻的问题,最后得出这样一个结论,那就是:这电话说啥都不能打,那地方更不能主动去。

想到这里，他拿起那两张书签又认真看了看，把它们叠在一起撕碎，丢在纸篓里。

他从来是不吸烟的，可现在他开始吸烟了，并且一根接一根地吸。他怕嘈杂，又惧怕孤独。每当公休日或下班之后，空荡荡的办公大楼里，除了个别值班领导和楼下门房的保安，整个办公大楼几乎只剩他一个人的时候，他能清晰地感到自己内心的恐慌、焦躁和不安。

然而，责任和良知永远都是他的领导者。

尽管痛苦已经使他变得近乎麻木，但他还是想到了一些相关的人和事。他已经打发同事张海，去向他在公安局就职的姐夫了解、打探二秀被关在哪里？可是一想到星期天，儿子尚海涛回来时，为不影响儿子正常的学习情绪，他将如何应对儿子因见不到妈妈而产生的一系列问题时，他慌乱了，实在想不出一个更好的办法来回避这一切。

这个问题使他坐立不安，只好不停地绕着桌子走动，同时脑子里立刻就迸出那一张张苦脸来：大姨子——大秀；川石沟的老丈人、老丈母。对了还有二兄嫂——玲玲。

玲玲也来找过自己，一副愁眉苦脸、痛不欲生的样子，并不知道玲玲的人生正发生着重大转变。

总之，他们与他同样经历着痛苦的煎熬，这使他不经意地想起一段歌词来："生活就像一团麻，剪不断理还乱……"

想到这里他笑了，笑的是那样凄楚、无奈。

这个时候，他猛然觉得自己需要有一个人来跟自己说说话，这个人应该是谁呢？他想来想去，最终还是想起了一个人，那就是连襟——李和顺。虽然，某种程度上他很讨厌他，但在这个问题上，他

们毕竟有着超乎的关系。即使是一根火柴，对于此时的尚可来说，他也渴望能起到一点点温暖的作用。于是他拨通了李和顺的手机，手机拨通了：

"喂，在哪呢？"尚可问。

"啊，尚可？我在外面……在外面躲几天。"李和顺回答的吞吞吐吐。

"你躲什么？"尚可不禁将眉头皱得更紧了。

"嗨，我被人打了。上个星期五……这次可给邢书记丢透人了……本来嘛，就马五圪蛋的事儿向邢书记反映反映情况。可后来一想起他们——他妈的王八蛋——一个个——什么他妈的东西！魏小年、张坤、王盛达……老子为什么给你们添好话？一起把狗日的们狠狠地奏了一本。哈哈……"

李和顺的话匣子被打开了，大有滔滔不绝之意，所涉及的都是矿山极为敏感的核心人物，矿长、书记、办公室主任……尚可将烫手指的烟屁股丢掉，赶忙拿块湿毛巾，抹了一把脸，又使劲揉了揉眼睛，对李和顺说：

"你不觉得你无聊！"

"我无聊？球才无聊呢！"紧接着李和顺又不知羞耻地道：

"你可别说啊！邢书记听了可感兴趣啦，还问这问那，让我平时注意观察他们的情况，随时向他汇报。我说邢书记——我的亲哥，您以为您还是当年老山矿的一把手？您以为您曾经扶持他们、培养他们，现在都独当一面——当上官儿了，就会念您一辈子的好啦？！不，您错了！他们背后还骂您呐。说您现在'球'的权利也没有了，在局里也是聋子的耳朵——陪伴，没什么用了。老头听了气得半天说不出一句话来。"

"你说说你到底被谁打了？"

"嗨，噢，对了，你猜猜你去的时候给他带了些啥东西？——六味地黄丸。不过药丸子没有包装，都被我给撕了，满满灌了两茶叶桶。我说这是补药，能长生不老——是我舅舅家祖传秘方研制的，如果吃得好，吃完了我再给您弄些来。南瓜、豆角、西红柿也是我舅舅家种的——是真正的绿色食品。

"老头听了好高兴，一连说了几个'你嫂子在家，你嫂子在家'。其实那是我从菜市场买的，他哪知道，老头就爱这一口。我没去他办公室，打的直接去的他家。

"他家的窗帘多会儿也是拉着的，给人的感觉好像家里从来没人似的，其实他老伴常在家里。我一摁门铃她就知道我是小李子。

"那家，他妈的到处都是纸箱跟礼品袋，我连气都没顾上喘，就帮着那老女人收拾。

"储藏室、卧室一箱一箱的都是高档烟酒，还有两只被绑着腿、在地上扑腾翅膀的大红公鸡。保姆不在。我说'老嫂子，这这这，来个人看到多难看'。我把一箱酒搬到一个闲置的卧室，好家伙！他妈的都快成商铺了，古玩、字画，瓶瓶罐罐，什么都有，光整箱整箱的大中华我数了数，就有五六箱。嗨呀喂，我的娘，难怪现在的人，他娘的都想当官、当大官。

"嗨嗨嗨，尚可，你听我说，你看你我一说这些事儿，你就不高兴，我无聊。好好好，你崇高、你伟大，可那顶屁用哩？说实在的，像你的事儿我在邢书记跟前不知提过多少次，人家邢书记也说过，要求见见你，说对你不'了解'，这言外之意不就等于给了咱机会吗？可你……好好好，咱不说，不说这些好了。可你想过没有，你不去这样做，就不等于别人不这样做，你以为世上的人都像你一样崇高嘞？

哼，啊呀！我这一辈子最大的遗憾，就是没你那点知识，如果有你那点知识的话，我李和顺的今天绝对不是这样，你信不信？

"……哎？我说到哪里了？啊！对了，我想起来了。我一边帮邢书记的老伴收拾家里的东西，一边等邢书记开完会回来，你当咋的？我又碰到谁啦？碰到牛湾矿供应科科长李谦！这人，好像我跟你说过。他又要来给邢书记送礼，见我在怪不好意思，将个塑料袋背到身后，扭扭捏捏的。哼，心说：'我还不知道你小子是来干啥的？'不过，后来我还是先告辞了。 这毕竟……可没想到……嗨！牛湾矿供应科科长李谦，将我追到楼下，他想利用我跟邢书记的关系。要我给他在邢书记面前多美言几句，还问我有没有需要他帮忙的地方，我说'有啊！'，就这样很是痛快地给报销了几千块钱。这简直就是天上掉下来个馅儿饼，你说我能不高兴吗？我高兴坏了。"

尚可听到这里，闭上眼睛对电话那头的李和顺，疲倦地摇了头摇道：

"你觉得有意思吗！到底被谁打了？"

"啊，你说这个……"

电话那头的李和顺，没正面回答这个问题，似乎还想跟他兜圈子，继续炫耀他的精彩人生。他悠然自得地在喝茶、在思考，因为电话里能清楚地听到他喝茶以及喝茶时发出的咂嘴声。

尚可索性挂断了手机，在地上快速地踱步，边踱步边用手撕扯着自己的衣领，尽可能使自己的呼吸更畅快一些。

事实上，他已经完全彻底放弃了，把倾情的一线希望寄托在这个"烂人"的身上。

几分钟之后，他离开了办公室。

二十四

星期一,下午三点钟左右,矿办主任张坤领着一个陌生男子来到财务科。张主任对来人介绍到:

"这是我们尚科长。"接着向尚科长介绍:

"这是咱们古兰市政办,赵秘书。"

尚可伸出了手:"你好!"

"你好!"

张主任对尚可说:"赵秘书有事找你。好,那你们聊,我有事,我就不陪了。"张坤退出财务科。

尚可一脸的惊恐,手在出汗。他用目光探测着他的来意。

赵秘书:"啊,这是我的名片。我们新来的孟书记,有请。在贵宾楼508。如果方便的话,车在楼下。"

尚可:"孟书记?"

"对,孟书记。"这位年轻干练的赵秘书,笔直地站在他面前,语气坚定,表情诚恳,不容置疑。

"那好把。"看来,该来的终究会来,是福不用躲,是祸躲不过。尚可想了想说:"稍等。"

他走出办公室,将隔壁张海叫到一旁吩咐到,他准备出去一下,如果他有什么不测,务必记住这张名片。

同事张海,惊诧地瞪着眼,张着嘴,不知他会出什么事了。

此后,一辆锃亮的奥迪,很快离开矿区,驶入市区,停在了政府楼旁的贵宾楼下。

赵秘书下车,将508房间的大概位置指给尚可,交代他说:"孟书记在等您。"他就不上去了,有事可以随时给他打电话,随后掏出手机,钻进了车里。

尚可望了一眼这座不凡的建筑,心情复杂的向楼内走去。

走廊里静悄悄的,脚步踏着高洁的蓝毛地毯上,没有半点响动。两旁的房门都关着,唯有一房门是敞开的,敞开着的这个房间就是508,透出一片耀眼的光亮。

尚可忐忑不安地站在508房间门口,探头向里张望。

"是尚可吗?请进!"随着一个女子的轻叫,一股洗发露扑鼻的清香从房里飘出,直扑他的心肺。只见一个体态风韵的中年女子,踏着一双红拖鞋,侧身从卫生间出来,歪着头用毛巾擦抹着滴水的湿发,面朝里,背朝门,柔切地叫着他的名字。

尚可小心翼翼地:"请问,孟书记在这里吗?"

"请进!"就听得那女子,又一次轻请。

尚可犹豫不决,僵持在门外,直到那女子,丢下毛巾,放下一头滴水的黑发,转过身,迎出来:

"尚可!"

尚可惊诧地道:"你,你是孟杰?!"

"你还好吗?"

四目相对,两双手紧紧地攥在了一起。

十八年了,尚可做梦都没想到,他还能再见到她。

尚可眼睛潮湿了,哽咽道:

"没想到,真的没想到。"他从那双熟悉、清澈和明亮的眼睛里,看到了自己年轻的身影;看到了校园里,那个穿着淡黄色连衣裙,刚刚洗过澡后,头发十分好看的她,身下夹着一书,向他们相约的树阴底下走来的倩影。

顿时，一切往来溯流而上，勾起了他无尽的痛苦和追怀。

"来，坐吧，能见到你，我真的很高兴。"

孟杰这位身份显赫的领导，很善把握和控制自己的情绪，随即灿然一笑：

"不好意思，刚下乡回来，一身泥土，冲了个澡，饭还没顾上吃。"脸红扑扑的。边擦着不断滴水的湿发，边深情的端详着尚可。不过，她很快眉头一皱，话锋一转道：

"今天，咱们什么都不谈，以后有的是时间。现在，我跟你谈一谈有关你爱人的情况，她现在……我已经安排赵秘书，一会儿让他带你去看守所。给她带一些必要的生活用品，到时给她请一个好点的律师……尽我所能。"

尚可，将头埋在了手中。手指间泪水成链的往出淌，捂也捂不住。

二十五

树苗没用几天的工夫，就全部栽种在地里了。

这事儿谁都没料想到，包括村里人。

"全凭粘沾了他舅的光。"孔老汉欣慰地给大秀娘讲，他所遇到的好运气："赶得巧。"如果不是遇上巡回检查——植树造林的乡、镇干部——领导组，人家听说他是叶福海——叶书记的姐夫，便二话没说，几十号人一起动手帮他挖坑、种树的话，竟凭他一个人跟个土耗子似的，无论如何都不可能这么快，就把山峁上几亩地——几百

棵果树苗栽种到地里去的。

这事儿算是告一段落了,他不再为此事发愁。剩下的事儿仍然是为如何使老伴儿能够尽快动弹起来,自己能够尽快把讨债鬼女儿——二秀的所欠外债给补上所要做的一切努力。他在心里已经盘算好了,并且打定主意在中秋节——老伴儿生日那天,把所有的儿女们都召集回来,好好给他们开个会。一则好让老伴儿高兴高兴;二者呢,国家需要安定,自己家更需要安定啊。特别提醒他们,父母老了不能为他们操太多的心,让他们好自为之,各自过好自己的小日子,别再给爹娘添乱。

基于二秀,她作为家中的老小,不论犯下多大的错,当哥嫂的都应该关心她、帮助她,千万不能让外人看笑话。做人是最主要的。他一遍又一遍地这样想。

然而,打算归打算,每当他想到必须进村,必须去面对儿子儿媳们付诸实施他的计划时,他的心就虚了;想到必须再进一趟古兰找到二秀,亲自问问她事情到底到什么程度时,他就紧张。因为他心中始终没有底,感觉像是一场噩梦;想亲自见见二牛。

可是,一想到茫茫人海、高楼林立、人车混杂,怎能找到二牛、二秀并且见到他们?前几日进古兰的经历,一下子又让他迷乱、恐慌和着急起来。

尤其是他非常烦恼。一遍又一遍地哀叹自己的衰老和越来越不中用。

这日,自起床之后,孔老汉就种树的事儿较为轻松地给老伴讲过之后,便开始屋里屋外不停地晃动,心事重重的,光是破木板床下,那日进古兰大秀给买的那双圆口布鞋,脱了穿上穿上脱了,反复了多次。像一只不知疲倦的蚂蚁,仓库周围的菜地一会儿一趟,被摆放在窗台上熟透了,并且眼看渐渐烂掉的西红柿等瓜瓜菜菜却不去理会。看着一直绕着他,跑前跑后的那只叫花花的野狗,成了他的出气筒。

他拿起一个已经烂了的西红柿冲狗骂道:

"给给给,狗日的东西!你能吃就给你吃。"狗吓得跑了。

坐在破木板床上的大秀娘,放下手中一本只有字认识她,她不认识字的厚书,不满地对老头儿说:

"你呀你,肠子上发痒,肚皮上圪抠。俺还不知道你的下贱骨头?扔掉你心疼,他们吃不上你心疼,与其这样,你还不如趁天没变,给他们送去。何必跟狗过不去?"她指的是那些渐渐烂掉的菜。

大秀娘说她脚实在痛得走不了路,不然的话她早送去了,用不着他"猪毛狗不是"生这么大的气:"谁怨你是人家的爹娘来。"

孔老汉听了老伴儿的话,似乎不再犹豫,将那双新圆口布鞋重新拿出来放在门口,提了个筐去下菜。

仓库周围静悄悄的,只有山野心语的绿。

正当他佝偻着背,离开老伴儿的视线,踏上自己踏出的那条蛇一般的银色小道时,他的身前猛地窜出一个小小的身影来,直扑他的怀中。使他不禁打了个趔趄,定睛一看:

"啊呀!狗日的,是你?吓了俺一跳。"原来是大牛的小儿子贝贝。

贝贝身上背着书包,头上冒着毛烘烘的热汗。他拽着爷爷的衣襟,伸出胖乎乎的小黑手,放到嘴边做了一个禁止爷爷说话的动作。然后附着爷爷的耳根悄悄地道:

"爷爷,我爸爸让你赶快进村去,快去呀!"这辈人不再用"爹"这个称呼。

"贝贝,快告爷爷出啥事儿啦?"

"我也不知道。"

小东西说完,撂下爷爷就转身向奶奶居住着的屋子欢快地跑去。他边跑边喊:"奶奶我来了。"背上的书包一颠一颠的。

孔老汉听了小孙子的话,脑袋嗡的一声,第一反应就是一定是又出什么事了。这一反应令他浑身颤抖,又像筛糠一般,脸上老枣树般横七竖八的皱痕深处,顿时显出道道奇特的青光来。一句话,他大惊失色。

他顾不上多想,撒开两腿向村中快跑。

然而,他越是着急,他的两条腿就越是沉重,脚上那两只早就不能再穿的破皮鞋此时此刻也似乎很不听话,不是跑前就是断后,几经周折他不得不把它们脱下来提在手上。

孔老汉回到村外的"家"时,已是傍晚时分。

他从身上掏出几包劣质香烟来扔到灯光下老伴的身旁,然后,又掏出一大片塑料纸做包装的去痛片,像抖布一样将其抖开,两手指顺着机器压制的密封线的边缘上,费力地抠下两颗来送到口中。

一旁的老伴见他这般,似乎早就极不耐烦,一把从他手中夺过药,拿起剪刀三下两下便把问题解决了,并麻利地将白色药片也送入自己口中两粒,伸长脖颈翻了翻白眼,边往药瓶里装药边责怪道:

"俺以为你不顾人的死活,把这事儿早给忘了。"

孔老汉扶着破木板床边缘,身子骨僵硬地蹲下,面朝门,识趣的野狗——花花,早摇着尾巴给他腾出了这个位置来。

他点上烟,才慢吞吞地给老伴儿讲:"烟,是改香给的。"紧接着:"药,是三牛给买的。"显然,他说这些话时,似乎连他自己也感觉不大真实。可这是真的。他不仅给老伴儿带回这些东西,而且,还给老伴儿带回来一个连他自己做梦都没想到的意外的、天大的惊喜。

他一脸深沉。这个天大的、意外的惊喜,不仅令他震惊,同时使他又陷入愁城,喜忧参半。

"你说啥?"老伴儿像是没听明白似的:"到底咋回事?"两眼惊诧地盯着他。说他:"你是猪八戒进高老庄——撞(昏)婚了?还是到哪个庙里烧了高香?"

然而,任凭老伴儿怎样追问他,他也没有回答,只顾吧嗒吧嗒地吸烟。

夜幕降临,黑色笼罩了大地,也笼罩了这个寂寞的仓库院落,一切都显得出奇的静,只有老伴儿那两只放着青光的老鸡眼,居高临下在他身上不住地搜索。

一言难尽,他真的不知道怎样给老伴儿讲,脑子乱的,感觉自己仍处在村中那吵吵嚷嚷浑浑噩噩之中,尤其是急眉霸眼的大牛、三牛两个儿子,你一言,他一语,总是不停地在他的脑子里、眼中、耳边轮番轰炸。

"南山背那块地被人占了。"不知过了多久,他才抛出这样一句话。

"占了?谁占了?那不是分给二牛的那块地嘛。不是刚刚栽种上树?谁会占它呢?"

"开小煤窑的。"

"啊,呀!那你说应该是件好事儿吧?"

"嗯。"

"人家没说给多少钱?"

"说了,给五千。每年五千。"

"你说啥?给五千?!"

"俺的娘！"大秀娘仿佛听到了群山，万物都在奔跑的声音。她用手抚摸着"鸡"胸脯里狂跳不已的心，紧接着道：

"大牛、三牛他们知道不知道？"

孔老汉说：

"知道。"

"那他们……"

"他们说五千块不行，非得一万。"

"俺的天……"

大秀娘坐不住了，她噌地下了床，拐着腿将头伸出被狗拱开的门缝，朝外望了望空旷的夜，很快将门关严实，唯恐从门缝里挤出去什么，又挤进来什么。

门关严实了，大秀娘回到床边，朝着老头子声音低低地问：

"村里谁家的地还被占了，都给了多少钱？"

孔老汉说："天上掉馅儿饼，正好就砸在咱头上。"

"那咱要这么多，人家给吗？"

"不给。说可以考虑再加点。"

"啊哟，那你可得把事儿压住，千万不敢让这俩灰小子给搅黄了……多少就多少吧！人心不足蛇吞象。这俺都感到像是在说梦话。他爹你打算咋弄了？"

老伴儿这一问，正中孔老汉的要害。他知道大牛、三牛太贪心，恨不得把人家给吃了。村里人都急红了眼。虽说打仗亲兄弟，上阵父子兵。可严格地讲，这块地现在是属于二牛的，不论补偿多少钱都理应属于二牛。可眼下大牛、三牛连媳妇们也都掺和进来，常言说得好：无利不起早，明摆着他们要得到这笔钱，瓜分了这笔钱。可如果分割了，到时二牛回来他能答应吗？他在心里做了无数次分析和研究,倘若望儿㟆——大牛那块地,被人占了,大牛和媳妇改香会拿出补偿款与二牛、三牛两兄弟分享吗? 不会,绝对不会! 那么放在三牛头上,三牛会吗? 三牛固然也不会。

生活出乎意料地给他出了一道难题, 这事儿显然令他非常作难。他不知道如何是好。

夜出奇的静,只有老伴儿那两只手电筒似的目光在不停地扫射他。

孔老汉被埋在烟雾中,陷入深深的愁苦之中。他在想,得有一个最好的办法来解决这一切,可他就是想不出来,脑子乱哄哄的。

这时他脑海里又出现了马旺才女儿翠翠,为那五万块钱寻死觅活的情景来。

老伴儿还是那句话:"到底你咋弄哩,嗯? 他爹? "

这时他把自己像一堆泥巴一样重重地甩在床上,面朝里,背朝门,不无好气地道:

"咋弄了哩? 咋也不咋弄! 睡觉。"

其实,老两口一夜无眠。

二十六

第二天上午,孔老汉按照事先约定的时间进了村,事情还算顺利没有太多的波折,不到傍晚,他就已经身揣七千元现金,扒开众人惊羡的目光,像一只极具深沉的蜗牛返身回到村子通往村外——仓库院落的那条路上。

天上刮着阵阵纠缠不休的风。

孔老汉紧紧地裹着被风撕裂的衣襟。感觉这风,似乎不把人分

解了，就誓不罢休的样子。他一路上艰难地行走着，不回头，像一只顶风的破船，心纷争无尽。因为在他的身后，居然尾随着一干人马。

这一干人马是些谁们呢？是他的两个儿子、儿媳以及他的五个孙子。改香领着贝贝走在最前，也就是孔老汉的身后几步远的地方，兰花拖着四个孩子断后。

男女老幼个个灰头土脸揪袍扯带的，过往的煤车也时不时地卷起黑乎乎的煤尘，将他们分散隔离在路的两旁，使他们稀稀落落形成一道不规则的风景线。

不到一公里的路程他们好像走了很久很久。

最终弓腰驼背的孔老汉，还没到达他自己的家门，这一干人就捷足先登了。

于是，这座一向孤寂而破败的仓库院落里，那间用硬纸片塑料纸儿蒙着门窗的屋里，一下子呼啦啦地挤满了大大小小十来个人。

屋子里很暗很乱，大秀娘在破木板床上坐着，手里正翻动一本厚厚的硬皮儿书。每当她遇上不顺心的烦心事儿时，她的手中总会不停歇地做一件事儿。过去是缠线蛋蛋，自从收烂货的魏老头存放在此的书箱，被她据为己有之后，她就换成了翻书。

这天她边翻边唱，边唱边翻。翻得是反反复复认认真真，唱得是悲天悯人回肠荡气。因为一夜无眠，心事重重的老头儿终于将深藏在内心的隐痛，向她一股脑儿倾倒出来，使得她抽抽噎噎凄凄惨惨愁肠百结地哭了一夜，眼睛还肿着呐。

有关，人，为什么要活着？活着到底有什么意义？思来想去最终还是一个理儿：活着只图的是个名声。事实上，人啊！活在这个世上与那些花花草草蝇蝇虫虫并无两样，可就是不能像那些花花草草蝇蝇虫虫一样活得消停、自在、高洁。

因为，人，毕竟是人。生儿育女，争这争那本来就是一件辛苦的磨炼过程，从小到大、从古到今……尤其上无论怎么咋，马旺才女儿翠翠的钱一定的给人家还上。

于是，当她的儿孙们涌入她的屋子，来到她的跟前时，她目光中的惊恐、慌乱、无奈就更不言而喻，不足为奇了。

他们是来分钱的。

五个小孙子，一进屋像鬼子进了庄一样，便开始翻箱倒柜进行大扫荡。其实那也没什么可大扫荡的，即使有也早被贝贝扫荡过了。

头天贝贝来时，一进门就喊着"奶奶"要吃"好吃的"。奶奶见是贝贝，不无欣喜地摘下挂在鼻梁上的一条腿的老花镜，笑嘻嘻地将据为己有的那一堆书箱指给贝贝说，哝，那里全是好吃的。"那里有黄金，有金香玉。"贝贝听了奶奶的话，便不顾一切地趴在上面，一箱一箱地往开打，一本一本地翻，弄得灰头土脸，满头大汗。末了贝贝说："有屁了，奶奶竟骗人。"惹得奶奶嗤嗤地笑，笑过之后才从破电视柜里拿出几根火腿肠给贝贝吃。小东西这才欢天喜地的跑到院子里跟狗去分享去了。

可那是昨天的事儿。

此时，五个小东西不停地喊叫着、打骂着、翻腾着，把奶奶破木板床上的针线盒儿也给踩翻了。贝贝知道不可能再有火腿肠了，于是他把奶奶翻动的那本厚书抖了又抖，还是那句话："有屁了，奶奶竟骗人。"失望地看着满屋子的人。

外面有风，孔老汉没进屋，他就蹲在门口。野狗——花花就深情地偎在他的身边不时地昂头汪汪几声。

说实在的，在这个世上，意外的财富和意外的灾难对于穷人来说，同样可怕。

大牛、三牛分别找到一个可以使他们蹲下去吸烟的地方各自吸烟。他们的两个媳妇拥着手臂,阴着脸杵在地上,时不时地用手捂捂嘴、煽一煽,徒劳地阻挡着不断涌入她们呼吸道的灰尘和呛人的尿素气味儿,目光里都聚集了无尽的不满和恨仇。

"好狗日的马老贵……"大牛猛地咳嗽一声,伸展左腿将裤管挽至膝盖,恶声恶气地嘟囔了这样一句。无疑他是嘟囔给大家,更是嘟囔给他娘听的。

三牛心里明白,大哥这是在力表其功,想得大头。于是他不满地瞪了他一眼,高声呵斥几个孩子,要他们停止下来别再烦乱,耐着性子等待爹娘的决断。

因为他们的娘正瞪着两只红肿的老眼,疑惑地空望着他们。

面对这样的情景,老人们往往只有悲伤、隐忍和无奈。

汪汪,回应他们的只有狗的吠声。

老人说明了农村,农村说明了老人,正如雨果笔下的野孩儿。野孩儿说明了巴黎,同样巴黎说明野孩儿一样。中国农村的老人们在没有任何经济基础作保障的情况下,他们在精神和物质方面都同样受到儿女们的欺凌与剥削。他们过得忍气吞声,畏首畏尾,牵肠挂肚又苦不堪言。有时他们自己也真搞不懂人为什么要活着?活着为什么要生一大堆的儿女?将他们一个个养大成人了,不仅得不到回报,反而还得受他们的气。

"谁让你是当父母的来喷"通常这样一句话,事实上所反应的不仅仅是素质问题,更主要是反应人道德、良心的问题。当一个人被强烈的物质和金钱欲望充塞了他的心时,道德、良心也就随之被离开了他的躯体。尤其在当今这样一个物欲横流的社会里,城市与城市、城市与农村、农村与农村、人与人之间形成的贫富、等级和贵贱的落差,使得他们兄弟姐妹们之间的贪婪和强烈的占有欲就更聚集感染力。

接下来兰花似乎很明白三牛的意思,她像一棵被风吹歪了的高粱秆,斜着身子翘着腿,伸手拽住一个孩子,并且将他拥入怀中,不无温情地对她的孩子们说,毛毛、蛋蛋、狗狗,你们别闹了,听话,等爷爷奶奶给咱们每个人都分了钱,妈妈就给你们买好吃的、买新衣服。其实这是个生性好吃懒做,但颇具心计的女人,向她的对手妯娌——改香发出的挑战信号。几个孩子听了这话,立刻就安静下来,眼睛里显出奇异般的光泽。与此同时大人、小孩十几双目光,开始紧张而繁忙地在屋子里相互探讨、询问。

显然,气氛非常紧张、凝重。

汪,狗吠了一声。

如果这时孔老汉,能够进屋来跟老伴互换个眼色,然后就大大方方地当着媳妇、儿子们的面,将揣在身上的那七千元,利利爽爽地分开,也许他们就会很快收回他们早已被欲望之火烧红了的眼睛以及眼睛里放出的狼光,欢欢喜喜高高兴兴地散去。

然而,事情并非如此。因为孔老汉根本就没打算把这笔钱掏出来分给他们。

一直阴着脸在察言观色、心急火燎地等待结果的改香,当听到兰花"每个人"的这一提法,又看到老两口没有任何反应,一下子就火了,咋?!凭你孩子多?你到想得美。她狠狠地剜了兰花一眼,推开身边的孩子大步将门端开,耐着性子对门外的不动声色的孔老汉说:他爷,俺知道你是在等你家二牛回来才肯分钱。其实有什么必要?老子养儿个个有份,即使二牛不回来,别人不会将他的那份吞了。三个儿子三一三剩一,剩下的还不够你老两口享用……你说你

还等啥？不赶快给俺们分了？……你到底咋想的？嗯？你睁开眼睛好好看看哪个不是你生的，嗯？……咋，你还准备往棺材里带哩？

汪汪，汪汪，汪，汪，汪汪……。

可是，任凭改香先前怎样晓之以理、动之以情，然后又如何威逼利诱、歇斯底里，孔老汉就是不吭一声。他靠着门活像一尊泥雕，风刮来时他居然眯起了双眼，脸上的皱褶里满是刚意和一副令人费解的神情。

他的这副神情，此时，在这个世界上除了老伴儿能够理解他，恐怕就是他身边的这只野狗——花花了。因为，花花自孔老汉的这帮龟孙子来时，它就望着他们高一声、低一声地叫着，似乎也晓之以理、动之以情。

兰花见改香如此卖力，她为了自己家的那一分子能早点到手，也不甘示弱一边叫嚷，一边打骂自己的孩子。

眼看时间在一点一点地溜走，天色越来越灰暗，山风在奔跑，夜晚即将临。两个儿子、媳妇想尽快得到钱的心就越来越紧迫，越来越暴躁。

大牛、三牛见他们的媳妇的争吵、叫骂没有收效，对父母本来的厚望渐渐地失去了耐心，开始挥拳踩脚、咬牙切齿，恨不得将爹这颗干核桃砸开，把他的花花脑子剜出来吃掉。几个孩子惊恐的哭成一片。

贤明的人曾经说过，在任何情况下，都应当在适当的时候写上"终"字；在紧要的时候，我们应当自行克制，关上欲望的闸门，囚禁自己的妄念，不然怎能称得上有良心有德行的人呢。

然而，谁会想到，这种状况一直持续到第二天的午后，在某个时刻，血的出现，古兰市川石沟村，这场家庭悲剧才戛然而止。

二十七

昨天的狂风肆虐地在古兰奔跑了整整一夜,最终像个失禁的疯婆娘一样,在黎明到来之前,仓促地向大地撒下一泡尿一般稀拉的雨,悄无声息地在苍际中消失了。

阳光温暖地洒在地上,将路边的树木渐渐拖出一个个长长的影子,让万物在它的目光下,振作起来开始一天的新生活。

然而,川石沟村孔老汉家的家庭——经济风暴仍然没有停歇,而是进入了一种对垒的实质性冷战状态。一方攻,一方守。攻的一方是儿媳,守的一方是父母。

眼看又到了吃中午饭的时间,几个灰头土脸的孙子,因饥饿而又哭闹起来,随之恶毒的叫骂声又在这个僻静、凄凉和破败的仓库院落里此起彼伏起来:"哭,哭啥!? 你家又没死人。饿死你活该! 老不死的……"。"……看看谁死了能把这钱带到棺材里去,俺就不信……"两个媳妇又要开始咒骂。

那只叫花花的狗,陪着一瘸一拐晃晃悠悠的大秀娘,从院里酷似茅厕的东南角处,独自啜泣了一场后,吃力地回到屋里的破木板床上,神情木讷地继续她手中折书的劳动。

她把厚厚的一本书以及书中的每一页纸,紧密、有序地折叠在一起,使其形成一个奇异而好看的形状,仿佛这个奇异的过程和现象,像一块海绵在不断地吸去她心中的苦水,使她忘我地继续着。

花花汪汪两声,感伤地瞟了孔老伴一眼,也同样感伤地瞟了她的儿孙们一眼,摆着尾巴出了门口,在地上的碗片上面嗅了嗅,将几

块鸡蛋皮掀到孔老汉的身前。

孔老汉抬起低垂胸前的白头,用深情的目光抚摸了抚摸这条略懂人性的狗,用弯曲的两腿吃力地支撑起佝偻的身躯,转身对屋里的人说:

"孩儿么,你们回去吧,道理爹也给你们讲过了。孩子们接连几顿饭,光靠吃上几颗煮鸡蛋,那是不管用的,得按时按顿吃喝上才不上火。手心手背都是肉,事情就是这样……哎呀,二秀的事儿,你们比俺都清楚。可是,二秀她再怎不成东西,但她也是爹娘生养的,是你们的手足。她祸害你们,你们都觉得无法承受,人家翠翠就能承受了吗?这做人呀得讲个情理、讲个良心……川石沟一村子的人,都眼巴巴地看着咱家揣回这一沓钱,俺把这钱分给自己的儿女享用?马旺才怎么想?川石沟的人又会怎么看?……不还上这钱,爹死都不能心安呀。

"你们看你们闹也闹过了,骂也骂过了,即使你们要打,爹也认了。就算爹求你们,爹给你们跪下,但这钱……"正当孔老汉哀求着、僵硬地给自己的儿孙们下跪时,忽地又惊起一片哭叫声。

与此同时,他被一只有力的大手猛地拖了起来,只听得:

"爹,这地,是俺的,这钱,谁都别想碰它个角儿!"谁都没有注视到这只大手和说这话的人的突然而至。他不是外人,而是他们在心中一直希望出现,而且又非常害怕出现的人——孔二牛。

因此,孩子们的哭声、狗的叫声和门口一直紧紧地唬着老人的两个女人的低嚷、咒骂声也戛然停止。瞬间,灼热而紧张的空气出现了暂短的沉窒。

"爹,你把俺的《地证》给俺。"显然二牛是有备而来,目光咄咄逼人。

他在来时的路上就一直在想：南山背那块地自然分给自己，那是受法律保护的，这笔补偿款就属于自己，谁都别想分我杯羹，即使天王老子也不行。

"二牛，"孔老汉稳住身子定了定神，抬头看着自己这个儿子，满怀希望地对他重复他刚才的话：

"啊，你回来的正好。对，爹应该把《地证》还给你，但这钱……"孔老汉边说，边伸出弯曲的手指，颤巍巍地从贴身口袋里往出掏。早已面色憔悴、精疲力竭的孔老汉，此时他忽略了一个重大问题，那沓万分耀眼的七千块钱，就直愣愣地夹在《地证》里。

啊！——钱，你这万能的上帝——捉弄人的魔鬼；世上谁都离不开你，有多少人为你去死、为你去杀人、为你去坐牢；为你哭、为你笑；为你走向罪恶义无反顾……

后来的情景是这样的，在阳光下见到钱极为敏感的首先是两个女人，一个是改香，另一个就是兰花了。

风生云起，兰花一个健步扑了上去，她唯恐这沓钱落入他人的口袋，这一昼夜的辛苦就全泡汤了，来个先下手为强。于是，她手疾眼快把孔老汉手中刚刚掏出的钱一把抢了过来。

大牛在灰暗的屋脚里噌地窜了出来，立在他们面前。因为他突然听到了二牛粗声粗气地说话声，同时也骤然感觉到了，终究会出现和终究又面对的场面出现了：

"你的意思是，爹娘只生了你……"大牛的话还没有说完，脸部和嘴巴上就挨了重重的一拳。"啊呀，你竟然动手了？"大牛一摸嘴巴，满手是血，顿感嘴巴火辣辣的像是塞满了碎石，"呸"了一声，瞪起血红的眼睛，将拳头雨点般地挥向二牛。

两个女人早已滚打在了一起。

改香见除了散落在地上的一些钱，多数被兰花抢到手中，她先是一愣，后猛地扑向兰花，将兰花摁倒在地，手撕着她的头发，嘴里不住地辱骂道："你这个不要脸的东西！"

三牛听到外面的打斗声，兰花一次又一次尖叫，狗的狂吠，他不慌不忙地瞟了他娘一眼，抖动着一身肥肉，出得黑漆漆的屋子，顺手抡起支门框用的那把豁牙锹，向哥哥嫂嫂们挥去。

一场恶斗开始了。

事情往往就是这样，偶然中便是必然的结果。

孔二牛的突然出现就说明了这一点。本应"江山大酒店"的采购员杨克的要求，走访多家供货商而后又在省城闲逛了几日的孔二牛，算是开了眼界。知道富人是如何生活的，洗澡、泡脚、听音乐……而穷人……更深刻地意识到能够拥有大量的金钱，对一个人来说是有多么的重要，尤其像他——孔二牛这样的人。

一回到家，略有收获的他就拽着玲玲下饭馆。玲玲执意不肯，他便瞪起了眼说："你懂什么？你知道人家有钱人是怎么过得？切！球……"

夫妻两人来到街口一家大众饭店，孔二牛要了几样菜，特意给玲玲点了一条红烧鲤鱼，自己给自己要了一瓶二锅头。问玲玲要不要喝个可乐？玲玲摇着头始终用那双美丽、恍惚和焦躁的目光盯着这个过于世俗的男人。

自从江山在她的生命中的突然出现——和为她所做的一切，包括跟孔二牛的突然外出连在一起，虽然她不能够完全预料和猜想出，自己将会在这两个男人之间发生咋样的事情和结果，但事实上……冥冥之中是上苍对她的这种刻意安排。一切美好的，可怕的都已在她的生命里出现，似乎躲都躲不过，只是她不敢去多想。为此,她的目光里满是茫然和惊惧,脑子里满是江山的身影。尤其她不能忘掉,在那个细雨濛濛的早上,在她那座无人问津的僻静的出租屋里,她所接受的那个带着泪咸的长长的狂吻……

然而,此时的孔二牛却还被蒙在鼓里,什么都不知道。一副自命不凡的样子,自斟自饮好像在给玲玲看、给世上所有的人看,看俺孔二牛毕竟是吃得起、喝得起的人。

饭店里人很多,熙熙攘攘的。紧张的玲玲见有人举着酒杯摇晃着向他们走来,便慌乱地侧身站在了一旁。那人走近他们,带着几分醉意拍打着孔二牛的肩膀,含糊不清地对他们夫妻二人说:"恭喜啊!二哥……二嫂,你们发财了。小弟不能不敬你们一杯……"就这样,村子里马旺才儿子强强发自内心的一席感叹,再加上孔二牛异常敏锐的神经和接连不断的刨根问底,孔二牛就什么都明白了。

他当即撂下筷子,冲出饭店就往村里赶。他上了一辆蓝色面的。玲玲见孔二牛如此这般,不禁感到浑身哆嗦,正如一只小兔子在草地上觉察到了同类猛兽相互角逐、残杀的血腥气味和可怕场面。她先是一怔,然后,便大惊失色地追赶着孔二牛离开了饭店……

说实在的,在古兰,在川石沟这个僻静、荒凉和破败的仓库院落里,贫穷与愚昧在这里上演着这样一场惊世骇俗的令人毛骨悚然的手足之残,还真没谁能见到过,除了那个收废品的外地老头儿,那就是天地万物了。

在这里发出的惨叫声,非常尖锐,响彻云霄,向天空升去,传遍了山野,充斥于大树的叶丛里,传播到远处的山坡上,直冲向太阳。为此,太阳的脸更骚红了,目光贼辣贼辣地射向大地,四周所有植物都不由自主地发起抖来。

当大秀娘呼喊着："要啃骨头、要吃肉……你们先把俺杀了……"从屋里的破木板不曾想在这突然爆发的混战中,充塞他跟老伴儿的就是这片麦田;这群可怕的狗……有人大喊一声:看,马旺才来了,他手里拿着枪!于是悬滩上一阵混乱,一场令人害怕的跌跌撞撞,有人掉进水渠里,有人踏进了麦田。所有的人异口同声地喊着,开枪!开枪!快开枪!

于是,在人们的混乱中,果然听到了两声枪响。

"他爹,马旺才来了,他手里拿着枪。你快看!他会开枪吗?"这是大秀娘的问话。

"会的。他必须开枪!"孔明康斩钉截铁地回答到。

其实,这是俩老的心语,谁都听不到,谁也不可能听到。

突然大娘有气无力地喊道:快看,马旺才他……他……他……真的开枪了。他爹……

看到马旺才无疑是恍惚中大秀娘的错觉,但听到震耳欲聋的响声,确是千真万确的。

一声,两声……砰砰啪啪,惊天动地,天崩地裂。

谁都不知道这是怎么回事?出乎意料的是,这场你死我活恶战突然停止了。

剧烈的响声过后,头顶一片烟雾。一时间仓库的院落里出现了死一般的沉寂,只有那条狗,加速地在院子里狂奔乱叫着,向院内、离铁栏栅大门不远处的一个老头儿投去感激而求助的一瞥,然后奔到倒在血泊之中的玲玲身旁,猛烈地甩着上翘的尾巴。希望那人来救玲玲。

可它哪里知道,那老头儿早被惊呆了。在他的身前落着个脱边的破草帽,破草帽的旁边立着一栋已经被燃放过的礼炮壳,身后一辆装着杂物的破平车，他就呆呆地立在平车跟炮筒中间的空地上，两眼惊愕、两手垂直，一副惊魂未定、不知所措的样子。

这人不是别人，正是常到此并与孔老汉夫妇有一定交情的魏老头儿。

那酷似对空鸣枪的警示声，就来自于他和他捡拾的废品中。

此时，随着枪声的停止，扭打在一起的人，才开始松开了手，打的不打了、哭的不哭了、叫的不叫了、骂的也不骂了，才各自从地上、人堆爬起来，盘点自己的"战果"。

孔大牛从孔二牛的身下抽出自己的一条腿，他"呸"了一口带碜的黏糊糊的血液后，发现自己的一只手臂正隐隐作痛，原来早血肉模糊了，可他不予理会自己的伤情，却红着双眼，四下里搜索自己的老婆跟孩子。啊，看到了，改香就在那里。

顺着孔大牛投去的目光，人们可以看到，改香似乎也在四下里寻找着什么，好像不是在找钱。因为好多的钱币就散落在他们的脚下，被他们踩着、压着。可一些没有被踩踏过的钱币，在阳光的照射下，仍然折射出美丽的令人神往的奇异光泽，拼了命都想得到的东西，为什么，此时她不去捡拾呢？

咳，原来是这样，大家可以明白了。改香是在寻找自己遮羞的衣衫。她里外两层衣衫都被撕破了，里面那件二股颈背心和那件橘黄色的短袖衫，扭成一团悬挂在她滚圆的后背上，犹如一把破墩布的布条，悬挂在了一堵墙上。胸前两只冬瓜一般硕大而雪白的奶子就毫无掩饰地暴露在外面，难怪她披着乱发满地转圈圈。

咳，唉。看到这里，人们无不为之惋惜惊叹。乍一看三牛，三牛推开二牛的一条大腿，晕晕乎乎站起来时，额头上却冒出一块拳头般大小的血囊，血囊下坠着，已经遮住了他的一只眼睛，表情格外狰

狂。于是他不得不一手扶着血囊，一手触摸淌血的伤口。他老婆兰花就挨着他在原地一瘸一拐地转圈圈，似乎也在四下里寻找着什么。

突然，听得她惊呼道："啊呀！俺的娘！……俺的腿！俺的腿呢?！"的确，兰花在寻找，寻找着自己的一节腿。因为，她突然感觉出自己的腿一高一低，站不稳。站不稳，就认定是丢了一节腿，而不是丢了一只鞋跟。

其实，他们什么都丢失了，丢失的何止是一只鞋跟儿。

孔老汉的儿媳个个失魂落魄，东倒西歪。好像都变成了路旁树、渠边草，目光吓人，全身灰土。

尤其是孔二牛，他的嘴巴、眼睛、鼻子、衣服都沾满了灰土，脸上好像肿了，血水和着汗水从头发上不住地淌下，一直淌进他不整的衣衫里。

他一阵天旋地转后，才回头看到倒在血泊中的玲玲。他并不知道他来时，玲玲就上了一辆出租车紧跟在他的身后；不知道玲玲为阻止他们，解救围困中的他而被三牛飞起的一脚，把身怀七甲的她像一只饱满的水袋一样，踢到两米远的地方，重重地摔在了院中门口的那块不规则的几石上。那块几石是孔老汉跟魏老头曾经喝茶、饮酒的地方。

可怜的玲玲，这天，兴许是她有生以来最漂亮最阳光的一天。因为她没肯接受江山为她购置的物品；高档服饰、手机包括化妆品等等，也没有再穿以往的旧衣服。一则她的体型一天天地在变化，二则她想穿自己给自己亲自购买的衣服。

所以，她买了，她穿了。

虽然这是一身极普通的纯棉维料，只是由于它的洁白，而尽显得高贵、飘逸：一条宽松得体的背带裤；一条同样洁白如雪的圆襟小裆;一双松紧搭带白布鞋,浑身上下一片雪白。犹如一朵带露梨花,散发着耀眼而冷人的美。

玲玲的这一现象,我们把其揣测为;是在精神极度惊诧、恐慌,矛盾和痛苦的情况下,对自己人生——命运的又一次挑战和尝试;是对烦恼情绪的骤然宣泄;是一颗孤独的灵魂在准备着跨进那扇门,卑贱——高贵、贫穷——富有、城市——农村、天堂——地狱时,所表现出的无谓而壮烈的疯狂。

此时,她就躺在那块几石下,大脑已经完全进入了一个非常自然的睡眠状态,她一点都不再感到痛苦,因为她失去知觉。下身淌着血,在阳光下散发出很浓烈的血腥味道。血,不断地顺着她身子的一侧向地低处汩汩地淌出了一条长长的血河。

当孔二牛发现,倒在血泊中的玲玲时,他绝望地、超乎人声地、骇人地喊了一声:

"玲玲!"这撕肝裂胆的喊声穿过沉寂的高空传遍山谷。接着他用力纵身一跳,像一只野兽似的大步奔到玲玲跟前,抱起玲玲向大路奔去……

二十八

一晃两年,两年过去了。

在两年以前,川石沟村外,人们都知道有一座破败的仓库院落,住着孔明康老两口子。那时候,人们也常常可以见到这对老夫妻进出村子,跟村子有着必然往来和联系。可两年之后,人们就渐渐地淡忘了,淡忘了他们的存在;淡忘了他们家曾经发的那笔令人心红眼

热的意外之财；淡忘了谈论他们家由于这笔财而引发过的家庭内战……出了二秀那样一个女儿……这样那样令人咋舌的事情；甚至淡忘了他们仍然还在这个世上活着。

他们不是被世人淡忘了，确切地讲，是被不孝之子们给彻底抛弃了。

太阳照常升起。尽管世人每天都有不尽相同的内容忙碌着、生活着、改变着。但一切的一切对于川石沟村孔明康老两口来说，今天仍然和昨天一样，每天又是今天的继续。痛苦、焦虑、凄凉，仍然是他们生活的全部内容。

年复一年，这对可怜的老夫妻，他们的生活状态即精神状态，更为严峻。整日望着四周的群山唉声叹气，对儿女的牵念却越来越沉重，沉重的犹如一列没有动力的火车，哼哼着穿行在没有尽头的隧道里。他们尤其惧怕黑夜，更惧怕没有阳光的白天。

自从兄弟几个大打出手，反目成仇之后，这座凄凉的院落里除了极少的那么几个人——大秀、大秀的舅舅偶尔出现一下，出现次数最多的恐怕就只有那个收破烂的魏老头了。其他儿孙谁都不曾再出现过。

他们仍然顽强地活着。只是像一棵山间小草，无人问津无人理会。

要么说，世上最脆弱的是人的生命，最顽强的也是人的生命。

那次打架，不言而喻，弟兄几个都不同程度地受了重伤：大牛掉了三颗门牙，二牛的手臂被缝合了十三针，三牛的头上掉了巴掌大的一块头皮，最为惨烈的是玲玲。玲玲早产了，并且切除了子宫，险些送了命……

二秀呢，二秀被判有期徒刑四年零七个月……

　　每每想起儿女,想到那一幕,他老两口就战栗地恐惧,锥心地痛。越想越怕,越怕越想,想得不由自主,想得痛心疾首,想得惶惶不可终日。

　　"这都是父母造的孽。"孔老汉在心理常常这样骂自己。常常想着自己有生之年用什么来补偿这一切,想得他脑袋都快崩裂了。

　　这又是一年一度的中秋节,大秀娘的泪,就开始吧嗒吧嗒地往下掉,像这深秋绵绵不断的雨,淅淅沥沥地都淅沥在她的心上,既凄苦,又沉闷。

　　上午,天阴沉沉的,凝重而潮湿的空气中带着几分酸楚的凉意。大秀娘强颜欢笑地送走即将离休回家的弟弟之后,她就一边剁肉,一边无声地落泪。

　　从初一到十五这天,这座凄凉、孤寂的地方除了大秀舅舅,没有出现他们自己的任何一个儿女。

　　强大的思念之情和深切的幽怨情绪掺杂在一起,使他们越发苍老了。

　　尽管如此,孔老汉仍不死心。他一大早就佝偻着背,尽力打理家务。把火炉捅得旺旺的;屋里屋外清扫了一遍又一遍;把供奉月神的果品、香火准备好,装在一只用抹布擦过的大磁盘里,等待夜晚供奉月神;大葱剥好放置在老伴儿随手可拿到的地方。除此之外,还把那些从魏老头儿那里得到、视作"宝贝"的书箱整理好,等待着有朝一日,有哪个儿孙看好这些东西——派上用场,也算满足满足老伴儿的心愿。尤其上,他不止一次自言自语道:"狗日的! 这样多好,多清静。谁也别回来!"嘴上这么说,心里却不这么想:"孩儿们一旦回来,就得像那么回事。"

于是，他把他朋友——破烂王，魏老头儿送他的那把极其显贵的黑色高靠背、断腿真皮沙发，费力地从另一个屋搬到这个屋里安置好，支蹬起几个可以坐人的位置来。因为天渐渐凉了，睡觉的屋子生起了火，他不可能去凉冰冰的厨房去吃饭，也不希望他们回来东一个、西一个站着吃。

一切都准备停当，孔老汉就蹲在他常习惯蹲着的地方——屋门口，一边吸烟、一边静候着老伴儿的召唤，一边侧耳倾听铁栏栅破大门被人推动时所发出的，令人心跳地响声；一边仰望天空流动着的游云，想象着傍晚可能出现的满月。

一支烟，两支烟，三支烟……他想用轻松、愉快一点的想象来打发时间，可是，人的思绪，实在是个令人烦恼，令人讨厌的东西。往往不论你从何处起步，想起、说起某个人某件事；不论你的想象有多么遥远——海阔天空、无边无际；想到天边外头……归根结底转一圈，到头来又要回到原来的地方。原来的地方乱坟岗一般，还是那么几个人：大牛、二牛、大秀、二秀，二秀她被判了刑……龙口那令人渴望不可及的上好棺材；地里那些没有成活了的干果树苗……那些令人伤心的事。

"唉，连块姜都没有。"老伴儿遗憾地，从黑漆漆的屋里抛出这样一句话，冷不丁打断他的思绪。

"是啊，羊肉是认姜的。没有姜的羊肉饺子咋会有味道？"孔老汉心里回答到。

其实像这样缺盐少醋的日子，他跟老伴儿早已习惯了，现在何尝缺块姜？只是老伴儿也跟自己一样犯着同样的病。显然，这是老伴儿向他发出的求救和哀怨。

我们不妨这样设想一下，假如这时能有一个儿女出现，并且说：

"爹娘俺去买……"他老两口子会感到万分欣喜,甚至欣喜得热泪盈眶,手足无措。可遗憾的是世上没假如,只有现实。

孔老汉想:"是,应该有一块鲜姜勾勾味。"可是,他已经两年没有踏进村子半步了。"现在进村?不不不……"他立刻就做出了反应。他不想进村。不愿进村,他怕进村。

到底村子里有谁让他如此惧怕呢?他说不清。

总之,一提到进村儿,他浑身就不由自主地发虚、发抖。

正当他为一块鲜姜,该不该进一趟村子而矛盾着、痛苦着时,仿佛有个奇特的声音,突然透过远处的天空、流云、山山峁峁、沟沟岔岔,树干,秋风落叶间传来,既熟悉而又深远。那声音对他说:"去吧!进村去吧!去看看你的老宅。你已经两年没有亲近过它了,但它依然关心着你,关注着你。去吧!它是你的……"

俺咋把它给忘了呢?他从地上忽地站起来,转身走进屋,对大秀娘说:

"俺现在就进村!"心想:"不必再等了,为一块姜……等多久也没用。"他就这样决定了。于是,他进了村子。

傍晚时分,天已擦黑,眼看这年的中秋节又没有指望的时候,那条一直陪伴着孔老汉老两口子生活至今的老狗,突然在地上旋转了几圈,一改往日的沉默,冲出黑漆漆的屋子,朝天狂吠几声,就销声匿迹。

这时,大秀娘在昏暗的灯光下包饺子,手里拿着一片面皮,面皮上已经上了没有鲜姜勾勾味的羊肉馅儿,正准备合口时,老头子就跟跟跄跄地闯了进来。他两手相抱,按住胸口,眼眶里闪烁着泪花,边喘气边喊:

"他娘,他娘,老宅里有个洞,洞!"

"洞？"大秀娘瞪大眼睛喊了这样一声，手中没有合口的饺子就落在了地上。

"他娘，真的有个洞……"孔老汉声音颤巍巍的，张开两臂给老伴儿比划着。

这样一来，大秀娘惊呆了，半天没说一句话。因为传说中那十八头骆驼的财富，在她的脑海里迅速地闪现了一下。于是，她不再迟疑，慌慌张张地找出一件衣衫，哆哆嗦嗦地套在身上，自言自语道："总算老天有眼！"抢先出得了这黑漆漆的屋子，一瘸一拐地跟老头儿向村中的方向跑去。

骤然来临的幸福灌满了他们的双腿，黑夜里老两口儿在路上跑得上气不接下气，时不时地捶一捶胸口、喘一喘气才一个向另一个介绍，目前有关"洞"的基本情况：两个儿子大牛和三牛得知这个信息，二人已经在宅院里紧张而默不作声地挖开了，改香也在场。二牛，他也通知到了。电话是在保生家的小卖铺打的，他没有让保生媳妇爱爱听，因为在接通电话之后，他把他们家的人全部支开了，这样一个天大的秘密怎能让外人知道呐。

"可是，可是不知他到了没有？……估计快……快……"孔老汉心中惦记着二儿子。

老伴儿一听更加着急："啥也别说了。"意思是再加快速度。

正是中秋季节，天连续下过雨，村中的斜坡小道泥泞不堪，并且他们好久不走了，腿脚也不好，又怕碰到村子里的人，只好沿着河床到达村子。

这段距离，他们几乎费了两个小时，才你拉我扯从河床上摸索到老宅。

一路上,他们都在想着"洞"。大秀娘大脑里飞快地闪过一个念头,这个念头就是"洞"可不可能是个空的?但这个念头立刻被她脑海里闪现出的另一个念头打碎了:"不会是空的。绝不可能空!"她老早就听说……她十三岁父母双亡,弟弟不满三周岁,当时身穿大裆裤,扛着烟袋杆,咬牙切齿的叔叔、婶婶、大爷,就把哭哭啼啼的她拖扯到川石沟,送给孔家当童养媳时就说过:"……人家有老底子。你不去这样的人家去谁家?"那老底子指的是什么,指得不就是这嘛?

几十年来,虽然,她都是在这不可磨灭的将信将疑中度过。但此时婆婆曾不止一次对她、对后人磨磨叨叨提及过,孔家祖上曾有的辉煌历史以及十八头骆驼的金银珠宝闪耀着璀璨的、万道耀眼的光芒……几乎在一刹那迸发在她的脑际,铺满了她的眼睛。她自己也似乎有一种莫名其妙的预感,这种预感告诉她,她的苦日子熬到头了,命运即将随之改变。她需要这种改变,需要这种改变所带给她全新的生活——儿孙绕膝,扬眉吐气。

于是,她深信不疑,肯定自己家要发财了。从今往后不愁没人不到她的身边来。无数种想法在她的脑子里飞跑,她对所有的儿女说了她心目中一直都想要说的每一句话:"大秀啊,以后买去痛片时,多买一些。别总是三块、五块钱的买,那不顶个用,要买就多买点。"或者说"大秀啊,你还不如去跟你的哥哥们说,最近俺老是感到胸闷——难受得很,看谁有空,带俺去一趟医院……兰花呀、改香、玲玲你们好好过日子。其实爹娘不是那不开明的人……"想着想着,她就准备往出拿她自己私藏的宝贝……儿媳们尽管都有,但得到她分外的赏赐,还是满心欢喜。

她想起自己的亲弟弟……甚至想起那个有情有义,一直都在关照他们生活的外地老头儿来,现在发财了,她跟老头子不能忘恩负

义,得拿出点儿来表示表示:"可拿出个什么来表示呢?"因为她现在还不知道,那些"财"到底是些什么,她得选一两个合适的,太昂贵了她会舍不得。那么就送一两个铜板?或者送一两个袁大头?如果洞里没有这些怎么办?

到底哪样合适呢?围绕这个问题,她的想象也插上了腾飞的翅膀。随着翅膀的腾飞,她眼中看到的只有金条、银条。不,远远不止这些,还有金元宝、银元宝、珍珠玛瑙、夜明珠……还有,还有许许多多数不尽的奇珍异宝。这些奇珍异宝,个个流光溢彩、光芒四射;不仅从没听说过,而且更没见过……不止一两颗、一两条;而是无数,甚至是一汽车更多,多的她没法想象,惹得她眼花缭乱……儿子、儿媳们早已往家搬腾半天了,个个默不出声,满头大汗,浑身水湿。

再晚几步,恐怕她跟老头子见不到这场面了。她得赶快跟老伴儿捞拉下一些属于自己的财富。想到这里:

"天呐!"她惊呼一声,便拽着老伴儿的手,一起照着光亮的地方踏进泥水中。

于是,他们不得不停下了,各自用手按住胸口喘息。

虽然,老头子一路叮嘱:"慢点,慢点。"但总感谁都给不了谁力量。

十五的夜色悄悄地洒满了村庄,稀疏的炮声偶尔撕碎夜空,震落几颗腐烂的秋枣、树叶,秋枣伴着黄老的树叶,冷不丁地砸在他们的身上,惊出他们一身的冷汗。

孔老汉儿更是两腿酸软的直想往地上坐,似乎他的这一生,只为有这样一天而活着。心里只有这样一句话:"一切都转变了。"

他所说得"转变"首先指的是大牛媳妇改香的转变。他非常清楚地记得,当他发现老宅里那口大洞后,跟跟跄跄去找孔大牛时,孔大牛不在小卖铺里,而是在屋后的根基地上摘毛豆,几个孙子正围着纸箱拼成的餐桌边吃边嬉闹。改香正系着围裙,手持笊篱,背朝门,守着煤气灶全神贯注地在煮饺子。一锅白胖飘香的羊肉饺子,显然不仅放了鲜姜,而且是放了小茴香的那种饺子,在沸腾的开水锅里相互拥挤着、欢闹着,被改秀一次次地用笊篱打下水,然后又探头探脑地浮出水面,重新拥挤、碰撞、欢腾。

小卖铺里仍然琳琅满目,弥漫着比以往更为浓重的香气,月饼、葡萄、苹果、梨,各式水果跟煮饺子的肉香味混合在一起,孔老汉尽管不去理会这些香气对自己感官的刺激,仍然不由自主地多吸了几口气,为这事直到现在他还在心里骂自己下贱呐。

当时改香哼着歌儿,耍着手中的笊篱,根本没注意到他什么时候站在她的身后,当她回头发现弓腰驼背、气喘吁吁的他时,不禁尖叫了一声:"天呐,你这是干啥哩?"还把笊篱"嘌"地扔在锅里,溅起许多沸水点落在身上、四周,并直愣愣地盯着他,好像他就是个怪兽。

不言而喻,改香的神情也大大地吓了他一跳,毕竟两年之久都不曾见面了,彼此都很吃惊。他眼前的儿媳妇不仅发福了,而且还烫了头,真的有点不敢认。至于她对自己什么态度,他一点儿也不在乎。

显然,改香吃惊的并不是老公公的老相,而是他的突然而至。他的突然而至,对于改香来说,就犹如睡梦中撞上了阎王爷一样,心里毛的很。他们很清楚,自从打了那次架,改香就再也不想见到孔家的任何人,她仇视他们,甚至,几乎把他们从心里忘得一干二净。因为,一想起他们,她就心烦、恼火、生气——气不打一处来。尤其是眼前这个一直被她称为"老不死的"——死老头儿,更是令她反感、令她

害怕、令她担心。他居然来了，而是迟不来早不来，偏偏中秋节——这个时候扑来，就好像想知道他们是怎么过节似的，她能高兴嘛。肯定不高兴。

改香很快就拉下了黑脸，用目光上下打量了打量孔老汉，便背转身、低下头、拿起笊篱，继续煮她的饺子。其实饺子早应该出锅了，她仍然还在煮。她边煮饺子边恶声恶气地对老公公说："你儿子不在。"想用"你儿子"这三个字眼彻底了断老汉儿的一切念想，把他赶走。孔老汉心里明白，可他还是不想跟她计较这些。几个孩子都直愣愣地大眼瞪小眼，瞅着这边，反而改香更加没好气地冲他们吼道："还不快肿你们的脖子！"笊篱在锅中碰撞的很响，几次她都想把煤气灭掉锅盖盖上，终究没能这样做，急得改香满脸通红。她又唯恐大牛很快回来，大牛一旦回来，看到他爹，总免不了让他爹坐下来一起吃饭，这样的话，她就越发的痛苦的不能忍受了，非大吵一顿不可。她完全不予理会老人的神情，直管希望他快点离去。

然而，可怜的老头儿，用一种叫人难受姿态稍稍喘息着，固执地站在改香的身旁，等待着自己过于紧张的神经过后，才把发现老宅里有个洞的事儿告诉了大儿媳。

"洞?!"改香听了，凝思了好一会，猛地回过身来，像服了一种兴奋剂一样喊道："你说什么?老宅里有个洞?!"然后，就快速地丢下手中的笊篱，熄灭了火，解下围裙，跑出门向屋后的根基地喊大牛，那声音尖锐、颤抖、紧迫，使得孔老汉愈发地紧张。

大牛很快就回来了。大牛回来后，得知此事，抛下抱着的一捆没有摘完叶子的毛豆荄，抛下他爹，跟媳妇改香两人不顾一切地冲老宅跑去了。

孔老汉吃儿媳的一碗热气腾腾的饺子，就是在老宅里的那个洞前吃的，当大牛跟改香两人见到洞时，简直都惊呆了。

洞就在宅子的院中央，那时天色尚早，可以看得一清二楚，洞是个非常规则的圆，下陷二尺有余，酷似一个硕大的月饼模。洞体周边仍是当地坚硬的硖砂岩，完全可以推断出祖宗，不会费力地把菜窖挖到这没有半点水汽的地方来，那么不是菜窖，还能是什么。

宅子里阴森森的，潮湿陈旧的房子散发着一股霉味。大牛跟爹无力地靠着歪斜的照壁子吸烟，父子俩同样眼睛里满含泪水，望着眼前的情景，大牛跟爹说了他一生中最为贴切的话，要爹不要计较他的过去。因为，过去他对爹娘很不好，现在才知道，世上除了爹娘，不会有谁还能对自己是如此的真心实意。一面幻想着洞中藏宝即将给自己带来的幸福，一面盘算着在两个弟弟还没有介入之前，自己跟媳妇率先下手所具备的有利条件。

他们没等爹跌跌撞撞把三牛叫来的时候，大牛跟媳妇改香，就已经动手挖掘开了。

大牛跟改香把宅子四周的豁口都堵上了，尤其是靠马旺才家诊所的那一面墙体，居然拉起了一串床单布，可见是苦思冥想之后的急中生智吧。因为这样的事儿，谁都不想让村里人窃视。夫妻两人早已大汗淋漓、精疲力竭。

改香坐在挖出的新土上，用敞开的衣襟抹着脸上的汗水，幻想使她忘了一切，连大牛叫她做得事儿也忘了。直到大牛又一次用责备的目光和粗暴的怨声把她拉回到现实中来："你还愣着干什么？今天是八月十五，你不知道爹还没有吃饭？……还不赶快再拿家伙来？再拿两把铁锹、镢头、箩筐、绳子，拿两根蜡烛。关键的时候就没你了！"大牛从坑中递上一锹红土，瞪着血红的眼对喘着粗气出神的改香说。实质上是大牛紧迫中对自家兄弟——三牛的亲切接受。改香

大梦初醒，很快撒腿去了。

改香用箩筐提着锅，给老汉儿盛了满满一碗热气腾腾的饺子，递在手上一个劲儿地督促吃哇吃哇，孔老汉抖抖索索地接过碗，他吃了。但并不知道什么味道，心中只有一个感念："变了。一切都改变了。"嘴巴念念有词。

孔老汉带着大秀娘又一次踏进宅子的大门时，已是夜晚十点多钟，阴森恐怖的老宅散发着袭人的寒气，张着黑洞洞的口，正默默地注视着院中的一切。而两老早累得精疲力竭，两腿虚弱无力。再加上一路上的磕磕绊绊和脑海里不断呈现出的金银财宝情景，使得他们有点神情恍惚，甚至想对儿子们说"要不要找些人来帮忙，俺一点力气都没有"。因为，他们很容易想到，过得并不如意的两个女儿来。心中忽喜忽忧，思前想后，只有跌坐在土堆上，瑟瑟地等待那无法令人形容的时刻。

改香身上披着一件肥大的黑棉袄，手中举着一支红蜡烛，站在洞周围堆起的小山上，无声地指挥着掏宝的人。

真可谓三人一条心，黄土变成金。

二牛两腿叉着一个豁口，光着膀子用绳子往上吊筐，一切都在默默地进行着。但谁都不愿轻易中断自己内心由即将发财而产生的紧张、欣喜和激动的亢奋情绪。

时间一点一点地过去，宅子里的新土越堆越高，随着新土的增高，他们各自幻想的翅膀越来越壮大、越来越高远。改香准备盖二层楼的宅基地，在脑子里已经变成了八层，并且是带有底商、车库的那一种楼。她幻想着让自己当真正的老板娘，跟古兰的那些阔妇一样，让世人眼气她、仰慕她、恭维她。啊！世上还有什么东西，能比有钱更令人感到幸福呢？她很快就成为有钱人了，甚至很后悔过去不该对公公婆婆、兄弟姐妹们那样，跟仇人似的。更不该为那两三千块钱的占地费跟他们大打出手，伤了和气不说，还惹得村里人指指点点、说三道四。"不过，"她转念一想"这毕竟是过去的事情了"。

她拿起二牛的衣服披在他的光脊背上说："穿上，别着了凉。"那语气温馨、厚重、诚恳，仿佛菩萨显世一般。见公公婆婆一个劲儿地哆嗦，把蜡烛栽在土堆上，麻利地脱下身上的黑棉袄给婆婆穿上。脑子里满是闪着耀眼光芒的财宝和飞奔着的各种美好念头。

看来幻想真是一件奇妙的事情，能使人瞬间变得温顺、祥和和富有人情味。

二牛呢，孔二牛越发的一言不发，从他的神情、动作看来，更是隐藏一个字，"狠"。一个一直处在农村与城市的夹缝中生活的人，似乎终于看到自己生命的曙光，他一定要顺着这曙光一直爬到属于富人才可到达的那种境地：吃香喝辣、为所欲为。"是呀！凭什么？"他问这句话的时候，又很自然地想起了他的烦恼事。玲玲爱上了江山酒店的老板——江山，连自己的儿子豆豆也是，喜欢坐江老板的奥迪，拒绝坐他的三轮车。他在心里疯狂地嚷道："玲玲！俺发了。玲玲……江山、张大庆他们都是王八蛋！俺不比他们差……俺们会有楼房的，有酒店、汽车，有自己的公司……让川石沟、全古兰、全世界的人都眼气俺孔二牛！"在孔二牛看来他发达的时候已经是指日可待，他除了一夜暴富的美好感受和立刻触摸到那些财宝的紧迫感，别的他什么都不想。

洞，挖掘到五六米深的地方，一个振奋人心的信息从坑洞中传出，一个相当规则的梅花状的图形，骤然出现在大牛、三牛的脚下，大牛和三牛向外呼喊：

"洞！有五个洞！……"

233

"啊！哎！再拿两根蜡烛下来！快！"

上面人趴在洞口压低声音,朝里喊:"啥?""听不清,再高点！"二牛和改香直听见嗡嗡的回声。

于是,上面的想下去,下面的想上来。

过了一刻钟,孔二牛绑在腰间的绳索吃力地摆动了几下,三牛冒着一身的热汗,灰头土脸地上来了。紧接着大牛也上来了。一家人趴在土堆上,跟土耗子似的,在黑暗中用急切的目光询问下面的情况。大牛喘不上气来,极力想把一连串的咳嗽按下去,结果等一连串咳嗽过后,他才说:"快给俺一口水。"然后指着二牛:"你下去,你跟三牛一起下。"

孔老汉抖抖索索地爬到大牛跟前,声音低低地问:

"下面怎样?"

"有五个洞。"

"五个洞。"大牛、三牛急迫地用手比划着,同时回答。

"快悄悄地。让人听到。"改香制止他们喧嚷,蹑手蹑脚地将插在土堆上的蜡烛的光线遮挡了又遮挡。

很快,三牛二牛下到底下掘土,大牛跟媳妇改香俩人在憋声静气地吊筐,一切都在顺利地进行着,宅子里偶然发出沉闷的令人心烦的突突声。

其实,在宅子的不远处———一棵花椒树底下,早有几只眼睛好奇地盯着,那就是老邻居马旺才家的人。

村子里一片寂静,星月惨淡,夜色茫茫。

大秀娘实感撑不下去了,再撑下去恐怕心脏将要停止跳动。她决定离开这里回到自己的家去。于是,脱下媳妇改香的黑棉衣放在土堆上,悄悄地走出了宅子,沿着村中弯曲的小道,一瘸一拐跌跌撞撞出得村外。

这一夜大秀娘过得极其疲惫，昏昏沉沉的，天亮之前迷幻的头脑才清醒了许多。她意识到大事不好，老头子在阴森森的老宅守了一夜，一定饿坏了、渴坏了。她恍惚听到老头子对她深切的呼唤："快来！快来！帮帮俺，龟孙子们又要哄抢开了。这件东西是你的，还有这件……俺太渴太累了。你快来……"

于是，大秀娘手忙脚乱地煮了一锅饺子，匆匆忙忙地捞在碗里，用食品袋提上，就往村子里赶。

晨曦微露，隐藏在树木间的叶绿色，仍然使她的内心发出无尽的希望，她不仅抱着希望，还想把希望与别人分享，把希望无限地扩大。

然而，当她再一次踏进村子，踏进老宅的大门时，她，整个人都傻了。宅院里七零八落的，三个儿子一个都不见了，唯一看到的只有老头子一个人。

孔老汉光脚趴在土堆上，花白蓬乱的头扎进土里，一手做着攀爬状，一手搂着土，两腿弯曲，好像一只即将蹬腿浮水的青蛙附在那里。

大秀娘，呼一声扑上去，哆哆嗦嗦地将老头子的头扶起来，孔老汉的身子已经发僵，眼睛大睁着，瞳孔里沾满了土。大秀娘边给老头子擦眼，边不停地用头撞他：

"他爹，你还没吃饺子哩，他爹……老天哪！"

生活又跟孔家彻彻底底地开了一个极为悲惨的历史性玩笑。一向渴望富裕、渴望和美、渴望幸福的孔老汉死了。死在了他一生固守的迷幻上，这不仅是他老人家的悲哀呀！

果然，洞是空的。

当兄弟三人挖掘到十多米深的时候，那五个空荡荡的梅花洞，除了放置着五个相同的油盏，便是地底下一个奇怪的磨盘山。

他们费力地移开磨盘石时，令他们吃惊的情景出现了：洞，是一个通天的无底洞，并且能听到隆隆的轰鸣声，再一看星星点点的比宇宙还要浩瀚。当即大牛就激愤地号叫道：

"有球了！这是煤矿！煤矿！"

"他妈的！谁家竟敢把巷道开到老子的屁股低下了呢？"

"爹、娘你们可害死俺了。"

二牛在洞中悲伤地哭了好久，最后一个上来了。从老宅里离去时，三个儿子谁都没有搭理孔老汉。

据说，孔老汉的尸体还是收破烂的外地人——魏老汉跟马旺才两人给收拾的，马旺才不无叹息道：

勤劳厚道孔明康，

一生没有好时光。

为儿为女常奔忙，

死后落个空荡荡。

尾声

陈腐与愚昧倒下了

倒在了一片废墟中

天洞现出太阳一样的光芒

青草将勃发

高楼青草一样杵满大地

历史抛下了今天

追赶明天

美好刻在诚实的心灵上

去感动去传承后人

这是在第二年的春天，一个黄昏极致的美好傍晚时刻，陪同古兰市女市委书记——孟杰，走访、视察完农村经济改革新成效，回到政府楼，刚刚坐在新办公室里孔老汉的二女婿尚可，打开笔记本即兴写下的一首诗。

他不仅带领这位极具魄力的女市委书记，走访了许多农村试点，还刻意列川石沟祭奠了孔明康老汉儿的墓土。

他们不仅谈论经济、政治，更多的时候谈论他们各自的人生走向，畅所欲言，无话不谈。因为女市委书记孟杰，就是尚可的同桌好友，也是他的初恋情人。

《老宅》——这种结局很悲哀

说起《老宅》我真的很想哭，可说是我创作中最不成功最失败的一次。首先，作品的意义在于引导人的灵魂，而我却没有很好地做到这一点。其情节也极不完善，除了孔老汉，其他人物的命运走向也似乎交代的不够详细、完整，留下了太多的遗憾。

在这里我只好对我最热爱的《七色花》及广大的读者朋友说一声：对不起！很抱歉！

最初《老宅》的腹稿是相对完美完整的，我满怀信心。然而，一场手术下来，卧床一年，加之服用大量安眠药，使智力、记忆受到很大的影响。腹稿——一座高楼，从我的心上彻底倒塌了，思想的源泉也近乎干枯。当我在这片废墟上重新"起建"它时，一切都变得支离破碎、举步维艰，导致《老宅》形成现在这个样子。

当然，这一切都不能成为自己对——"糟糕"辩解的理由，只能说明自己水平有限、力不从心。

不过，关心和关注农村老人的生活和生活状态，恐怕是我一生不变的行为与习惯，过去是这样，将来还会。

虽然《老宅》的许多情节都是虚构的，但能与故事中的主人翁孔老汉夫妇朝夕相处，一同感受他们的凄凉、焦虑、困苦、无奈、妄想使自己的情感、人格、品德——灵魂得到了一次又一次的升华，并由他们的辛勤、善良和美好的思想品质而感动。

可怜天下父母心。有时在想：父母的感情对儿女来说，真的是天底下最为无私、最纯洁的,比黄金还纯,为什么儿女就不能正确认识这一点?生命是世上最宝贵的东西,他们已经把最宝贵的东西——生命给了你,你还要要求他们什么?话反回来说,这就是品德问题、素养问题。贫穷就会愚昧,愚昧就会导致不孝。

写到最后,孔老汉死在了自家老宅中挖掘的洞前的情景,不禁令我万分痛楚。孔老汉是一个多么好的人啊,勤劳、淳朴、厚道;爱面子、讲情义;一生不愿让人说个"不"字,到底没能摆脱物质财富对他生活的强大诱惑,没能了却他心上的那笔"孽债";没能让儿孙们欢天喜地;没能让跟着自己清苦了一辈子的老伴儿过上舒心日子。

这就是现实。现实往往就这么残酷。

改革开放以来,国家经济实现了快速发展,人们生活不同程度得到了提高和改善,精神文明建设不断提高,和谐成了社会主旋律。因此,当处于矿区——农村;农村——城市;城市——矿区;商业与工业;工业与农业,这样一个特殊的三角地形成的经济格局中,不论处于社会哪种格局中的人们,我都想强调人文素养——精神文明一定高于其他一切文明。

虽然,作品粗陋、涣散、残缺不全;但毕竟是我写《老宅》的真实意愿。

望大家见谅。

旷野

二〇〇九年十月二十七日